流星歸途

The Star Track

龍雲

B.c.N.y. 繪

流星歸途

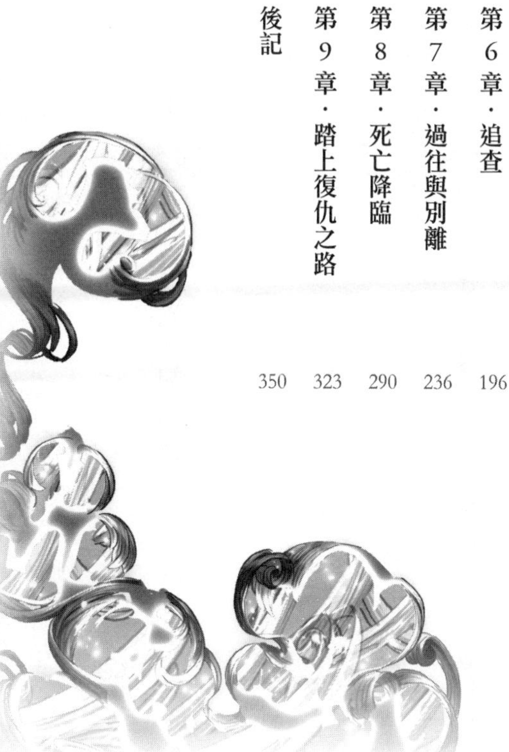

第1章・月光下的約會

1

C大後面的空地草原上——

曉潔、亞嵐與鍾家續三人聯手將地逆妖送入滅陣之中，並且將滅陣消滅，終於將這個遠遠超過三人實力所能應付的地逆妖打倒。

然而，真正的驚喜卻是在這之後，那個熟悉的身影，再度出現在曉潔的面前。

當然這對曉潔來說，絕對可以說是想都沒有想到的美夢成真。

曉潔作夢也沒有想到，自己人生中堪稱有史以來最荒唐的願望真的成真了——阿吉沒有死。

月光下，曉潔用彷彿只要一鬆手阿吉就會消失的力道，緊緊地抱著阿吉。

但是，曉潔卻完全不知道，這條重逢之路，阿吉走得有多麼痛苦與不堪。當然曉潔更不可能知道的是，阿吉之所以會出現在這裡，絕對不是為了跟自己重逢。

事實上，如果可以的話，阿吉可能永遠都不想要再見到曉潔了——至少，絕對不是在這樣的情況之下。

這一點曉潔完全不知情，還因為與阿吉的重逢而感動不已。

只是曉潔不知道，阿吉卻非常清楚，自己之所以會選擇在這樣的夜裡，再次出現在曉潔面前，絕對不是為了曉潔，而是為了……

時間回到一年多前——

這時候的曉潔，還在J女中就讀高三。

這是一個寧靜又晴朗的夜晚，一輪明月高高掛在天上。

曉潔來到了呂偉道長生命紀念館的後室，在經過一段時間的考慮，今晚曉潔做出了一個關於自己人生未來的重大決定。

她決定追隨阿吉的腳步，把自己的升學目標，鎖定在C大的中文系，對著阿吉的照片，曉潔將這個決定，告訴了他。

當然，這時候的她壓根兒還不知道，這個決定，將帶領自己來到一條完全意想不到的道路上，甚至還會遇到那個當年連阿吉都沒有辦法順利解決的逆妖。

然而就在同一個夜晚，台南。

鄧廟公的廟宇，靜靜地座落在比村子略高一層的坡地上。

從廟門口出來之後向前走一些，就可以居高鳥瞰整座村莊，就視野來說，這裡有著全村最佳的景色。

鄉下地方，生活比較寧靜，因此到了這個時刻，自然是一片寧靜，沒有半點喧囂，就連村子裡面也只剩下幾戶人家，還有燈火。

這時，一個身影從廟口走了出來。

她是玟珊，這座廟宇負責人鄧廟公的女兒。

玟珊走出廟宇，仰望了一下天上的明月，滿意地露出了笑容。

玟珊的手上，還牽著另外一個男子，他是阿皓。

對村子裡面的人來說，這個阿皓代表著的是鄧廟公的善行，毫無條件與報酬地，收留、接納一個被醫院趕出來的精神病患。

只是沒有人知道的是，這個精神病患是個非常特殊的案例，只要在月光下，就有機會變成正常人，非但如此，變成正常人的他，還道行了得，可以跳鍾馗，為村子驅邪避凶。

當然這些鄧廟公不可能告訴村人，不過最清楚這一點的人，就是此刻牽著他的玟珊。

今晚，天氣晴朗，是個讓阿皓清醒的好日子。

在經歷過了那場跳鍾馗之後，玟珊三不五時就會像這樣牽著阿皓在月光下等待。

今天又是個月明之夜，玟珊帶著阿皓來到廟宇旁邊的空地。

雖然說，月光似乎真的可以讓阿皓「清醒」，可是也不是每次都可行。這幾個月下來的經驗，讓玟珊了解到，天氣越晴朗，似乎機會越大。不過實際上到底是怎麼樣，玟珊也不是很清楚。不只有玟珊不清楚，就連清醒的阿皓也不太知道，到底是怎麼回事。

然而到底是什麼讓阿皓清醒，或許也不需要太過於追究，只要能夠讓兩人像現在這樣，靜靜地在月光下像是約會一樣，對玟珊來說也就夠了。

一如過去這幾個月的慣例一樣，玟珊牽著阿皓，來到了廣場後，便讓阿皓立於原地，等待著月光照射，讓阿皓可以清醒過來。

當然如果過了半小時，阿皓都沒有甦醒，那麼玟珊就會帶著阿皓回廟裡，然後帶著有點沉悶的心情回房睡覺，等待下一次的機會。

不過今天晚上，玟珊很有信心，阿皓一定可以醒過來，因為今晚的月光異常皎潔。

在等待阿皓清醒的這段時間，玟珊又不自覺地望向廟後面的那條路。

鄧廟公的廟宇，雖然這些年來，都是村民們的心靈寄託，但是實際上，距離村子卻有一小段距離。廟宇除了左右兩側有塊空地還有兩條緩斜坡，一條通往村子，一條屬於連外道路，通往村外。

由於如果走那條連外道路通往村外的話，對村子裡的人來說，還得先到廟這邊，有繞遠路的感覺，因此除了鄧廟公與玟珊之外，大部分的人要離村都不會走這條連外道路。

對外地的人來說也是如此，除非一開始目的地就是這座廟宇，不然也不太有人會走那條連外道路。

然而，這條連外道路對鄧廟公來說，卻是他保有良好名聲的重要道路。

過去當鄧廟公以前的師父施道長要來幫忙處理事情的時候，都是從這條路來，不會經過村子。

因此這麼多年來，根本就沒有村民知道施道長的存在，更沒有人知道施道長其實才是這幾年來庇護著村民的幕後功臣。

今天晚上，月光照射著那條連外道路，讓玟珊又想起了從小稱為施伯伯的施道長。雖然道路景色依舊，卻是人事全非。

一想到已經往生的施道長，永遠都不會再走上這條路前往廟宇，不禁讓玟珊感到悲從中來。

就在玟珊替施道長感到哀傷的這個時刻，一個熟悉的聲音從身後傳來。

「晚安。」

玟珊一聽到這聲音，原本還為施道長感覺到悲傷的情緒，瞬間一掃而空，轉而代之的是滿滿的甜蜜感。

玟珊臉上的表情，也反映了她的心情，原本愁容滿面，瞬間喜上眉梢。

玟珊緩緩地轉過身去，果然見到了月光下的阿皓，已經清醒過來，那雙清澈的雙眼，凝視著她。

這可以說是這些日子以來的例行公事，只要天氣好，玟珊就會帶阿皓出來等待，一旦阿皓恢復了正常，那麼兩人就會在月光下看著村莊，聊聊一些事情。彷彿月光下的約會一樣，兩人就像是異地情侶，談著遠距離戀愛，每隔一段時間，才能見上一面。

只是，此刻的兩人，並不是情侶。

畢竟以現在阿皓的狀況，他本人並不認為自己可以跟任何人交往。

不過隨著玟珊帶著自己常常這樣出來曬「月亮」，阿皓也覺得自己的狀況似乎越來越好了，可以清醒的時間，彷彿也越來越長。然而不管狀況多好，終究還是得看老天的臉色，在烏雲密閉或者是白天時，阿皓仍然沒有清醒過。

只是隨著清醒的機會越來越多，一些事情也逐漸浮上了阿皓的心頭。

雖然說阿皓在清醒過來的時候，會立刻記錄這段時間內自己的所見所聞，但是問題就在於在這段時間裡面，阿皓無法控制當時的自己要看哪裡、經歷什麼樣的事情。

正因為這樣，所以常常有些東西紀錄不算完整，還需要推敲一下，才能猜出些大概。

即便如此，對阿皓來說，這樣的狀況雖然很不堪，但是也不得不承認，在鄧家廟過這樣的日子一點也不算差。

尤其是在那次跳鍾馗之後，連鄧廟公對他的態度，也比以前還要收斂，不會像過去，動不動就暴怒罵他。

這樣悠閒的日子一長，也讓阿皓開始思考一些事情，對一些事情感覺到好奇。

當初之所以想要切斷過去的羈絆，主要是因為不想讓過去關心、在乎自己的人，看到現在自己這不堪的模樣，但是對阿皓來說，他還是很關心那些人如今的狀況。內心還是不自覺地會想，在那之後情況變得如何了？

尤其是在那場J女中的決戰過後……從當時的情況看起來，J女中已經集結了幾乎所有的鍾馗派道士，雖然有少數門人不願意與他們同流合汙，但是那些人不是早就被阿畢等人殺害，就是被逐出師門。

因此，此刻的鍾馗派應該已經徹底凋零，畢竟大部分重要的人士都已經在那場決戰中殞落，會有這樣的結果，也是意料之中的事情吧？

如今，要說到真正鍾馗派的門人，恐怕只剩下曉潔一個人了吧？

阿皓曾經問過玟珊現在的時間，因為阿皓的記憶力雖然很好，但是對於時間的感覺，卻沒能記錄下來，因此完全沒有時間的概念，更不知道今夕是何夕。

在透過詢問玟珊之後，阿皓知道現在距離J女中的那場大戰，大概過了一年的時間，換句話說，曉潔現在應該是高三了。

不知道她現在是不是還在J女中就讀？么洞八廟的情況不知道託付給她，會不會太沉重了點？雖然說有何嬤、阿賀等人會盡力幫助她，不過對一個女高中生來說，不，就連當年的自己繼承了那座廟，也是手忙腳亂，過了好一陣子才習慣，更別提當年的自己早就已經在廟裡生活好一段時間了。

除了曉潔的問題之外，在J女中發生的那場大戰本身，也有很多問題吧？當時的事情，想必驚動了整個社會吧？畢竟有那麼多人同時死於非命……

可是透過旁敲側擊的打探，玟珊似乎完全沒聽聞，這點讓阿皓感覺到意外。

不過如果讓阿皓硬猜，恐怕是光道長的那些人脈，想盡辦法讓一切被隱瞞起來，所以才會沒有爆發開來吧？

即便想跟過去斷個乾淨，但是內心還是為了這些人、事、物牽掛。

當然就是這樣的牽掛與擔憂，讓阿皓總是會不自覺流露出略顯哀傷的神情。

不過這倒不全然都是因為過去的這些事情，還有另外一個，也讓阿皓感覺到不安的，就是此時此刻西方的天空，那一團前所未見的……怪東西。

即便在今晚，那一團東西仍然清晰可見，如果說把西方的天空看成一幅畫，那麼那團東西肯定就是畫家不小心打翻了顏料形成的東西。

看起來非常詭異，就好像一朵盤據在西方市區的一朵烏雲，然而這朵烏雲卻散發著紫色的色彩。

那到底是什麼呢？看著那團東西，阿皓仍不自覺的眉頭深鎖。

當然，如果是一般的情況之下，阿皓很可能會把它當成一種空氣汙染，可是一連醒來幾次，都看到差不多的景象，而一旁的玟珊，卻總是感覺好像看不到一樣，讓阿皓也意識到那團東西，可能不是空汙這麼簡單。

只是到底是什麼，阿皓一時之間也很難說得準。

不像阿皓清醒過來之後，有那麼多心思縈繞心頭，玟珊非常享受此時此刻的幸福時光。

在玟珊的心中，甚至希望這樣的時光，可以一直持續到永遠，永遠都不要改變。

然而，這樣的時光，卻比玟珊所想的還要來得短暫。

一場風暴即將襲來，而在這場風暴中心的兩人，將體無完膚，甚至無法從風暴中逃脫出來。

2

同一個晚上，台南市區的一間小套房內。

吳宛玥突然感覺到異狀，從床上驚醒，接著心中湧現出一股強烈的恐懼與不安。

是作惡夢嗎？

或許是，因為此刻的吳宛玥感覺自己身上大汗淋漓，就好像剛剛經歷了一場浩劫一樣。心臟激烈地跳動著，但是吳宛玥自己卻完全想不起剛剛惡夢的內容，殘留下來的只有那驚嚇的情緒，與不安的心情。

應該是對環境還不太熟悉吧？吳宛玥這樣安慰自己。

畢竟這是自己在這間房子度過的第一個月。

吳宛玥去年與自己的丈夫馮侍豪完成終身大事，共組了一個家庭。在那之後，兩人就一直在找一間適合的房子，在經過幾個月的比較跟討論之後，兩夫妻看上的就是現在這間房子。不管是價格、地點、房型等等，都在兩人可以接受的範圍之內。

接著在跑完一些流程，並且請工人來施工裝潢之後，又過了幾個月的時間，終於在上個月的時候，兩人順利入住，準備展開一段全新的人生。

吳宛玥對這間房子很滿意，當然也對兩人的婚姻充滿期待，希望兩人可以如此幸福美滿地生活下去。

可是，即便對於這樣的新生活與這間新房子很滿意，但是不知道為什麼，吳宛玥總是會沒來由地感覺到心神不寧。

兩人的家境並不富裕，即便有了一小筆錢可以付頭期款，但是房子還是只能選擇台南市郊區，所以附近不算是熱鬧的市區。只要一到夜晚，四周就相當寧靜，只有偶爾幾台喧囂而過的車子，發出來的單調引擎聲。雖然安靜的環境，對很多人來說，根本宛如天堂，但是完全的死寂，還是會讓人感覺到不安與寂寞。尤其是為了早日還清房貸，只要一有機會，馮侍豪就會留在公司加班，讓吳宛玥獨守空閨的情況之下，這樣的感覺往往更加強烈。

因此吳宛玥才會認為，或許就是因為這些緣故，才會讓不習慣在郊區生活的自己感覺到心神不寧。當然，也有可能只是單純轉換環境之下的一種磨合。只要一段時間，適應之後，應該就不會這樣了吧？

只是情況似乎沒有好轉，今天甚至從睡夢中驚醒，這是住進新家以來頭一遭遇到這樣的情況。

應該就只是還不適應吧？吳宛玥在心中這麼安慰著自己，畢竟自己有認床的習慣，來這裡也是花了好幾天的時間，才稍微適應。

與此同時，吳宛玥也轉過身去，希望可以摟著自己的丈夫，多少獲得一點慰藉與安全感。

誰知道剛轉過身去想要尋求一點安慰的吳宛玥，竟然撲了個空。

原本應該躺在自己身旁的馮侍豪，此刻完全不知去向，整張雙人床只有吳宛玥一個人躺在床上。

老公人呢？

狐疑的吳宛玥勉強撐開雙眼，然後撐起身，看了一下四周。

四周是一片昏暗，兩人睡覺不習慣開燈，所以此刻的房間裡面，只有昏暗的光線，看得不是很清楚。

四處看了一下，也沒有看到馮侍豪的身影。

就在吳宛玥感覺到困惑的同時，耳朵卻收到了不尋常的訊號。

「嗚嗚嗚……」

一陣低沉的啜泣聲，傳入了吳宛玥耳中。

這陣沒來由的啜泣聲，感覺就好像一盆冷水潑在吳宛玥的身上，讓原本還有著濃濃睡意的她立刻清醒過來。

非但如此，原本那殘留在體內的一些不安與恐懼，也再度被這陣啜泣聲挑起，讓吳宛玥不自覺地抓著棉被發抖。

「阿豪？」吳宛玥呼喚著自己的老公，「阿豪！」

叫了幾聲等了一下側耳傾聽，卻沒有得到半點回應。

此刻吳宛玥沒有聽到那陣啜泣聲，剛剛聽到的時候，那聲音感覺有點遠，有點小聲，如果不是在這樣的夜深人靜的時刻，恐怕連聽都聽不到。

也正因為這樣的緣故，讓吳宛玥感覺會不會一切都只是自己的幻聽。

畢竟現在自己正處於不安與恐懼的情緒之中，有點疑神疑鬼似乎也很正常。

雖然還是覺得不安，但是吳宛玥仍舊從床上站起身。

沒事的，阿豪說不定只是上個廁所。

才剛這樣安慰著自己，繞過床邊，就可以看得到廁所的門口，然而此刻的廁所裡面，並沒有任何燈光。

果然打開門一看，裡面黑漆漆的一片，打開燈，確定了一下，確實沒有老公馮侍豪的身影。

這讓吳宛玥愣在原地，不知道這麼晚了自己的老公不在廁所，還能在哪裡。

就在吳宛玥這麼想的時候，她又聽到了那陣低泣聲，而這一次，她很清楚地聽到那聲音是從房外傳來的。

再次聽到那陣低泣聲，讓吳宛玥非常確定，並不是自己的幻聽，就在吳宛玥又開始不安的時候，腦海裡突然想到一件事情。

由於四年一度的奧運，正在巴西如火如荼地展開，所以老公阿豪有時候會在半夜，跑到

客廳去看奧運轉播。

因為時差的關係，大部分的比賽，都是在台灣的半夜進行。雖說房間也有一台電視，但是怕吵到吳宛玥的馮侍豪總是會跑到客廳去看。

而吳宛玥有時會在馮侍豪回到床上的時候被稍微吵醒，有時則是第二天早上醒來，才發現自己的老公跑到客廳偷看奧運。

可是即便如此，還是完全無法解釋，為什麼會有這陣低泣聲。

難道說因為中華代表隊落敗，看得心裡難過才會啜泣嗎？

這也有點太誇張了吧……

雖然不認為自己的老公有這麼熱情，不過吳宛玥還是決定走出房門去看個究竟。

畢竟在這種情況之下，吳宛玥根本不可能睡得著，尤其在沒有搞清楚，那陣低泣聲是哪裡來的，還有自己的老公馮侍豪到底跑哪去之前，不安跟恐懼只會讓自己更加難眠。

吳宛玥走到房門前，將手握住門把，心中那股不安情緒幾乎飆到最高點，彷彿一種生物的本能，在告訴自己危險將近，千萬別開門，讓吳宛玥的動作頓了一下。

但是到最後，吳宛玥還是克服了內心的恐懼，扭動了手把，將房門打開。

房門外是一條走廊，通往其他房間與客廳。

原本兩夫妻就有打算在這個地方長住，因此也準備了未來生育下一代時可以用到的房間。

只是這些日子因為工作繁忙，所以兩人還沒有時間將生育計畫排入生活之中。

現在這兩間房間，其中一間被拿來當成倉庫，另外一間則是被拿來當成健身房與休閒娛樂的房間，有台性能陽春的跑步機，以及可以偶爾約朋友來打打牌的麻將桌。

吳宛玥走出房外，看了一眼另外兩間房間，從門縫下可以看得出來，兩間房間都沒有燈光流瀉出來。馮侍豪應該也不在那兩間房間裡面，吳宛玥轉向客廳的方向。

才剛轉向客廳，吳宛玥腳底突然一滑，整個人差點滑倒在地上，從光溜溜的腳底板傳來的感覺，地板上似乎有些水漬。

差點滑倒的吳宛玥用手撐著牆壁，才免於一屁股跌坐在地上。順手朝牆面摸過去，找到了走廊的電燈開關，打開燈，果然看到地板上有一條清楚的水漬，一路朝客廳的方向蔓延過去。

這是什麼水漬呢？為什麼走廊會有這一條水漬？是打翻東西了嗎？

雖然心中是這麼想，但是從細長宛如河流模樣的水漬，看起來的感覺又不太像打翻東西。如果真的是打翻東西，並且將東西一路拿向廚房，按理說應該會有一大灘水跡，然後會有些斷斷續續的水漬比較合理。

但是吳宛玥不是什麼科學鑑定人員，對地板上的水漬也沒有那麼多研究，只想要快點搞清楚現在到底是什麼情況，自己的老公到底跑哪裡去了，而那陣低泣聲又是怎麼一回事。

當然這些疑惑的解答，都得要等到自己走到客廳才有可能得到一個確切的答案。

因此吳宛玥小心地避開水漬，一路走向客廳，打開客廳的燈。

燈光照亮了客廳，但是客廳空無一人，也沒有任何凌亂的地方，一切就跟兩人就寢前沒什麼兩樣。

這代表著原本還以為自己的老公是跑來客廳看奧運的推論，被徹底推翻了。

客廳沒有看到馮侍豪的身影，讓吳宛玥一臉疑惑地看了一下牆上的鐘，時鐘上顯示目前的時間是半夜三點半。

這麼晚了，自己的丈夫到底跑到哪裡去了？

雖然不知道原因，但是這下就連吳宛玥也認為，自己的老公很可能真的不在家裡，而是不知道為什麼外出了。

有了這樣的想法，吳宛玥穿過了客廳，準備去玄關看看自己丈夫的鞋子還在不在，以證實自己的想法。

想不到才剛穿過客廳靠近玄關，還來不及打開燈，這時那陣低泣聲又再度從身後傳來。

「嗚嗚嗚——」

不比先前所聽到的那樣遙遠，這一次的低泣聲感覺就像從自己身後傳來的，讓吳宛玥嚇到差點腿軟，整個人縮成了一團。

吳宛玥緩緩地轉過頭，客廳依舊沒有看到任何人影，不過從這個方向看過去，剛好就是餐廳的方向。

客廳與餐廳之間沒有隔間，因此靠著客廳的燈光可以將整個餐廳盡收眼底，此刻的餐廳也是空無一人，完全沒有辦法解釋，那陣低泣聲到底從哪裡來的。

不過唯一可以肯定的是，那陣低泣聲的位置絕對是在這間屋子裡面，而且絕對就是現在自己所看的方向，不是客廳就是餐廳，不管哪個都是空無一人的狀況。

這到底是怎麼回事？

吳宛玥感覺頭皮發麻，愣在原地，一時之間真的不知道該怎麼辦才好。

就這樣愣了不知道多久，吳宛玥注意到了那條從走廊一路延伸過來的水漬，在客廳轉了個彎，直達餐廳，並且一路蔓延到餐桌下。

將視線朝餐桌看過去，餐桌的椅子靠在一起，看起來沒什麼異狀。

然而在桌巾與椅子的遮蔽之下，吳宛玥看不清楚餐桌底下的情況。

吳宛玥深呼吸一口氣之後，朝著餐桌走過去，走到了餐桌旁邊，將靠著的椅子稍稍向外拉一點，向後退一步，正準備蹲下來看清楚餐桌底下的狀況，誰知道椅子突然向前一靠，自己又靠回餐桌邊。

這讓吳宛玥整個人嚇到向後跳了一步，當然也更加確定餐桌底下有鬼。

不過除此之外，餐桌底下就再也沒有動靜，彷彿剛剛什麼事情都沒有發生一樣。

原本還以為都到了這個地步，不需要做什麼，餐桌底下的人也會出來了吧？想不到等了一會，餐桌下面都沒有半點動靜。讓吳宛玥感覺到狐疑，如果桌子底下真的躲了個小偷，那麼光是拉回椅子裝作沒事，就真的沒事了嗎？這也太鴕鳥心態了吧？

不想太過於冒險，吳宛玥轉過身回到客廳，在客廳櫃子旁邊找到了手電筒，然後與餐桌隔著幾步的距離蹲了下來，打開手電筒，朝著餐桌底下一照，可以清楚地看到果然有一個人影就縮在餐桌底下。

突然看到這景象的吳宛玥開口正要尖叫，但是定睛一看躲在桌子底下的那個人，身上穿的睡衣跟模樣，不正是自己的老公馮侍豪嗎？

「阿豪！」吳宛玥大喝：「你到底在幹嘛！想要嚇死人啊！」

一想到這可能是老公馮侍豪的惡作劇，讓吳宛玥氣到七竅生煙。

「給我出來！三更半夜你想嚇死人啊！還不快出來！」

一連罵了幾句，想不到桌子底下的馮侍豪完全沒有要出來的意思，讓吳宛玥更是氣憤，走到餐桌旁邊，不管三七二十一，奮力將椅子拉開。

這一次吳宛玥不給馮侍豪有任何把椅子拉回去的機會，將椅子拉得老遠，可是即便如此，馮侍豪還是沒有要出來的跡象。

吳宛玥蹲下來，準備就算抓著馮侍豪的頭髮拖也要把他拖出來，結束這場鬧劇。

「開什麼玩笑！我明天還要上班耶！」吳宛玥罵道。

誰知道一蹲下來，剛好就跟馮侍豪四目相對，只見馮侍豪一臉慘白，眼神流露出無比的恐懼，看到吳宛玥，竟然立刻雙手抱頭，跪在地板上渾身發抖，並且發出了輕微的哀號聲。

「阿豪？你沒事吧？」

看到丈夫的模樣，吳宛玥也嚇到了。

馮侍豪的樣子看起來一點都不像是開玩笑，吳宛玥伸手想要安慰自己的丈夫。

誰知道手一碰到馮侍豪，馮侍豪竟然突然放聲大嚎。

「嗚啊啊啊——」

吳宛玥被這突如其來的叫聲嚇到，身子向後一退，整個人坐倒在地上。

還有點驚魂未定的吳宛玥，根本不知道自己的丈夫發生了什麼事情。

這時吳宛玥發現，馮侍豪的睡褲上面濕了一片，地板上也有一灘水漬，這下吳宛玥終於知道了，原來那條水漬，根本不是什麼打翻飲料，而是丈夫胯下失禁流出來的尿液。

這時吳宛玥終於確定，自己的老公絕對不是在開什麼玩笑，而是真的出事了。

雖然不知道馮侍豪出了什麼事，但是吳宛玥很快就發現，馮侍豪的精神狀況非常不穩定，不停胡言亂語，完全聽不懂他在說什麼，當然也不知道到底是什麼讓馮侍豪嚇成這樣。

同樣也嚇壞的吳宛玥沒有辦法，掙扎了一會之後，想不到什麼好辦法的她只好打電話請警方前來協助。

警方到達之後，馮侍豪的狀況也沒有好轉，最後警方叫來一台救護車，在眾人九牛二虎的協力之下，才把掙扎不斷，陷入崩潰瘋狂的馮侍豪送上救護車，一路送往醫院。

3

在經過一陣兵荒馬亂，好不容易才打了鎮定劑，讓馮侍豪逐漸睡去之後，幾乎所有人都虛脫了。

不管是協助的警方，還是幫忙的醫護人員，乃至於馮侍豪的妻子吳宛玥，在馮侍豪好不容易躺在病床上睡去之後，都是立刻整個人癱倒在椅子上。

接下來在經過了一連串宛如偵訊般的詢問之後，醫生勉強給了吳宛玥這個模糊的醫學名稱——精神耗弱。

當然實際上到底是什麼毛病引發馮侍豪這樣的精神狀況，肯定還需要經過一連串的檢查，才有可能得到答案。不過就現階段來說，這是醫生唯一可以說出來的名稱。

對於這個名稱，吳宛玥當然感到陌生，甚至完全無法想像，到底是什麼樣的情況會讓人突然一夜之間變成瘋子。

然而，不要說吳宛玥了，就連急診室的醫師，都不曾見過這樣的情況。無緣無故在家裡的床上睡一睡，醒來就變成了瘋瘋癲癲的人，這是連聽都沒有聽過的情況。

在馮侍豪安定下來，幾個似乎被召回來的醫師，聚集在一起討論了一會之後，走過來問起吳宛玥關於馮侍豪家族的精神病史。

吳宛玥表示不清楚，不過馮侍豪在今天之前，都非常正常，沒有過任何類似這種情況發生。

於是，醫生要吳宛玥跟馮侍豪家裡的人聯絡，看看能不能問到更多確切的訊息。

吳宛玥只好照著醫生所說的，打了通電話到馮侍豪的老家。

馮侍豪的父親去年往生，也正因為這樣的關係，長輩們才會希望馮侍豪快點結婚，為家裡沖沖喜。一方面也是擔心馮侍豪的老母親，會因為老伴過世太過傷痛，所以讓她忙個喜事，甚至可以早點抱個金孫，或許能讓她轉移一點喪夫之傷。

尤其是馮侍豪是獨子，從小就備受母親的疼愛，因此能夠看到自己的兒子步入禮堂，對這個老母親來說，也甚是欣慰。

兩人即便新婚，還是會抽空回家探望一下老母親，當然吳宛玥對這個婆婆也很有好感，兩人相處下來也沒有什麼大問題。

當然，如果沒有什麼事情的話，吳宛玥知道自己的老公不會希望驚動老母親。

但是眼下沒有辦法，畢竟連醫生都再三強調家族精神病史的重要，因此吳宛玥只能從醫院打了通電話回馮侍豪的老家。

從以前就務農習慣的馮媽媽接起了電話，聽到吳宛玥轉述的情況之後，立刻二話不說，心急如焚地趕到了醫院。

馮侍豪的老家位於台南市郊，也就是以前屬於台南縣的地方，距離市區需要幾個小時的車程，尤其是在馮爸爸去世之後，馮媽媽就是孤家寡人，只能拜託鄰居幫忙載到醫院，因此等到馮媽媽出現在醫院的時候，外面已經天亮，也過了幾個小時。

想不到就是這幾個小時的時間，讓馮侍豪身上的鎮定劑藥效減弱，醒過來的他情況還是一樣糟糕，拚命地想要躲開任何試圖靠近他的人。

馮媽媽親眼見到自己的寶貝兒子，瘋瘋癲癲不停掙扎，還躲到床底下的模樣，整顆心都碎了。

「豪仔，」馮媽媽哭著對床底下的馮侍豪說：「不要這樣嚇阿母啦，快點出來啦。」

但是馮侍豪抱著床腳，說什麼也不願意出來。

任何人只要靠近床底，他就是胡亂猛踹，把所有人都逼退。

眼看情況越來越難以收拾，最後醫護人員也只能無奈再度投藥，讓他鎮定下來。

看到自己的兒子像是暈過去一樣，被人從床底拖出來，馮媽媽痛心地坐倒在椅子上。

馮媽媽問自己的媳婦吳宛玥，兩人之間是不是發生了什麼事情。

吳宛玥當然也是一頭霧水，告訴馮媽媽一切都很正常，是今天深夜才突然變成這樣的。

吳宛玥把晚上的情況告訴馮媽媽，馮媽媽聽了臉色越來越難看。

這時醫護人員好不容易將馮侍豪抬上床，有了前車之鑑，為了他自己好，也為了防止再一次的暴動，醫護人員甚至找來了手環，將馮侍豪的手固定在床邊。

在搞定了馮侍豪之後，醫生過來向馮媽媽詢問，家族裡面是不是有人患有類似的精神病。

但是馮媽媽左想右想，不要說親人了，就連其他人也沒看過那麼嚴重的狀況。

既然沒有家族病史，那麼醫生懷疑是不是腦部受到傷害，才會發生這樣的情況，因此建議讓馮侍豪接受一連串的檢查。

當天，醫生安排了一連串的檢查，期間馮侍豪也有醒來過，所幸那些手環發揮了作用，雖然瘋狂依舊，但是至少沒有到處亂鑽，讓大家頭痛。

可是看到自己的兒子、老公，在床上痛苦哀號的模樣，兩個女人當然摟在一起，心痛又難過地流淚，卻也無計可施。

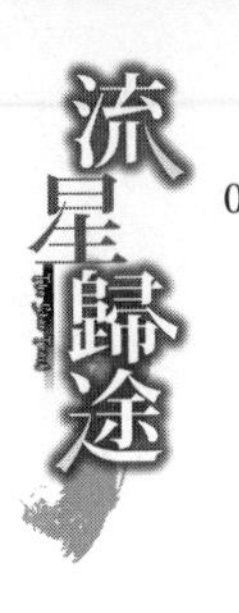

然而即便經過了檢查，也沒人真正了解馮侍豪身上到底發生什麼事情。

或許，是時間到了，大腦的保險絲燒斷了，然後人就瘋了。

眼看醫生這邊，完全沒能找到原因，不禁讓吳宛玥這麼想。

而且不需要什麼醫生的診斷，光是靠肉眼跟平凡人的眼光，都可以看得出來。

馮侍豪就是嚇壞了。

馮媽媽將吳宛玥拉到一邊，對吳宛玥說：「看到豪仔這樣，我看情況可能不是他們這些醫生可以解決的，我等等想要回村子裡一趟，然後找個很重要的人來幫忙看一下，不……我們還是辦退院，把豪仔一起帶回去村子，這種情況真的需要他才有辦法處理。」

「村子裡面有醫生？」

馮媽媽搖搖頭，「沒有醫生，但是有一個非常厲害的廟公。」

馮媽媽說到這裡，臉上突然流露出淡淡的驕傲，因為這個廟公正是他們村子的驕傲。

「他叫做鄧廟公。」馮媽媽說：「很有能力的一個廟公。」

4

馮侍豪的老家，正是鄧秉天廟宇所在的村莊。

當天大清早送馮媽媽趕到醫院看馮侍豪的人，正是丁村長。

不過那天因為丁村長在其他地方還有事情，所以就沒有跟著到醫院，只送馮媽媽到醫院外就離開了。

所以馮媽媽口中那個很厲害的鄧廟公，當然就是鄧秉天。

馮媽媽堅決要帶自己的兒子回鄉，醫院方面當然阻止，希望馮媽媽可以考慮清楚，現在的馮侍豪非常需要專業的醫療照顧，但是馮媽媽堅持再三，醫院沒有辦法，也只能讓馮媽媽帶著昏睡中的馮侍豪離開醫院。

於是馮媽媽與吳宛玥帶著馮侍豪，三人立刻風塵僕僕地趕回了馮侍豪的老家，也就是鄧廟公所在的村莊。

一路上慶幸的是藥效還能夠維持，馮侍豪沒有在車上醒過來，否則後果還真的是不堪設想。

一到家中，馮媽媽立刻仿效醫院的方法，將馮侍豪先綁在床上，這樣一來就算他醒過來，也不至於到處亂跑，傷害自己跟別人。

在安置好馮侍豪與吳宛玥之後，馮媽媽也不管這一整天的辛勞，立刻前往鄧廟公的廟宇。

馮媽媽一把鼻涕、一把眼淚地將馮侍豪的狀況告訴了鄧秉天。

「所以，求求鄧廟公，」馮媽媽雙手握在一起懇求鄧秉天：「一定要救救我們家豪仔。」

這下鄧秉天有點為難了。因為在那次跳鍾馗之後，鄧秉天就一直被一個問題困擾。

這問題就是在施道長逝世之後，自己也失去了這個最大的後盾，那麼未來如果遇到類似眼前這個狀況的時候，到底該怎麼辦的問題。

雖然說上帝關上了施道長這扇門，但是相對地也為鄧秉天開了阿皓這扇窗，可是不管怎麼說，這個只有在月光下才能正常的阿皓，實在不如施道長可靠。

因此鄧秉天這段時間也一直沒有想到一個真正的辦法，可以解決這個難題。

當然，類似這樣的麻煩與問題不會等到鄧秉天考慮好，甚至準備妥當後，才找上門。

因此面對馮媽媽的哀求，鄧秉天顯得有點為難。

對馮媽媽來說，光是憑過去的經驗以及村裡對鄧廟公的評價，鄧廟公絕對不會推辭，處理起來更不會是問題。

說得更直白點，馮媽媽之所以到現在還沒有真正崩潰，就是因為有鄧秉天這個鄧廟公在，她相信只要鄧廟公幫忙，自己的孩子一定可以好轉。

就是有了這層信念，馮媽媽才會不顧一切地，將兒子帶回村莊，就是希望鄧廟公可以出手，救救自己這唯一的骨肉。

想不到聽完之後，鄧廟公竟然沉著臉，一臉為難地握著馮媽媽的手。

「馮媽媽，」面對年齡比自己還要大上兩輪的馮媽媽，鄧廟公看起來就像年輕人一樣，「不是我不願意幫妳，是現在我不太方便啊。」

這句話可以說是鄧秉天的肺腑之言，也是據實以告。

因為現在的他，失去了施道長這個後盾，又被女兒盯上，而且聽馮媽媽說的情況，根本就不像是自己可以處理的事情。

馮媽媽聽到鄧秉天這麼說，原本勉強維持住的情緒，徹底崩潰了。

馮媽媽雙腳一軟，幾乎整個人就要跪倒在地，還好鄧秉天手腳快，一把扶住了馮媽媽，才不至於讓她跪倒在地上。

「鄧廟公啊，」馮媽媽哭喊著：「如果你不救豪仔，就沒人可以救他啦！」

只是馮媽媽不知道的是，鄧秉天不是不願，而是真的沒辦法啊。

就在鄧秉天萬分為難，不知道該怎麼說才好的時候，廟門口一個人走了進來。

這個人不是別人，正是剛好外出回家的鄧玟珊。

一看到玟珊，玟珊還來不及反應，鄧秉天倒是立刻就開口了。

「不是我不想幫妳，」鄧秉天沉著臉一副可憐兮兮地模樣說：「是我們家阿珊不准我再碰這些事情，阿珊回來了，妳自己跟她說吧。」

才剛回家連發生什麼事情都還不清楚，突然就聽到阿爸這麼說，玟珊張大了嘴，完全不知道怎麼回事。

不過馮媽媽就不一樣了，一轉過身抓著玟珊就是一陣哭求。

「阿珊啊，」馮媽媽哭著說：「馮媽媽對妳很好啊，妳忘記了嗎？以前上學馮媽媽都會塞一把糖果給妳啊。妳千萬不能這樣對馮媽媽啊，妳跟豪仔也是好朋友，不是嗎？現在豪仔變成這樣，妳一定要讓妳阿爸幫幫他啊。」

馮媽媽會這樣說不是沒有原因的，馮侍豪跟玟珊本來就是小學同校的同學，也算是一起長大的朋友，就連去年馮侍豪與吳宛玥的婚禮，玟珊也是座上賓。

當然，玟珊才剛回家，就被馮媽媽這樣一撲，根本還搞不清楚狀況，看向鄧秉天，只見此刻秉天臉上一臉幸災樂禍，彷彿要看好戲的表情，讓玟珊覺得一肚子火。

不過玟珊還是壓下脾氣，冷靜地安慰了馮媽媽，並且要馮媽媽好好說，把事情告訴自己。

馮媽媽邊哭邊說，好不容易才把事情從頭到尾告訴了玟珊。

知道了自己老同學的狀況，讓玟珊很動搖。

因為這種情況，恐怕該找的真的是醫生，而不是自己的阿爸這種，不學無術什麼都不會的神棍。

「馮媽媽，」玟珊白了鄧秉天一眼：「不是我不讓阿爸幫妳，是這種情況真的不是我阿爸可以應付的。」

「嘿，」鄧秉天正色地說：「妳可別亂說喔，我人就在這邊喔。」

「不然你真的會嗎？」玟珊沒好氣地說。

「好死不死，」鄧秉天臉上浮現得意的表情：「我真的有一個辦法，不敢保證百分之百成功啦，不過是個機會，可是妳不相信我，不讓我試試看……」

聽到鄧秉天這麼說，馮媽媽又發作了，抓著玟珊說什麼都不肯放手。

玟珊真的是又氣又難過，當然看到馮媽媽這樣，如果可以的話，玟珊當然二話不說會幫忙，可是她對自己的阿爸，也就是秉天，完全沒有信心啊。

偏偏秉天這時候又這麼說，讓玟珊一臉為難。

「你確定你真的行？」玟珊冷冷地問。

秉天攤了攤手，不想多說。

眼看馮媽媽整個人都快要跪在地上磕頭了，玟珊當然也不能再說什麼。

「好啦，」玟珊安慰著馮媽媽：「如果阿爸會處理，我一定會讓他處理，妳不要擔心啦。」

聽到玟珊這麼說，馮媽媽懸在那裡的一顆心，終於沉了下來，不斷地跟玟珊道謝，最後才願意離開。

等到馮媽媽離開，玟珊立刻轉身問秉天。

「說來聽聽，」玟珊雙手盤於胸前，一副興師問罪的模樣，「你到底有什麼辦法可以處理？」

「以前妳那個施伯伯跟我說過啦，」秉天用有點無賴地態度說：「不管什麼難題，只要跟鬼有關的，跳鍾馗都有機會可以搞定，我看啊，阿豪會一夜之間變成那樣，多半是卡到陰，妳那麼想幫馮媽媽，就去請妳的那個阿皓去幫妳跳鍾馗啊。」

秉天說完之後，轉身就頭也不回地溜進辦公室，留下玟珊一臉難以置信地張大嘴，不敢相信到頭來這竟然就是阿爸所謂的「方法」。

雖然說玟珊感覺自己就好像被阿爸擺了一道，不過就連玟珊也不得不承認，說不定阿皓真的可以解決。

只是玟珊不知道的是，阿皓是不是願意幫忙。

5

其實就算不是馮媽媽當時求得死去活來的情況，只要鄧秉天一口答應下來，並且把這個方法與情況告訴玟珊，玟珊恐怕也會這麼做。

因此，即便當天晚上，天氣沒有很晴朗，還有點陰陰的，但是玟珊還是牽著阿皓走出了廟宇，來到他們平常熟悉的廣場。

當然不管阿皓願不願意，玟珊都會想辦法幫忙馮媽媽，只是此刻就連玟珊也不是很確定，到底馮侍豪的情況，是不是真的是阿皓能幫得上忙的。

在等待阿皓清醒的期間，玟珊又不自覺地望向那條小路，如果在過去，發生這樣的事情，鄧秉天肯定會再度麻煩施伯伯，然後施伯伯很有可能會在今天晚上，再次踏上這條路，前來處理吧？

就在玟珊這麼想的時候，身後傳來熟悉的聲音：「為什麼妳每次都會看著那條路，然後一臉難過的樣子？」

玟珊臉上浮現出微笑，因為她知道，阿皓清醒了。

轉過身來，玟珊把施道長的事情，簡單地告訴了阿皓。

這點就連玟珊自己都覺得不可思議，畢竟這可以說是自己阿爸鄧秉天最大的秘密，但是她卻可以如此輕易就把始末告訴阿皓，或許，在玟珊的心裡面，早已經把阿皓當成了自己家的人，才會那麼容易吐露心聲吧。

從即使知道阿皓其實在癡呆狀態下，也能把所有的話聽進去，但是玟珊還是會三不五時就跟阿皓說些心裡的話，就可以看出端倪。

關於這件事情其實就連玟珊自己都有感覺到，只是不願意承認而已。

「……結果施伯伯死了，」玟珊說完施道長的事情之後，一臉哀傷地說：「卻沒有任何

村民，為他掉一滴淚。大家只知道，這個村子有個好了不起的鄧廟公，但沒人真正為這個長久以來一直守護著大家的伯伯傷心。」

「這個世界就是這樣，」阿皓淡淡地說：「有人總是默默耕耘，為這個世界出一份心力，卻沒有人知道，但是有人連拉個屎都能敲鑼打鼓。」

「你好深奧喔。」玟珊瞇著眼笑著說。

「類似的話很多人說過，深奧的不是我。」

阿皓這麼說著，腦海裡卻浮現出呂偉道長的臉，因為類似的話，正是呂偉道長在阿皓小時候告訴他的。

當然阿皓的心思，玟珊不可能會知道，而且對玟珊來說，今天晚上有更重要的事情需要告訴阿皓，尤其是阿皓能夠清醒的時間不太可靠，所以沒有多少時間可以浪費。

因此玟珊很快地切入主題。

「那個……阿皓，」玟珊面露些許難色：「有件事情我想要求求你。」

聽到玟珊這麼說，阿皓也抿著嘴點了點頭。

雖然說馮媽媽來的時候，阿皓人在後院沒有出來，也沒有聽到什麼。

但是從接下來的這一天，玟珊與鄧秉天看自己的模樣，還有兩人之間的互動，阿皓也大概感覺到什麼。

於是玟珊將馮媽媽與馮侍豪的事情，告訴了阿皓。

「其他人我不敢說，」玟珊苦著一張臉說：「但是就是馮媽媽，我是真的很想要幫她。」

會這麼說，當然也是因為玟珊跟這一對母子之間，也算是有過一段淵源。

由於馮媽媽身子一直都不是很好，所以一直到了高齡產婦的年紀，才好不容易生下了這麼一個兒子。

也是因為這個原因，所以馮媽媽一直都很寵愛自己的這個獨生子。

就連這個獨生子的同學，也就是玟珊，也被馮媽媽照顧到過。

因為馮侍豪小時候脾氣不好，村子裡面沒有小學，所以這村子長大的小孩，玟珊、馮侍豪等人，都是到另外一個村子的小學通勤。

一來不是那個村子裡面的人，二來馮侍豪的脾氣比較不好，所以馮侍豪的人緣很糟，小學讀得也不是很快樂。或許這點馮媽媽也知道，所以一直希望玟珊可以多多照顧這個同村的同學。

在馮媽媽年輕的時候，馮家在村子裡面開了一家雜貨店，也就是俗稱的柑仔店，就開在站牌附近。後來這家柑仔店收攤了之後，現在換成的就是阿彬的檳榔攤。不管是柑仔店還是檳榔攤，基本上都是坐公車的時候，一定會經過的地方。

所以每天玟珊上學的時候，都會經過馮媽媽開的柑仔店，馮媽媽看到玟珊經過，都會特

地塞一把糖果給玟珊，讓玟珊帶到學校去吃，雖然感覺像是賄賂一樣，但是這些年來，玟珊都一直感激在心。

加上其實馮侍豪本性並不壞，只是脾氣不好，但是不至於到不講理，只要知道錯的是自己，還是會很乾脆地道歉。

因此玟珊跟馮侍豪也算是青梅竹馬的朋友，交情也不算差。

所以今天看到了馮媽媽這樣，玟珊也是心如刀割。

「所以，」說到有點激動紅了眼眶的玟珊，對著阿皓說：「如果你知道怎麼辦的話，我真的希望你可以幫幫馮媽媽。去年馮媽媽已經失去了丈夫，現在她兒子有這樣的問題……」

說到這裡，激動的玟珊再也壓抑不住情緒，為馮媽媽的遭遇哭了出來。

看著一把鼻涕、一把眼淚的玟珊，雖然覺得很不妥，但是阿皓也大概知道，自己會給玟珊什麼樣的答案了。

只是此刻，阿浩的心中卻浮現出那過往人生最黑暗的時刻。

身受重傷的呂偉道長躺在床上，一臉慘白痛苦。

強忍心中的悲痛，阿皓握著自己摯愛師父的手。

阿皓非常清楚這是他們師徒倆的道別，也是阿皓人生最不擅長的事情。

呂偉道長看著阿皓，然後臉上浮現了一抹淡淡地微笑，問道：「宿命，你懂嗎？」

當下阿皓完全不懂，也不可能有那心情去搞懂。

因為自己宛如父親一樣的師父，即將要永遠離開他了。

悲痛無比的心情，根本不可能搞得懂這個即便思考也難以理解的問題。

或許當時的呂偉道長也了解這點，所以又補了一句話：「就算你不在這條路上，也逃不掉宿命的呼喚。」

然後這些年過去，此刻的阿皓終於懂了。

自己跟阿畢，最後確實也踏上了呂偉道長與劉易經的道路。

就算當年為了不讓其他人詢問口訣的事情，徹底放棄道士之路，跑到女子高中去當老師，也還是被迫得要重拾道士之技。

就連現在，明明都已經如此了，還是有他需要義無反顧的地方。

只是，阿皓到現在還是不懂，宿命真正的意義是什麼？

而這所謂的宿命，又會把他帶到哪裡去。

當然，即使還沒能參透這一些，阿皓還是點了點頭。

「放心，」阿皓安慰著玟珊說：「我願意幫，不管是妳還是馮媽媽。」

第2章・辨妖識魔

1

阿皓這輩子恐怕作夢也沒有想到，自己的人生會淪落至此，一切都得要仰賴月光。

……就好像美少女戰士那樣。

不，就連阿皓自己也搞不清楚，美少女戰士變身到底需不需要月亮的力量。

總之，人生走到這種地步，讓阿皓自己常常都會覺得不如死了算了。

真祖召喚——輕則元神受損、精神錯亂；重則一命嗚呼、粉身碎骨。

這是當時師父呂偉道長告訴阿皓，使用真祖召喚之後必須付出的代價。

可是沒有一個是未來的人生會像個廢人一樣，只能宛如美少女戰士與月亮牽扯不清。

就算答應了想要幫玟珊，但是說穿了，阿皓覺得此刻的自己根本就是泥菩薩過江，自身難保的狀態。自己都需要人家幫助了，怎麼還有那個能力幫助他人呢？

不過既然已經答應了，加上那個該死的「義無反顧」，阿皓當然也只能硬著頭皮上了，即便心中還是覺得不妥。

在聽完了玟珊轉述關於馮家的狀況，阿皓的心中已經有了點底。

從馮侍豪現在的狀況看起來，很有可能就是所謂的受到驚嚇。遇到這樣的情況，第一件事情就是收驚，這是完全不需要鍾馗派的道士，就可以處理的事情。

先收驚，穩住馮侍豪的情緒，然後再好好聽聽看，到底是什麼東西把他嚇到屁滾尿流。

接著，根據馮侍豪所說的情況，再來擬定下個步驟，這就是最一般的處理方式。

然而這個方法，現在卻完全不可行，因為鄧秉天可能連收驚都不會，如果要收驚，可能還得找其他廟宇幫忙，另外就是如果情況真的如阿皓所想的那樣，貿然收驚也有點風險，所以阿皓現在也只能尋求別的方法來解決。

雖然方法可能不太一樣，不過就整體的大方向來說，還是不變的。

目前的當務之急，當然是要先想辦法讓阿皓見到馮侍豪，畢竟如果阿皓連見都沒見，光是這樣聽第三手、第四手的轉述，實在很難下任何判斷。

這點也算好解決，因為馮媽媽的堅持，所以馮侍豪已經回到村子裡面，不然如果現在要玟珊想辦法將阿皓帶到市區，並且到醫院去見馮侍豪，恐怕會衍生出更多問題與麻煩。

而且，更糟糕的是阿皓清醒的時間，多半都已經過了可以探望病患的時間了。

要如何讓阿皓在清醒的狀態之下，到醫院看馮侍豪，也是個非常需要克服的難題。

還好這些馮媽媽全都解決了。

基於對鄧廟公的信賴，馮媽媽已經把馮侍豪帶回家中，並且五花大綁在床上。醫生也有開一些鎮定劑給馮媽媽，因此整體來說，在藥吃完之前，馮侍豪暫時還不會有什麼太嚴重的問題。

不過也沒人敢保證事情絕對可以順順利利，尤其是阿皓清醒與否，還有清醒時間的長短，都是沒人可以控制的事情，所以真的只能走一步、算一步了。

而目前的第一步，就是讓阿皓可以在不驚動其他人的情況之下，觀察馮侍豪的情況。

由於阿皓答應要幫忙的那天晚上，時間完全不夠，所以兩人也只能將這個見面的計畫延後一天。

第二天早上，玟珊先到馮媽媽家，看了一下狀況，由於馮侍豪原本的房間在二樓，可能不是很方便阿皓晚上來觀察，因此玟珊幫馮媽媽把馮侍豪移到一樓客房。

一樓客房在西側，有一扇向外開的窗戶。玟珊的計畫就是讓馮媽媽把窗戶開著，這樣晚上玟珊就可以帶著阿皓，從窗戶外直接觀察馮侍豪的狀況。如此一來不需要驚動馮家，也可以不用為阿皓清醒多做解釋。

一切準備就緒之後，玟珊回家等待著夜晚的來臨。

原本前幾天天氣都有點不穩定，一直陰陰的，不過到了晚上，感覺晴朗許多，月亮也清晰可見。

從過去的經驗看起來，這種情況應該可以順利讓阿皓清醒。

當晚等到了夜深人靜的時候，玟珊直接就牽著阿皓離開了廟宇，朝著村子前進。

昨天晚上阿皓清醒的時候，有交代玟珊要準備一些東西，這些東西玟珊也在白天的時候準備好了。

在這些東西之中，最重要的應該就是柚子葉，這些葉子被泡在符水裡幾乎一整天了，出發前玟珊也把這些柚子葉拿出來，用袋子裝好一起帶出門。

雖然玟珊完全不知道這些柚子葉的用途，不過阿皓既然交代了，玟珊當然二話不說準備好，也不多問。

玟珊一手提著袋子，一手牽著阿皓，兩人就這樣走下斜坡，朝村子而去，還沒到第一戶人家，牽著阿皓的手突然有了反應，玟珊一回頭，果然見到阿皓恢復了清醒的模樣。

清醒之後很快就掌握住狀況的阿皓，跟著玟珊兩人一路來到了馮侍豪的老家外。

由於到現在為止，阿皓還不知道確切的狀況，因此這一次，簡單來說就只是打探一下而已。

不過如果真的是阿皓所想的那種情況，這樣的打探還是有點危險，因此才會特別交代玟珊，讓馮侍豪躺在兩人可以從外面觀察的窗戶旁，避免直接進去，比較保險一點。

在確定了馮侍豪的位置之後，阿皓領著玟珊，兩人小心翼翼地靠近窗戶。

才剛靠近窗戶，阿皓就覺得有點不對勁，渾身有種說不出來的不適。

那感覺來得很快，而且很強烈，阿皓還沒反應過來，兩人已經來到了窗邊，阿皓緩緩地將頭移到窗邊，朝著裡面一看，阿皓差點倒抽一口氣，看到阿皓這模樣，一旁的玟珊也跟著探頭朝裡面看進去。

這時的馮侍豪因為服用了醫生開的藥，在床上皺著眉頭地熟睡著，而馮媽媽跟馮侍豪的老婆吳宛玥，並沒有在這個房間裡面。

兩人經過這一整天下來的折磨，早就累得精疲力盡，好不容易看到馮侍豪睡著之後，兩人當然想趁著這個好機會補眠，以免到時候馮侍豪一清醒，又亂了起來，到時候想睡也沒得睡了。

所以此刻在這間房間裡面，應該只有馮侍豪一個人靜靜地在床上睡著，但是阿皓卻可以清楚地看到在馮侍豪的床邊，站著一個女人。

那女人抱著一個嬰兒，然後用冰冷的眼神，凝視躺在床上熟睡的馮侍豪。

那女人的身影有點模糊透明，看就知道絕對不是活著的人。

阿皓從來沒見過這種情況，過去像這種鬼魂顯影的狀況，都是鬼魂發動攻擊的時候，才會見到鬼的樣子，但是現在，卻是在這種什麼都沒做的情況下就看得到。

……表示這鬼魂的力量遠遠超過自己的想像？

想到這一點的阿皓瞬間覺得有點混亂，因為從實際上的感覺來說，對方並沒有給阿皓太過於強大的感覺，就經驗來說這鬼魂的力量不應該如此強大，可是現在自己非但什麼都沒做，就看得到對方的身影，更在靠近窗戶的時候，有這麼強烈的靈騷動現象。

所謂的靈騷動，指的就是在經過修行之後的道士，在靠近這些靈體的時候，身體所產生出來的反應，這些反應多半都是身體的些許不適，例如頭昏、聞到異味等等。而隨著修行的功力越來越強大，這些不適的感覺，也會跟著更加敏銳。

剛剛靠近窗戶的時候，阿皓就感覺到過去不曾感到過的強烈靈騷動。

以前就荒廢於練習的阿皓，這些日子幾乎成了廢人，當然不可能修行，功力自然也不應該提升，所以唯一的可能就是對方是自己遇過最強大的靈體才對。

不過除了對方沒有顯影就看得到，以及這些靈騷動之外，其他的感覺卻沒有這麼強烈，因此才會讓阿皓感覺到有點混亂。到底這靈體是強還是弱，阿皓真的有點困惑了。

而就在阿皓感覺到奇怪的時候，一個名字浮現在自己的腦海之中。

人怨靈……

當然，如果是一般的情況，或許這個名字，也會在阿皓的選擇之中，但是阿皓此刻卻有一種難以形容的感覺，內心非常確定，而且毫無懷疑的認定，眼前這個靈體，就是人怨靈。

這種感覺真的讓阿皓感覺到莫名其妙，理智也立刻告訴自己，不能過信。

可是越是這麼想，人怨靈的感受就越強烈。

這到底是怎麼回事？

阿皓感覺到自己陷入了前所未有的混亂，而就在這個時候，一旁的玟珊突然靠到阿皓身邊輕聲問道：「如何？有看到什麼嗎？」

聽到一旁的玟珊開口，阿皓嚇了一跳回過神來，立刻將玟珊從窗邊壓下去，自己也跟著躲下去。

因為就在玟珊出聲後，那女人也立刻回頭了。

雖然心中出現那個名字，但是在沒有測試的情況之下，他也不能肯定這女人就是人怨靈。

這種時候如果跟這女人對上，說不定會很不妙。

因此阿皓才會立刻將玟珊壓下去，自己也蹲著緊緊貼著窗戶外的牆壁。

兩人才剛蹲下，頭上的窗戶就浮現出那女人的身影，女人一手抱著嬰兒，凝視著窗外。

阿皓將手指放在唇上，對玟珊示意絕對不要出聲。

如果這時候被女人發現，情況恐怕會非常危險，尤其是在手邊法器有限的情況下，真的是最糟糕的情況。

不過跟曉潔不一樣的地方是，阿皓可是實戰經驗豐富的沙場老將，雖然極力想要避免這樣的情況，可是如果真的情況演變至此，阿皓當然也不會束手就擒。

因此蹲下示意玟珊不要出聲之後，阿皓立刻用手指在手掌上凌空畫了畫符，畫完之後，那手掌便平放在那裡，準備等等如果那女人真的發動攻擊，就會用這手掌來對付她。

不過等了一會，那女人似乎沒有要發動攻擊的意思。

女人掃視了窗外一會之後，靜靜地回到了床邊，繼續用冰冷的眼光凝視著男子。

在等了一陣子都沒有反應之後，阿皓偷偷探頭看了一下狀況，確定女子已經回到床邊之後，才努了努下巴，要玟珊先撤退。

兩人躡手躡腳地離開了窗邊，朝著反方向走，一連經過了幾戶人家，走了一段距離之後，阿皓才開口說話。

「妳沒看到那女人嗎？怎麼會突然出聲呢？」

聽到阿皓這麼說，玟珊一臉疑惑地搖搖頭。

「什麼女人？」玟珊一臉狐疑，「我只有看到阿豪在床上睡覺，沒有看到女人啊。」

聽到玟珊這麼說，阿皓感覺到更奇怪了。

因為按理說如果那個鬼魂因為力量強大而顯影了，應該連玟珊也看得到才對啊，如果鬼魂沒有顯影，那麼自己應該也看不到才對。很難會遇到這種只有一個人看得到、另外一個人看不到的情況。

一連串接踵而來的奇怪情況，讓阿皓感覺到詭異，跟自己料想的都不一樣，當然也讓阿皓警覺了起來。

一定要先搞清楚這些情況才行，不然就算真的確定對方就是人怨靈，這些出乎意料之外的狀況不搞清楚，難保真正出手的時候，不會有什麼意外發生。

其他的就先別說了，首先阿皓想要先搞清楚，到底是自己眼花，還是玟珊真的看不到那個女人。

為了證明這點，阿皓帶著玟珊，到一個雖然距離有點遠，但是還是可以看得到窗內狀況的地方，要玟珊再看清楚。

「妳沒看到那個女的嗎？」阿皓用手指著床邊的女人說：「就在床邊啊。」

玟珊很努力瞇著眼看了一會，然後緩緩地搖了搖頭。

在確定玟珊看不見之後，阿皓要玟珊拿出準備好的柚子葉，並且讓玟珊將柚子葉在自己的眼皮上面按一會。

按了一會之後，玟珊張開雙眼，眨了眨眼睛適應一下之後，再次重新望向馮侍豪的房間，這一看玟珊差點叫出聲來。

因為玟珊這次清楚地看到了，在馮侍豪的床邊，一個看起來就充滿恨意的女人，抱著一個嬰兒，就站在那裡低著頭凝視著馮侍豪。

「看到了，」玟珊低聲對身旁的阿皓說：「我看到了那個女人了。」

等了一會，都沒有聽到阿皓的回答，玟珊一轉頭，看到了更驚人的一幕。

只見阿皓就站在那裡，一臉癡呆、雙眼無神地看著前方，不再是清醒的模樣，不過這不是讓玟珊感覺到訝異的地方，真正讓玟珊感覺到驚訝萬分的是此刻阿皓的頭上，就好像燒起來一樣，不斷有宛如火焰般的藍氣，從天靈蓋位置不斷竄燒出來。

「阿皓！」玟珊搖了搖阿皓，「你沒事吧？」

但是已經恢復癡呆狀態的阿皓，沒有半點回應。

玟珊從來不曾見過這種景象，原本還擔心阿皓的頭是不是真的被火燒到，以至於整個燃燒起來，但是用手靠過去，卻發現那完全不是什麼火焰，不過也感覺不到是任何東西就是了。

雖然不能夠確定阿皓為什麼會變成這樣，不過唯一可以確定的是，此刻的阿皓又回到了不清醒的狀態，感覺到可能會有危險，玟珊也只能先帶著阿皓，一路回到廟裡。

2

那晚，玟珊與阿皓總算有驚無險地回到了廟裡。

然而即便回到了廟裡，阿皓頭頂冒火的狀況也沒有改變，仍然是彷彿有藍色的火焰在頭上熊熊燃燒著一樣。

不過因為看上去阿皓跟平常沒什麼兩樣，而且兩人從外面回來的時候，剛好遇到了鄧秉天，但是鄧秉天並沒有看到阿皓頭頂上冒出來的藍色火焰，因此玟珊推測，應該是因為自己剛剛按過柚子葉，才會看到這樣的情況。

所以玟珊也沒有特別做什麼處理，果然一夜過去，阿皓頭上的火焰就自然消失了。

第二天早上玟珊看到阿皓的時候，已經沒有看到那團火焰。

不過因為那天阿皓離開得有點突然，所以什麼都沒有講清楚，因此這一天玟珊也只能乾等。

到了夜晚，玟珊一等到夜幕低垂，可以看到月亮，就急急忙忙拉著阿皓往外跑。

畢竟當時的情況都還沒搞清楚，加上阿皓頭上的藍色火焰，有這麼多等待著阿皓回答的問題，讓玟珊完全坐不住，希望今天晚上可以一次獲得所有問題的解答。

經過了一陣子的等待之後，終於盼到阿皓緩緩清醒。

一見到阿皓清醒，玟珊立刻將昨天晚上他頭上冒火的事情，先告訴了阿皓。

阿皓聽了之後，一臉狐疑，完全不了解玟珊說的事情，他從來沒有聽過頭上會冒火這件事情。

「所以，」阿皓摸著自己的頭頂說：「我現在還有冒火嗎？」

「沒有，」玟珊搖搖頭說：「啊，對了，我忘記了，回來的時候，在廟口遇到阿爸，不過他沒有看到你頭頂的樣子。所以我想……會不會是柚子葉的關係。」

聽到玟珊這麼說，阿皓也認為這是很有可能的事情。

畢竟柚子葉的功能，就是用來開眼，除了可以看到平常看不到的靈體之外，有時候也會看到一些異相，也就是因為這些異相的關係，才常被用來追蹤鬼魂行蹤等等之用。

所以就算玟珊是因為柚子葉的關係，真的有看到什麼異常，或許也不是完全不可能的事情。

雖然不知道自己的頭頂冒火到底是什麼情況，不過既然昨天的柚子葉還有剩，兩人當然拿來利用，看清楚到底是怎麼一回事。

於是玟珊又回到廟裡將昨天用剩的柚子葉拿出來，然後跟昨天一樣，在眼皮上面按了一會之後，緩緩張開了雙眼。

「怎麼樣？」阿皓問：「有冒火嗎？」

玟珊側著頭，有點不知道該怎麼回答地猶豫了一會之後說：「是沒有像昨天晚上那麼誇張啦，不過還是可以看得出一點……該怎麼說，好像藍色的氣體一樣，很模糊，但是仔細看的話，看得出你頭頂好像有在冒氣。」

聽到玟珊這麼說，阿皓手托著下巴，良久沒有開口。

這種情況阿皓連聽都沒有聽過，不只有頭上冒火的這件事情如此，就連這一次的事件，阿皓也感覺有很多地方不一樣的感覺。總覺得，在自己清醒之後，這個世界跟原本的那個世界，似乎有點不太一樣了。

難道說……其實自己真的已經死了……而這就是死後的世界嗎？

阿皓腦海裡面，不禁這麼懷疑著。

不過這樣的想法，只有那麼一瞬間，下一秒阿皓搖了搖頭，把這樣的想法甩出腦海之中。

自己頭上冒火的事情，或許可以晚點再說，現在兩人的重點，還是應該放在馮媽媽跟她的寶貝兒子身上。

「我頭上冒火的事情，」阿皓搖搖手說：「我們晚點再說吧。現在真正要解決的還是馮媽媽跟妳小學同學的事情比較重要。」

玟珊點了點頭表示贊同。

雖然知道了這一點，不過關於昨天的情況，阿皓還沒有時間細想。

「不過我需要……想一下。」阿皓低下了頭，摸著下巴說。

當然，玟珊可以理解，阿皓清醒的時間如此短暫，面對這樣的狀況，可能有很多事情需要思考，所以點了點頭，讓阿皓靜靜地想了一會。

從昨天的情況看起來，當然那個抱著嬰兒的女子，最有可能的確就是人怨靈。

即便在過去的情況，這也很有可能是阿皓的第一個選擇。

光是從那女人怨恨的眼光，大概也可以猜得到。

雖然沒有實際上經過統計，不過人怨靈恐怕是從古至今，所有鍾馗派的道士們處理最頻繁的靈體了。

最主要的原因當然就是因為，雖然數量不如地縛靈來得多，不過人怨靈一般來說，傷害與危險性都比地縛靈要來得高，幾乎每個人怨靈，都需要道士介入處理，否則多半都是悲劇收場。

因此，在實務上，鍾馗派的道士們，最有機會碰到的靈體之一，就是人怨靈。

人怨靈一般來說，就是死前帶著怨恨的心情，變成的靈體。

比起凶靈來說，人怨靈比較針對性，多半都只會找上冤親債主，不太會影響其他人。雖然不會濫傷無辜，但是就危險性來說，絕對不亞於凶靈。

如果可以……這絕對不是現在的自己或者是玟珊想要招惹的對象。

當然，這女人到底是不是人怨靈，只要試驗一下就可以了。

不過真正讓阿皓不解的地方是，為什麼自己的腦袋除了人怨靈之外，沒有任何其他可能性呢？

身為一個鍾馗派的道士，在操偶與記憶口訣方面，阿皓一直都是不可多得的人才。

如果硬要說缺點的話，那麼阿皓最弱的恐怕就是道行與辨妖識魔這兩項了。

道行這一點，靠著操偶的技巧，多少補足了一些，可是辨妖識魔就沒辦法了。

即便跟著呂偉道長征戰多年，呂偉道長總會讓阿皓試著推敲，可是準確率實在不高。

這更讓阿皓了解到自己師父的偉大，明明口訣都記熟了，同樣的口訣之下，呂偉道長這一生在辨妖識魔這方面，還沒有出錯過，光是這點，阿皓就永遠沒有辦法，像自己的師父這麼厲害了。尤其是自己的胸口，還留下曾經因為錯判靈體而受過傷的痕跡，更讓阿皓知道，自己不應該那麼果斷。

可是……不管阿皓怎麼想，都沒有辦法想到其他靈體。

感覺那些牢記的口訣，此時此刻都成了沒有意義的文字，完全無法解讀一樣，除了人怨靈之外，沒有其他浮現出來的靈體。

這完全不合阿皓過去的個性，過去的阿皓不管再怎麼明顯的靈體，都會至少找出其他幾個可能性。

但是今天不管阿皓如何努力，都沒有辦法想出別的靈體。

為什麼？明明還有那麼多符合，光是從現在的狀況來推論，怎麼樣都不可能只有一個可能性啊！

但是，腦海裡面卻完全不作他想，這實在是太詭異的一件事情了。

不過對阿皓來說，現在也只能先當作人怨靈了，如果測驗出來的結果，不是人怨靈，那時候……或許，真的只是或許，自己可以想到一些別的什麼。

在經過考慮之後，阿皓將測驗的步驟，一個、一個詳細告訴了玟珊。

因為這些測驗，有點複雜，不太可能在晚上的時候，等到阿皓清醒之後再執行，因為如果真的這樣做，一來阿皓什麼時候可以清醒、可以清醒多久，這些都是未知數，加上夜深人靜的時候，萬一阿皓沒有清醒，身旁又沒有其他人，難保那個女鬼不會對玟珊做什麼。

雖然說早上不見得絕對安全，不過相比之下，絕對比前者還要來得保險。

尤其是只要玟珊照著自己交代的步驟去做，不要出錯，應該可以得到一個安全結果，所以阿皓才會選擇讓玟珊代替自己去試試看。

在解說的過程之中，阿皓的腦海裡面，浮現出一年多前的景象。

那時候的他還是個人人稱羨，整天放眼望去都是二八佳人的女中教師。而當時的他，也是一樣將測驗靈體的工作託付給曉潔，將八卦鏡交給她，要她拿去班上試驗看看。

想不到一年多的時間，竟然變化會如此的大。

這絕對不是當時的自己猜想得到的情況。

在解說完了之後，為了慎重起見，阿皓讓玟珊重複說一次步驟，在確定玟珊都記住之後，才點了點頭。

「但是，」玟珊提出了疑問：「如果不是那個你說的什麼人怨靈呢？」

當然這個問題，剛剛阿皓早就想過了。

「那就……只能到時候再說了。」阿皓皺著眉頭說。

因為一直到現在，除了人怨靈之外，阿皓想不出其他可能性。

「畢竟……」阿皓說到這裡，就沒有繼續說下去了。

等了一會都沒有聽到阿皓接著說的玟珊，抬起頭來看了阿皓一眼，赫然發現那團熊熊燃燒的火焰又出現了。

而此刻的阿皓，又返回到那雙眼無神的癡呆狀況了。

難道說……這團火焰，只會在阿皓不清醒的時候冒出來？

這樣的懷疑自然而然浮現在玟珊的腦海之中。

更重要的是，如果搞清楚這團火焰的真相，會不會……就可以讓阿皓永遠清醒過來呢？

一想到這裡，玟珊的心中也跟著燃起了希望。

如果可以讓阿皓徹底清醒的話……

3

每個人的人生，都有些屬於自己的課題。

這些課題，往往都來自於自身的一些素質與個性。

有些人天生很有才華，但是生性懶惰，那麼好吃懶做就成為了他人生的課題。

如果可以克服這個課題，那麼這樣的人，或許真的可以活出一段了不起的人生。

這就是為什麼常常都有人說，一個人的成功，必須先戰勝自己的原因。

對阿皓來說，他的課題，打從很小的時候，就已經知道了。

雖然不曾想過要成為一個像自己的師父呂偉道長那樣偉大的道士，可是對阿皓來說，自己還是希望可以學好，每一個呂偉道長傳授他的東西。

哪怕這些東西，到頭來都只是學個興趣，不曾發揮實際上的作用，阿皓也覺得值得。

從呂偉道長收自己為徒之後，不論是口訣還是操偶，阿皓的進度都遠遠超過呂偉道長所能想像的快速。

當然，呂偉道長也很清楚，這是阿皓（阿吉）的天分。

阿皓花不到兩年的時間，就已經學會了所有鍾馗派的口訣與技巧。

就形式來說，其實學到阿皓這種程度，就已經算是可以正式出師了，有更多的人，光是

口訣學個五成，就已經開始在江湖上闖蕩。

但是阿皓卻有一個很嚴重的問題，那就是因為年紀太小，即便口訣已經倒背如流，卻不見得可以理解口訣之中字裡行間的真正含意，另外一個問題，就是缺乏人生經驗與歷練，更是難以真正明白口訣之中的奧義。

當然關於這一點，呂偉道長也很清楚，所以在阿皓學會了所有口訣，並且盡可能地理解其中的含意之後，呂偉道長便帶著阿皓南征北討。

一方面在處理繁忙的事務之中，有小阿皓可以幫忙，另一方面也是趁各種不可多得的機會，給小阿皓一點機會教育，幫助他活用那些記在腦海裡面的口訣。

——那是發生在小阿皓拜入呂偉道長門下的第三年。

在小阿皓長時間的抗議之下，呂偉道長終於首肯，帶著小阿皓一起去處理事務。

這對小阿皓來說，是個最大的考驗，同時也有著非常重大的意義。

畢竟當時的小阿皓，已經學會了所有鍾馗派的東西，從跳鍾馗到口訣，都已經滾瓜爛熟。尤其是他的操偶技巧，更是到了可以上台表演甚至出國比賽的地步。

唯獨沒有半點經驗，這一點讓小阿皓非常介意。沒有實戰經驗，就永遠沒有辦法出師。

因此練到煩悶的小阿皓，三不五時就吵著呂偉道長帶他出去見見世面。

但是一方面顧忌到小阿皓年紀還小，對口訣的理解也不夠深，因此一直拖到了第三年，呂偉道長才第一次帶著小阿皓出征。

對於這有如學成出師般的第一次出擊，小阿皓非常興奮，甚至非常雀躍想要一試自己的功力。

呂偉道長就這樣帶著小阿皓，來到了一個抓狂男子的身邊。

這男子被人目睹，就好像猴子一樣，在森林間跳來跳去，爬高爬低，甚至還攻擊其他人。附近的人見到這個男子，以為就好像台灣版的泰山一樣，懷疑這男人就是長時間被丟棄在山區，而被動物養大的男人，因此報警處理。

但是在警方跟這男子周旋了一陣子之後，一個經驗老到的警官，看到了男子手上戴著的手銬，發現根本不是這麼一回事。如果是泰山，怎麼會戴手銬呢？

於是，經過了幾層關係之後，找上了呂偉道長。

呂偉道長帶著小阿皓，兩人很快就找到了那個男子，呂偉道長一下就確定，這絕對不是泰山，而是鬼上身的一種情況。

鬼上身是一種非常普遍的狀況，幾乎一百零八種靈體都有可能會，所以根本不太可能光憑這一點就斷定，上了這個男子身上的鬼魂，正身是什麼靈體。

至少，對小阿皓來說是這樣。

但是光看一眼，呂偉道長就已經開始準備，要收服對方了，這一直都是呂偉道長的強項。

在準備的過程之中，呂偉道長就利用這樣的機會，讓小阿皓去推測眼前這個靈體的正身。

小阿皓躲在呂偉道長的後面，仔細觀察著男子，盡可能蒐集所有可以觀察得到的情報，然後搜尋、比對著腦中的口訣，試圖想要推斷出男子的正身。

可惜的是，小阿皓還是一連猜了三次，才猜出對方的正身。

這樣的初體驗，當然對小阿皓來說，是非常大的挫折。

不過對方並沒有給小阿皓任何療傷的時間，眼看這一對師徒竟然無視於自己，在那邊猜測著自己的正身，讓男子體內的靈體大為光火，立刻朝兩人攻了過來。

只是他沒有想到的是，這也在呂偉道長的計算之中，一開始要小阿皓這樣推斷對方的正身，除了要給小阿皓練習的機會之外，也意圖在激怒對方。

果然對方在這樣的激怒之下，失去了理智朝兩人攻過來，輕易就露出了破綻，因此很輕鬆就被呂偉道長給收服了。

「師父，」小阿皓問呂偉道長：「你是不是一開始就知道對方的正身？」

呂偉道長微笑地點了點頭。

這就是呂偉道長最了不起的地方，也是阿皓這一生自認永遠無法超越的地方。

在呂偉道長這一生降魔伏妖的路上，不曾有一次誤判的情況。

不過年幼的小阿皓完全不能理解，鼓著臉頰問：「為什麼我已經記熟了所有口訣，還是沒辦法像師父你一樣，一下子就知道正身了呢？」

呂偉道長笑而不答。

「師父，」小阿皓瞇著眼說：「你該不會有暗槓的口訣沒教我吧？這樣太不公平囉。」

被自己乳臭未乾的徒弟質疑，呂偉道長哈哈大笑，摸了摸小阿皓的頭說：「那是你年紀還太小了，經驗不夠，而且雖然你口訣的確背熟了，不過你還不夠融會貫通，不太了解字裡行間的真正意義，如果你想要徹底發揮口訣，就要多學點國文，讓自己文學素養提升。」

小阿皓雖然不服氣，也有點不以為然，不過也只能嘟著嘴點了點頭。

突然想到了什麼，小阿皓抬起頭來問：「那麼鍾馗祖師呢？鍾馗祖師是不是也跟師父一樣厲害？」

「祖師爺當然比我還要厲害啊，」呂偉道長笑著說：「相傳鍾馗祖師，擁有絕對辨妖識魔之力，任何妖魔鬼怪都無法欺瞞過鍾馗祖師的法眼，這也是為什麼鍾馗祖師可以留下口訣的關係。我們凡人還需要觀察，才能知道，鍾馗祖師甚至連看都不需要看一眼就知道對方是何方妖魔，比師父當然要厲害得太多了。」

小阿皓瞇著眼睛，一臉嚮往的模樣，讓呂偉道長看了更是笑著搖搖頭。

如果讓呂偉道長說，小阿皓有什麼偶像的話，第一個絕對就是鍾馗祖師。

每次只要發生類似的事情，小阿皓總是會問鍾馗祖師的話會怎樣之類的問題。

由於鍾馗祖師的神像，多半會讓小孩十分敬畏，像小阿皓這樣崇拜的人，其實非常少，或許這也算是小阿皓跟鍾馗祖師有緣，才會感覺親近，加上自己又是鍾馗祖師流傳下來的門派弟子，自然會對自家祖師爺產生親近之情，這也是理所當然的吧。

雖然說，這一次的初體驗，讓小阿皓有點失望，更了解到口訣的偉大，不過同時也是在這個時候，小阿皓知道了，自己在鍾馗派這條路上的課題是什麼了。

為了讓自己可以更加接近師父呂偉道長的水準，為了讓自己更加參透口訣中的奧義，長大之後的阿皓，進入了C大中文系，就是為了提升自己的中文理解力，讓自己可以像師父呂偉道長那樣，參透出更多口訣之中的奧秘。

不過，隨著年紀逐漸成熟，卻讓阿皓也越來越了解到呂偉道長與鍾馗祖師的偉大，因此阿皓自認終其一生，恐怕也到不了呂偉道長的境界。

至於當年的呂偉道長有件事情是對的，阿皓真的跟鍾馗祖師很有緣，甚至有緣到了呂偉道長都難以想像的地步。

4

雖然強烈感覺到對方就是所謂的人怨靈，甚至想不出其他可能性，但是阿皓還是堅持需要試驗一下，才能確定。

當然，光是在怨的口訣之中，就有十多種方法，可以分辨出對方真實的身分。

尤其是怨這種靈體，其實相對於其他靈體來說，力量很大，但是比較少詭計與變化，相對之下絕對是屬於比較單純的靈體。因此只要能夠稍微試驗一下，應該就可以確定自己的推論是對還是錯。

「累怨成靈，積恨成力」，這是怨靈的一大特徵。簡單來說，就是怨靈是累積怨恨而形成的靈體，這樣的靈體通常力量強大，針對性強。

以地為目標的地怨靈，就好像日本恐怖片《咒怨》裡面的伽倻子那樣，盤據在房子裡面，殺害任何侵入房子裡面的人。

以其他東西為目標的天怨靈，也算常見。像是外國非常著名的安娜貝爾娃娃，就是以娃娃為棲身之所的天怨靈體，只不過在裡面的東西，似乎不是某個曾經活在人世間的人，因此嚴格說起來，應該屬於天怨魔。

然而以人為目標的人怨靈，多半都跟人生前的恩恩怨怨有關。比起另外幾種怨靈來說，人怨靈的力量比較小，針對性也更強，除非其他人妨礙到他，不然人怨靈只會對他的目標對象有攻擊性的行為。

想要測驗是否為怨靈，可以利用這些怨靈特徵。

由於本身就是怨氣的集合體，因此只要一發威，就會在現場留下些難以抹滅的痕跡。測驗本身來說，不算什麼難事，只是在測驗的時候，很容易驚動本體，牽一髮而動全身，即便對留下來的痕跡，進行測試，也有可能會被本體察覺。

所以如果要保險一點的作法，首先就是選擇白天進行這樣的測驗。

雖然說這些靈體只在晚上才會作怪，是不了解的人才會產生的一種誤解，不過不管怎樣，大部分的靈體都有畏光、厭光的特性，所以白天可以讓這些靈體比較沒有那麼凶，尤其是怨靈。再者就是盡可能不要在本體附近進行測驗，相對之下會比較安全一點。

由於白天的時候，阿皓沒辦法清醒，所以測驗方面，只能由玟珊代勞。

不過因為還是有它的風險在，因此阿皓再三耳提面命，要玟珊注意一些事情之後，才寫了符把符交給了玟珊，讓她去試試看。

從吳宛玥的說詞來看，那靈體應該在那天晚上於兩人的新家發威，導致馮侍豪變得精神失常，躲在餐桌底下，加上現在馮侍豪待在老家，因此那間馮侍豪跟老婆吳宛玥的新家，是最佳的試驗地點。

玟珊沒有去過馮侍豪的新家，而且一個外人隨便就進入人家家裡，似乎也確實不太方便，於是玟珊約了吳宛玥，希望可以去新家看看。

剛好在老家待了一陣子，吳宛玥也打算回家一趟，去拿些換洗衣物跟一些私人用品，於是兩人約好，一大早就離開了村莊，前往馮侍豪的新家，玟珊帶著阿皓要她準備好的東西，準備在那邊進行測試。

那裡，就是當時馮侍豪像是發了瘋一樣，躲在餐桌底下不肯出來的現場。

玟珊的腦海浮現出當天的想像，一個看不見的女人，冷眼地看著這一對夫妻的手忙腳亂，明明還是大白天，但是這樣的想像卻讓玟珊有點雞皮疙瘩爬滿手臂的感覺。

到了新家後，吳宛玥回到臥房去整理一下接下來要帶去老家換洗的衣物，玟珊則跟吳宛玥要了一個碗公，裝了點自來水，點燃阿皓給她的符，然後將符丟到水裡攪拌。

按照阿皓的判斷，就是因為那個女鬼的發威，才會讓阿豪嚇到屁滾尿流、精神崩潰，加上吳宛玥的證詞，一直到睡覺前阿豪都跟平常一樣正常。

可以想見的是，女鬼發威的地點應該就是在床邊，或者是阿豪醒來上廁所的時候撞見的。

就好像殺人命案的現場留下的血跡一樣，就算看起來沒有異狀，如果怨靈在這段時間裡面真的發威，那麼肯定會在現場遺留一些殘留的怨氣，而剛剛調好的符水，就好像顯影劑一樣，可以讓這些痕跡顯現出來。

攪拌好符水之後，玟珊正準備拿著碗去臥室實驗，赫然想到了阿皓說過的話。

「符水調好之後，」阿皓再三強調：「一定要把符瀝出來，水上不能有符跟燒後的灰燼，

不然對怨靈會有殺傷力，那就不叫試驗，而是攻擊了。」

玟珊嘖了一聲，碎唸了一句：「真是麻煩。」

然後去廚房拿出另外一個碗，用手將符擋住，把符水裝到另外一個碗上。

在確定沒有任何碎屑之後，玟珊才捧著碗，來到了臥房。

臥房裡面，剛好整理好東西的吳宛玥，看到了玟珊拿個裝水的碗走了進來，當然也是充滿好奇。

對於這些民俗信仰，吳宛玥一直只是表面尊敬，內心當然是不信的成分居高。

可是對於馮媽媽這樣堅持要用民俗療法，說實在的，內心雖然有點反對，但是吳宛玥對目前的情況也是無計可施，對於自己的老公一夜之間陷入瘋狂，在現代科學沒辦法有半點解釋的情況之下，只能放手讓老人家來做主。

眼看玟珊宛如巫醫般，拿著符水感覺要施法，就有種冷眼想要看好戲的感覺。

當然，玟珊也是半信半疑，因此一眼就看得出來，寫在吳宛玥臉上的那些狐疑。

「這是我阿爸叫我來試試看的，」玟珊拖了自己的老爸下水：「他說如果符水灑在床邊，水變黑的話，就表示是……嗯，那樣。」

吳宛玥點了點頭，「妳怎麼說就怎麼樣」的表情全寫在臉上。

「阿豪那晚是睡哪邊？」玟珊問。

吳宛玥用手比了比床的左側，玟珊點了點頭，然後朝床的左邊而去。

看著玟珊的背影，吳宛玥心想，不知道婆婆有沒有給他們這對父女錢，因為這對父女的行為，看起來真的好像詐騙集團。吳宛玥甚至覺得，看這樣子有必要找時間好好跟婆婆談了，有病就應該看醫生，怎麼看這對父女都像是騙子，根本不像婆婆口中說的那麼神。

這些年來，玟珊不喜歡自己的阿爸沒有真材實料的原因，就是因為這些世俗的眼光。面對這樣的質疑目光，如果沒有真材實料當作根基，心中絕對會感覺到心虛。

可是在玟珊把水灑到地板上的時候，她也終於了解到了，就算你有真材實料，還是得要面對這樣的質疑。

即便正大光明還是得要接受考驗，差別只是自己的內心踏不踏實而已。

問題就在於，就算阿皓感覺真的像是有真材實料的人，玟珊也不確定這些水會不會變色，畢竟重點不就在這裡嗎？今天就是來試驗的，那麼就算沒有變色，不就只是證明了那個鬼魂不是所謂的人怨靈嗎？但是，如果沒有變色，恐怕阿豪的老婆，就會把自己當成騙子吧？

剎那間，玟珊真的在腦中好好考慮，等等水要是沒有變色，到底該怎麼下台了。

玟珊這麼想著，沿著床邊可能站人的位置，將水灑在地板上，然後站起身來。

這時地板上突然冒起了淡淡的煙來，並且發出彷彿從遠處傳來的哀鳴一樣，讓玟珊跟吳宛玥都看傻了眼。

「這……」原本充滿懷疑的吳宛玥瞪大了雙眼，並且不安地看著四周。

兩人不知道的是，這些怨氣碰到了符水，本來就會發出類似哀號的聲音，不過因為玟珊已經事先將符給瀝掉，降低了傷害力，所以才會聽起來像是很遠處的哀鳴。

不過光是如此，也足以讓兩人目瞪口呆了。

淡煙稍縱即逝，取而代之的是原本清澈透明的自來水，瞬間轉變成為了黑色，看起來就像墨汁一樣。

「變色了……」玟珊看到也有點傻了，愣愣地說：「真的變黑了。」

如此一來就證實了阿皓所說的，那個纏著阿豪的女鬼，真的就是所謂的什麼人怨靈的東西。

這時就連吳宛玥，也看到了這個現象，原本鐵齒完全不相信的她，也靠過來一臉讚嘆地點了點頭，然後聽到玟珊說的話，愣了一下：「怎麼？妳不確定它會變黑嗎？」

「嗯，」玟珊愣愣地點頭說：「我也不確定，畢竟是試驗嘛。誰都說不準它會不會變黑。」

「嗯，」吳宛玥點了點頭，然後問：「變黑會怎樣？」

「變黑就表示阿皓……不是，我阿爸推測的是對的，」玟珊說：「那個纏著……啊！」

玟珊突然想到阿皓交代過的事情，但是由於這些轉變真的太讓玟珊感覺到訝異而忘了，現在猛然想起來。

「雖然整體來說，」阿皓那時這麼告訴玟珊：「把符瀝掉，減輕了殺傷力，不過本體還是多少可以感應得到，對鬼魂來說，就好像把水灑到了她的身上，因此一旦水變黑，妳就要立刻離開，絕對不要有半點停留。」

怨靈本來就是怨氣的集合體，即便留在當地的痕跡，只要遭到觸碰，本體也會有感應，因此一旦測驗成真，就該立刻離開。

但是剛剛因為有點驚訝真的變黑了，所以一時之間忘了，一直到回答吳宛玥的問題，才剎那間想起來。

「快走！」拉著吳宛玥的手，玟珊二話不說，立刻帶著吳宛玥逃出新家。

雖然不懂為什麼突然會這麼緊急，不過在經過這個宛如魔術的測驗之後，吳宛玥也稍微相信了這對父女一點，因此跟著玟珊，一起匆匆忙忙離開了新家。

離開時，吳宛玥關上大門，並且準備上鎖，在門關上的那一瞬間，她好像看到了，一個陌生女人的身影，出現在自己家的玄關深處。

兩人進屋的時候，吳宛玥非常清楚自己有把大門關好，並且習慣性地上了鎖，因此不太可能有人會在神不知鬼不覺的狀況之下，闖入自己的家中才對。所以不需要玟珊多做解釋，吳宛玥也知道那個女人很可能不是……人。

因此吳宛玥也完全沒有想要打開大門確認的心情，一將門鎖上之後，兩人匆忙進了電梯。

在電梯裡，吳宛玥才把剛剛看到的情況，告訴了玟珊。

「我剛剛關門的時候，好像看到有個女人……站在我們家的玄關。她是不是就是你們說的那個……」

聽到吳宛玥這麼說，玟珊瞪大了眼，然後緩緩地點了點頭。

到了一樓，電梯門一開，兩人快步走出了大樓，一直到陽光灑在兩人身上，兩人才逐漸安心下來，不過不管是玟珊還是吳宛玥，都沒有轉頭看向大樓，低著頭一直到上了回村莊的車上，兩人才真正鬆了一口氣。

5

確定了測驗的結果，不過只是第一步而已，這點阿皓當然非常清楚。

接下來才是真正的關鍵。

在鍾馗祖師所流傳下來的口訣之中，從靈體的辨識開始，到靈體的特性，一直到最後處理的方式，都有著詳細的紀錄。

由於人怨靈是經常處理到的一種靈體，所以口訣的詳細程度可以說是跟縛靈差不多，算是所有口訣之中最完整的部分。雖然完整，但是處理起來卻是異常複雜。

最主要的原因，就是因為人怨靈，多半是恩怨情仇所致，又或者可以說絕對是恩怨所致，只是那些恩恩怨怨不見得是所有人都認同的恩怨罷了。

就好像過去阿皓曾經跟呂偉道長處理過一個類似的案例，那個怨靈怨恨的原因，竟然只是自己年紀輕輕就死了，所以特別仇恨老者可以活到那麼老。

類似這樣以普遍價值來看，根本不應該累積那麼多怨恨的案例，在人怨靈來說還算挺普遍的。

也因為這個緣故，導致在所有一百零八種的靈體之中，人怨靈是所有靈體中有最多不同處理方法的一個靈體。然而方法雖多，卻缺少一種可以真正解決所有人怨靈的辦法，也是人怨靈難以對付的原因。

怨之所以會被排在中階，除了處理辦法繁雜之外，最主要還有另外一個原因，就是像現在極夯的寶可夢遊戲裡面的怪獸一樣，怨是唯一一個可以進化的靈體。

就好像皮卡丘變成雷丘，怨靈也可以進化成凶靈，而且一旦產生這樣的進化，那麼不管是危險性與困難度都將大幅提高。

不過如果排除這一點，並且找到最適合的辦法，人怨靈的處理難度不見得會比低階的那些靈體難。甚至就理論上來說，連玟珊這種門外漢，也有可能可以處理。問題就是，阿皓實在不願意讓玟珊冒這種風險。

所以如果阿皓不是像現在這樣，需要月光才能清醒的話，說不定就算硬上，都不成問題。當然如果可以的話，阿皓還是會多蒐集一些情報，處理起來也會比較簡單，但是現在這種情況，阿皓不可能親自蒐集情報，因此不管多麼不願意，情報蒐集的部分還是得靠玟珊來執行。

在蒐集情報方面，阿皓覺得如果兩人可以先打探出那女人的身分，處理起來應該會比較方便。當然打探方面，也有些許風險，但是比起硬要收服這個人怨靈來說，要安全許多。只要能夠知道女人的身分，或許不需要硬碰硬，也有點機會可以解決。

至少，這是阿皓現在的想法。

「現在最重要的，」阿皓將結論直接告訴玟珊：「就是先查出女子的身分。」

「女子的身分？」

「嗯，」阿皓點點頭說：「人怨靈的情況，多半都是被害者認識的，雖然說在少數的情況之下，有可能會去惹到陌生的人怨靈，但是這樣的情況，其實真的很少見，所以如果可以的話，當然還是先查到女子的身分，接下來會比較好處理一點。」

「可是……」玟珊皺著眉頭：「該怎麼查呢？我只看到那女人的背影。」

「嗯，」阿皓點了點頭說：「所以現在應該先想辦法看到那女人的臉孔，然後記住那特徵，想辦法問問看馮媽媽，看看她認不認識。」

「看那女人的正面……」玟珊想到了那天晚上，兩人緊張地躲在窗戶下面的景象，「她不會……攻擊人嗎？」

「只要不是直視她，跟她四目相對，應該不會有事。」阿皓說：「看到她正面之後，只要記住她的特徵，然後問問看馮媽媽，看看她知不知道是誰。」

「如果馮媽媽不認識呢？」

「那就只能問妳同學本人了。」

「他現在這樣要怎麼問？」

「他現在會這樣，都是因為那個女鬼，」阿皓說：「只要幫他收驚，就可以問他本人了。」

「那為什麼我們不這麼做？」

「因為收驚的同時，很有可能就形同跟那女鬼作對，到時候搞不好得直接動手。」

聽到阿皓這麼說，玟珊立刻沉下了臉。

「所以如果能夠先旁敲側擊，」阿皓說：「推敲出女子的身分，至少可以讓我們有點優勢。」

玟珊聽了之後，緩緩地點了點頭。

然而除了這個原因之外，其實還有一點是阿皓沒有說的。

沒有說出口的原因是，雖然人怨靈的怨恨，是因人而異，不見得符合普世價值，簡單來

說就是每個人怨恨的點都不一樣，不過當然也不能排除，玟珊的老同學，真的對那女子做過什麼人神共憤的事情……

如果真的是這樣的話，自己貿然出手，絕對不符合所謂的義無反顧。

所以，即便真的有辦法直接動手收服，阿皓也不會在完全不知道任何緣由的情況之下選擇這條路。

至少還是要先想辦法搞清楚當年到底發生什麼，兩人之間所謂的「恩怨」到底是什麼事情。

一來也是避免濫傷無辜，二來這樣也比較好解決。

畢竟如果當年，玟珊的老同學做出的事情太過分的話，那麼人怨靈的力量與危險，當然也會大增。

然而就在阿皓這麼想的時候，腦海裡也突然浮現出一個問題。

那麼……阿畢呢？

在那種時刻往生，會不會也變成人怨靈呢？

如果他也來找自己報仇，到底是誰對誰錯呢？

不，不會的。

心中的這個問題，其實答案阿皓也早就知道了。

阿皓臉上不自覺地露出了苦笑。

因為早在生前，阿畢就已經成了人逆靈。

人逆靈，就算到死，也是人逆靈，頂多就是變成力量更為強大的人逆靈。

這點阿皓很清楚，不過就是剛剛想到懷著怨恨的心情死去就是形成人怨靈的主因的時候，突然聯想到的而已。

然而即使阿皓什麼都沒說，但是那一抹苦笑卻映入了玟珊的眼簾。

光是看那抹苦笑中那苦澀的感覺，真是足以讓人心碎。

到底……阿皓的過去發生了什麼，會讓他露出如此苦澀的笑呢？

玟珊很想問個明白，但是卻有種無形的力量阻止了她。因為她依稀感覺到，阿皓不會說。

「可能需要提醒妳一下，」阿皓突然對著玟珊說：「妳可能要有點心理準備。」

「什麼心理準備？」

「妳的同學……」阿皓沉著臉說：「可能真的有做出對不起別人的事情。」

當然接下來的話，阿皓不必說，玟珊自己也能體會得到。

其實打從阿皓向她解釋人怨靈的時候，玟珊就有想到這一點了。

如果女子對阿豪有怨恨，那麼阿豪說不定真的對不起人家。

雖然算是青梅竹馬的老同學，但是其實成年之後玟珊跟馮侍豪的交情，並不算是特別好，

所以其實也不是很了解馮侍豪的交往情況，因此玟珊當然也不敢斷言說馮侍豪真的沒有做出什麼會讓人怨恨的事情。

「嗯，」玟珊點了點頭，然後過了一會之後說：「放心啦，如果阿豪真的做錯事，不需要我們擔心，馮媽媽也會教訓他，馮媽媽雖然很疼愛阿豪，但是不會是非不分的。不過我相信阿豪，應該……不會做出什麼太離譜的事情才對。」

對於玟珊的這個回答，阿皓完全沒有聽進去。

他當然了解玟珊對自己小學同學的那種信任感，不過他更知道，即便是自己最親，自認為最了解的好友，也有可能完全出乎自己意料之外，幹下連自己都無法想像的罪刑。

畢竟，阿皓……就是過來人。

第3章・變化

1

就阿皓的說法，就算真的跟人怨靈站在旁邊，以目前的情況來說，應該還不至於有什麼危險。

最簡單的證明就是馮媽媽跟馮侍豪的妻子吳宛玥，兩人一直進進出出在馮侍豪的身邊，也沒有被人怨靈傷害到。

冤有頭、債有主。在一般的情況之下，人怨靈就跟縛靈一樣，目標性非常強烈，對於其他人，只要不要妨礙到他，基本上連感覺都很難感覺得到他的存在。

因此，就算真的跟人怨靈共處一室，只要遵照著阿皓的規則，理論上是絕對沒有問題的。

而最基本的規則，只有一條——那就是不管在任何情況之下，絕對不要跟人怨靈的視線對上，也就是除非必要，絕對不要正眼看著對方。

實際上的作法，阿皓也示範給玟珊看了，就是用眼角的餘光，觀察對方的模樣。

絕對不能正眼看著對方，除非是要跟對方正面衝突，不然四目相對一直都是所有靈體的大忌。

然而這種用眼角的餘光觀察環境的方法，對阿皓來說天生就很簡單，然而對玟珊來說，卻是一個聽起來很簡單，但是實際上去執行，卻很困難的一件事情。

因此在前一天晚上，玟珊就在自己房間裡面訓練了好一段時間。

玟珊將一張紙放在眼角餘光的位置，然後試著看著某個定點，用眼角餘光來解讀上面的字。

結果遠比玟珊想像還要困難很多，不要說辨識紙上的文字了，就連看清楚文字，都需要將視線幾乎移到文字的旁邊，才能看清楚文字。

另外一個超乎玟珊想像困難的地方是視線的控制，每當玟珊想要看清楚一點文字的時候，視線就會自然而然移到文字上面。

一旦發生這樣的事情，就等於是跟靈體四目相對了。

這個功夫聽起來或想起來很簡單，但是實際上要控制自己的視線，真的是需要強烈的專注力才行。

在訓練了一整個晚上之後，玟珊多少抓到了一點訣竅，至少可以看得出一點大概的輪廓，也多少可以控制住自己的視線，不至於直接移到文字上面，玟珊才上床睡覺。

第二天早上醒來，玟珊還多練習了一兩個小時，才出發前往馮家。

馮媽媽看到玟珊前來，當然很高興，畢竟每過一天，對馮媽媽來說，都是一天的折磨。

玟珊向馮媽媽解釋，自己今天前來，需要就近看一下阿豪，了解一下更多的狀況，馮媽媽當然沒有任何反對的理由，立刻帶著玟珊到了阿豪的房門外。

「他早上的時候，」馮媽媽對玟珊說：「鬧過了一次，好不容易現在才睡著。」

從馮媽媽疲憊又難過的表情看起來，讓玟珊覺得不過幾天的時間，已經讓馮媽媽好像又老了十歲一樣。

「放心，」玟珊對馮媽媽說：「我只是看一下，不會吵醒他。馮媽媽，妳還是先去休息吧，我看看就可以了。」

以過去馮媽媽的個性，這時候肯定還會陪著玟珊一起進去看看阿豪的狀況，可是這幾天的折磨，已經讓馮媽媽筋疲力盡，心有餘而力不足，因此只是點點頭，就轉身回房了。

看著馮媽媽回房的背影，玟珊非常清楚，如果情況再這麼拖下去，不要說阿豪的狀況如何，光是馮媽媽可能就撐不下去了。

這樣的想法給了玟珊勇氣，原本還有點膽怯的心情，反而有了一種豁出去的決心。

在前來馮家之前，在家裡的時候，玟珊就已經用柚子葉按過眼睛了。

玟珊站在門外，深呼吸一口氣後，走入房內。

馮侍豪一個人靜靜地躺在床上，而在床邊依然是那個女人。

玟珊在心中反覆想著自己這次的目標，就是看清楚女人的長相，然後把特徵什麼的記下來，最後再向馮媽媽確認一下，看看知不知道這女人到底是誰。

雖然早就有了心理準備，也相信阿皓所說的，只要不要四目相對，自己就不會有事，但是真正走到了床邊，與那女人只有一步之遙的距離，還是讓玟珊渾身不自覺地發抖，恐懼感直竄腦門。

當然，為了以防萬一，阿皓有為玟珊準備了一個護身符，裡面的符文還是阿皓親手寫的，萬一真的不幸跟那女人對到眼，照阿皓的說法這個護身符至少還能抵擋一下。

不過玟珊一點也不想要試試看這護身符的效力。

走到了馮侍豪的床邊，玟珊先看了馮侍豪一眼，此刻的馮侍豪雙目緊閉，眉頭緊皺，看起來就好像正在作惡夢一樣。

讓自己的心情逐漸緩和下來之後，玟珊做好準備，開始集中注意力，緩緩地移動著自己的視線。

玟珊以馮侍豪的身體當作焦點，接著開始朝著馮侍豪的腹部移動，眼角的餘光，已經可以清楚地看到身旁的那個女人。

玟珊繼續將視線往旁邊移，並且開始挪高，在房間的牆壁上開始遊走。

這時候視線也越來越靠近女子，不過因為還是有點角度，因此臉部看得不是很清楚。

玟珊繼續加強自己的專注力，用力控制著自己的視線，就在這個時候，眼角餘光突然注意到那女人，竟然有了動作。

原本都是低著頭凝視著馮侍豪的女人，或許是察覺到玟珊的視線朝自己靠近，這時竟然轉過頭來，凝視著玟珊。

就在女子轉頭的瞬間，玟珊內心一驚，影響了自己的注意力，視線突然朝女子轉過去，還好在真正與女子四目相對之前，玟珊立刻將視線拉回來，才免於真的跟女子那雙恐怖的雙眼對上。

不過也就是這一下，讓玟珊瞄到了女子的臉龐，尤其是那顆在眼睛下方的痣。

就是因為那顆痣，也讓玟珊腦海中的回憶，整個甦醒。

玟珊終於想到，不需要馮媽媽，自己就曾經看過這個女子。

一想到這裡，玟珊才驚覺自己的記憶力怎麼會那麼差呢？按理說，在知道這女人很可能是因為對馮侍豪懷有怨恨的時候，就應該聯想到才對。

但是玟珊也知道，自己之所以會忘記，是因為她只見過那女人一次，而且是在非常多年前。

那時候馮侍豪才剛從學校畢業沒有多久，而這個女子正是當時馮侍豪曾經帶回村子的女子。

那時候似乎曾經聽長輩提起過，兩人已經到了論及婚嫁的程度，只是後來就不再有過這女子的消息了。

當然玟珊作夢也想不到，女子竟然已經往生了，更恐怖的是，還變成了厲鬼一樣，死守在馮侍豪的床邊。

到底，當年馮侍豪做了什麼對不起這女子的事情，會讓女子如此怨恨呢？

難道說，情況真的跟阿皓說的一樣，阿豪真的做出什麼人神共憤的事情嗎？

2

楊詩湘，就是那個床邊凝視著馮侍豪的女人名字。

馮侍豪在大學畢業之後，在台南市區一家中小企業找到了一份業務的工作，而楊詩湘就是那家公司的出納。

兩人因為工作而熟識，最後進一步交往，生活並不富裕的兩人，為了節省開支，最後決定同居。

同居生活，對兩個陷入愛河的人來說，是再甜蜜不過的事情了。

那段時光，雖然兩人的經濟狀況很糟，不過這絲毫不減兩人的甜蜜，幾乎可以說是人生中最美好的一段時光。

然而一件事情的降臨，卻徹底改變了這段幸福的生活。

那天，楊詩湘告訴了馮侍豪，自己懷了身孕，已經幾個月的時間了。

不管是馮侍豪還是楊詩湘都知道，這孩子來得太快，完全不在兩人現階段的計畫之中。可是不管兩人怎麼想，這個孩子的到來，都是既定的事實，差別就在於兩人該怎麼樣面對這突如其來的改變。

而就是在這裡——兩人有了歧見。

雖然對這個孩子的到來，感覺到有點訝異，不過在整理心情之後，馮侍豪希望可以將這孩子生下來。但是楊詩湘卻持反對意見，她希望可以拿掉這個孩子，等到兩人真的準備好了之後再說。

對此，兩人有了些爭執，因為馮侍豪堅持，不能拿掉這個小孩。

當然楊詩湘可能無法了解，對馮侍豪來說，他有他的原因與背景，才會對於拿掉小孩這件事情，十分排斥。

當年馮侍豪的雙親也是多年膝下無子，兩人為了這件事情，到處奔走，不管什麼方法都用盡了，兩人甚至還請到了村子裡面那座知名廟宇裡面的鄧廟公，也就是鄧秉天的父親，多

次幫忙作法，就只為了得到一個孩子。

然而多年的時間過去，兩人的努力仍然沒有半點回報，一直到了年華老去，兩人都已經放棄的時候，奇蹟卻突然眷顧在這兩位老人家的身上，馮媽媽終於懷孕了。

只是那時候馮媽媽已經是高齡產婦的年紀，甚至有醫生很明確地勸馮媽媽將懷中的馮侍豪拿掉，以免有生命危險。不只有醫生，就連馮爸爸也為了自己老婆的安危，勸過馮媽媽。

但是馮媽媽說什麼都不願意，甚至表明即便犧牲了自己的生命，也要生下這個小孩。在這樣的堅持之下，過了十個月之後，馮侍豪順利誕生。

如果當年馮媽媽，沒有這樣不顧自己的危險，沒有這樣堅持要把自己生下來，那麼自己永遠不會誕生在這個世界上。

因此馮侍豪才會對於拿掉小孩這件事情，不太能夠接受，因為自己就是這樣才會出生在這個世界上。如果大家都那麼輕易就把小孩拿掉，自己也不可能誕生於這個世界上。

但是楊詩湘認為如果要生下這個小孩，就一定要結婚，她不想當未婚媽媽。

這點馮侍豪當然也沒有意見，因為打算生下來，自然也有意願與楊詩湘共組家庭。

然而從結婚到生產，甚至於養兒育女都需要錢，而馮侍豪家境本來就不好，加上甫從學校畢業，根本就沒什麼存款。

結婚對一個女人來說，本來就是一件很重要的事情，因此楊詩湘不想委屈自己，便宜了事，草草結婚，就只為了生下這個不在計畫之中的小孩。

兩人為此爭執不休甚至大吵一架，最後楊詩湘甚至氣到哭出來，衝出了租屋處。

「錢錢錢！什麼都是錢！」馮侍豪叫道：「我就不相信沒有錢，就什麼都不用做了。」

在楊詩湘氣走之後，馮侍豪一個人待在租屋處，逐漸冷靜下來之後，也認為楊詩湘的堅持，倒也不是全無道理。

如果沒有一點錢，真的有很多事情，完全沒有辦法做。

其他的不說，要一個挺著肚子的女人，還要為了錢而擔心，自己也真的說不過去。

於是在經過了一晚的考慮之後，馮侍豪做了決定，他要讓楊詩湘安心並且願意生下這個兩人之間的骨肉。

第二天一早，馮侍豪跟公司請了幾天假，搭上了第一班公車，回到自己的故鄉，並且將這件事情告訴自己的母親。

由於當年的馮爸爸還臥病在床，所以馮家的經濟狀況也不佳，但是為了這個還未出生的孫子，馮媽媽四處找人幫忙，不但找了里長還找了不少鄰居，兩人共同湊了二十萬元，就是為了辦婚禮與迎接未來的新生命。

雖然說這筆錢，真的不是什麼大錢，但是至少這是個起點，只要大家願意一起努力，相信生下一個小孩跟共組一個家庭，絕對不會是什麼問題。

至少……馮侍豪是這麼想的。

這二十萬代表的，當然不足以代表榮華富貴，能夠代表的只有自己的誠意與決心。

馮侍豪帶著這二十萬，希望讓楊詩湘相信自己，他不會讓她當個擔心的孕婦，他會保護她與那個在腹中的小孩，當個盡職的爸爸，努力賺錢。

他希望用誠意打動楊詩湘，讓她願意跟自己共組家庭，並且生下這個小孩。

但是回到租屋處的時候，一個不幸的消息卻早已在那裡等待著他。

在馮侍豪與楊詩湘兩人大吵一架之後，過了一天冷靜下來的楊詩湘，卻意外得知馮侍豪向公司請假，接著回到租屋處，也不見馮侍豪的身影。

楊詩湘心裡著急，四處打探，問過所有兩人共同的友人，都沒人知道馮侍豪的蹤跡。那時候手機還不像現在人手一機，兩人因為省錢的關係，沒有辦手機。而楊詩湘壓根兒沒想到馮侍豪會跑回老家去，她甚至連馮侍豪的老家在哪裡都不知道，結果一連幾天都沒找到馮侍豪的身影，楊詩湘崩潰了。

她知道馮侍豪落跑了，就像那些大家說的渣男一樣。原本在冷靜之後，楊詩湘還決定答應馮侍豪所說的，共組家庭，生下這個小孩。但是萬萬想不到，自己心愛的人竟然會是這樣的爛人。

傷心欲絕的她，決定拿掉這個孩子。於是上藥局，買了成藥，想不到在服用之後，竟然引發血崩。

當馮侍豪打開租屋處的門，看到的就是倒在血泊中的楊詩湘。

馮侍豪立刻將楊詩湘送醫，但是最後經過搶救之後，仍然宣告不治……

3

在廟裡的辦公室裡面，馮媽媽將這段不堪的往事娓娓道來，臉上一直都是難過的模樣。

聽完了這段往事，鄧廟公與玟珊兩人不發一語，都是臉色凝重地看著彼此。只有阿皓一人仍然雙眼無神地站在辦公室的角落，沒有半點神情。

不過就在剛剛馮媽媽說到楊詩湘在醫院過世的時候，有這麼一剎那間，玟珊感覺到阿皓的表情似乎也有點變化。當然，這也很有可能是玟珊的錯覺罷了。

不可否認的是，不管是誰聽到了這一段故事，都會不免有點感慨、無語。

因此不管是鄧廟公還是玟珊，兩人聽完之後都是一片靜默。

「所以，」馮媽媽噙著淚水問：「豪仔現在會變成這樣，都是因為那個歹命的女孩子嗎？」

馮媽媽看著鄧廟公，鄧廟公則望向玟珊，玟珊點了點頭之後，鄧廟公才沉重地對馮媽媽點了點頭。

馮媽媽一時之間，也不知道該說些什麼。即便在當年，馮媽媽也不知道為什麼事情會變成這樣。

「這件事情，」鄧秉天說：「我也有點印象，當年馮媽媽真的是到處奔走，就是為了湊二十萬，只是後來馮媽媽過沒多久就把錢都還給大家。大家當時也沒多問，想不到原來那女孩……」

玟珊在一旁皺起了眉頭，聽完馮媽媽說起當年發生的事情，玟珊感到有點不解。

如果就事論事，馮侍豪似乎也沒有那麼對不起這個叫做楊詩湘的女子。

當然，就處理的層面來說，馮侍豪有更好的處理方法，當然也有很多可以避免當年悲劇的可能。不過事情發展到這樣，相信不是馮媽媽或者是阿豪所希望的。

既然如此的話，為什麼還會讓楊詩湘如此怨恨，甚至到了多年之後，還要在床邊恨恨地看著馮侍豪呢？

感覺還是有點不合理……

不過，既然已經大致上了解過去發生的事情，那麼接下來就應該向阿皓報告一下了，其實也不需要，因為馮媽媽在說的時候，阿皓也都在場，雖然說當下沒有任何意見與反應，不過只要一清醒，阿皓就可以立刻消化。

送馮媽媽回家之後，玟珊回到廟裡時，天色也已經晚了。

洗完澡之後，玟珊牽著阿皓，再度來到了廟旁的廣場。

玟珊希望今晚就可以讓這一切畫下句點，讓馮媽媽跟阿豪兩人的生活，重新回到正軌。

至少玟珊是這麼想的。

阿皓清醒過來之後，很快就消化了馮媽媽說的話。

「你覺得呢？」玟珊問阿皓。

「嗯……」阿皓沉吟了一會之後，點了點頭說：「看樣子應該就是這樣了。」

聽到阿皓這麼說，玟珊顯得有點不滿意。

「阿皓你先前不是說過，」玟珊說：「只要收驚就可以讓阿豪清醒過來嗎？」

「是。」阿皓點點頭。

「那為什麼不這麼做呢？」

「因為一旦幫他收驚，」阿皓說：「那麼跟在他身後的那個女鬼，就隨時都有可能會發狂，如果在沒有準備好的情況之下，可能會很危險。」

聽到阿皓這麼說，玟珊也只能勉強地點了點頭。

「怎麼了嗎？」察覺到玟珊的異狀，阿皓問。

「總覺得……」玟珊皺著眉頭說：「我不是懷疑馮媽媽，可是從她的說法聽起來，阿豪

好像也沒有做什麼太嚴重的事情啊，楊小姐這樣會不會……總之我覺得，如果真是馮媽媽說的那樣，根本就不應該產生那麼大的怨恨才對。」

玟珊的疑慮，在阿皓第一次面對怨靈的時候，也有同樣的感覺。

當時的情況即便已經是二十年前的事情，阿皓還是印象深刻，當年知道那個怨靈竟然只是為了自己的人生，不如自己的閨密出色，嫁的人也沒有她好，因此懷恨在心，甚至死後也不甘心，纏著自己的閨密。

對於這種不平衡的恨意，那時候年紀輕輕的阿皓，完全不能體會，認為這樣產生怨恨，根本就不合理。

而當時呂偉道長開導自己的話，也同時烙印在阿皓的腦海。

「怨恨與否，不是我們說了算。」阿皓說出了當年呂偉道長說過的話：「如果老是用先入為主的眼光去看事情，只會害自己被蒙蔽而已。」

這句話說得語重心長，畢竟這也是阿皓曾經犯過的錯誤。

看到阿皓說這些話的時候，若有所思的模樣，不禁讓玟珊懷疑，阿皓是不是回想到過去的事情了。

「你是不是想起過去了什麼事情？」玟珊問。

當然，阿皓並不想提起過去的事情，因此搖搖頭。

「我想情報也差不多夠了，」阿皓接著說：「再拖下去也不是辦法。」

玟珊聽了用力地點了點頭。

解決的辦法阿皓當然已經擬定了一套流程，不過在這之中最大的變數還是阿皓自己，不知道有沒有足夠的時間完成。因此為了防止自己沒辦法撐過整個流程，阿皓把所有的過程，非常詳細地告訴了玟珊。

兩人互相確認了幾遍之後，確定一切都交代妥當之後，玟珊才安心帶著阿皓回到了廟宇。

一切都看明天晚上了，馮家一家人的命運都在兩人的手上。

這樣的覺悟讓玟珊一夜輾轉難眠，一直到了天快亮了，才勉強睡去。

4

是夜，四周是一片寧靜，鄧廟公的廟宇，卻是燈火通明。

今天晚上，就是最重要的一晚。為了讓阿皓可以毫無顧忌的發揮，因此玟珊還特別請鄧秉天今晚離開廟宇去別的地方睡。

鄧秉天非常不甘願，一直喊著皓呆趕廟公，不過最後還是配合兩人，離開了廟宇。

當然鄧秉天會妥協也是因為，在鄧秉天的認知之下，阿皓肯定是要跳鍾馗了，雖然他也堅持玟珊要跟自己一起離開，不過玟珊因為還得要去帶馮侍豪，所以根本不能跟鄧秉天一樣去避難。

雖然覺得這樣很不好，不過鄧秉天還是再三叮嚀玟珊，阿皓跳鍾馗的時候，一定要離開廟宇，然後才不甘不願地離開，前往村長家借住一晚。

好不容易送走了鄧秉天，玟珊立刻讓阿皓在前庭照射月光，本來是想要在兩人常待的廣場，那邊空間比較大，月光照射的範圍也比較廣，對付起來會比較方便，不過考量到阿皓不見得可以在這段時間維持清醒，萬一後來需要玟珊接手，廟宇本身還有威力在，對玟珊或馮侍豪來說，會比較安全一點，所以考量之後阿皓還是選擇在前庭開壇。

當然，如果今天晚上阿皓沒有清醒過來，那麼計畫也只能擱置，順延一天再執行。所幸等了一會之後，阿皓順利地清醒過來。

一看到阿皓清醒之後，兩人立刻照著前一天晚上就設定好的計畫實行。

玟珊立刻前往馮家，準備將阿豪帶來，而阿皓則在前庭這邊，準備開壇。

開好壇之後，站在法壇前面，阿皓真的覺得自己不一樣了。

即便已經確定，這一次的對象就是人怨靈，但是對阿皓來說，還有些東西沒有辦法解釋。

尤其是這一次的事件之中，實在有太多超乎阿皓想像之外，甚至是阿皓自己也沒有辦法解釋的現象，其實上一次跳鍾馗的時候，阿皓也有些說不上的怪異感覺，可是由於那一次，事出突然，阿皓發現到異常的地方，不像這一次那麼多。

仔細想想，這一次真的有太多自己沒有辦法理解或想像的地方了。光是判斷對方是人怨靈的過程，就已經讓阿皓感覺到狐疑了。

打從出師的那一次經驗以來，見到任何靈體，阿皓都會不自覺地立刻想到至少三個可能性，甚至是產生那個現象的所有可能靈體。

如果真要分析的話，那麼過去阿皓在判斷靈體的過程，是一種刪去法。一開始從一百零八種靈體，開始隨著觀察到的現象與事情，逐一刪去其他比較不可能的靈體，資訊越多，當然越精準。

像這一次在資訊如此有限，而且只觀察一眼的情況之下，就只剩下一種可能性盤據在大腦，完全沒辦法想到其他可能性的狀況，在阿皓身上從來不曾發生過。

除了這個之外，為什麼自己不需要透過柚葉，就可以直接看到尚未顯影發威的鬼魂，這也是讓他不解的地方。

另外還有玟珊所說的，自己頭上冒火的事情，也是讓阿皓百思不得其解。

總覺得在那次決戰之後，除了自己變成這樣需要靠著月光才能恢復的狀況之外，還有很多事情也變得有點不太一樣了。

當然對於自身這種為什麼需要靠月光才能清醒的情況，阿皓也已經想過無數次了。真祖召喚的代價，輕則精神錯亂，重則粉身碎骨。自己的狀況應該就是所謂的精神錯亂，只是阿皓沒想到的是，自己可以靠著月光清醒。

但是為什麼是月光呢？這點不管阿皓怎麼想，都想不出個所以然。

如果加上自己頭上冒火的現象，阿皓總覺得似乎可以猜想到一點所以然來。

想到這裡，不免讓阿皓感嘆，自己的理解能力真的遠遠不如師父呂偉道長。

如果是呂偉道長看到自己現在的狀態，可能不但可以完美地解釋到底是怎麼回事之外，說不定連新生的口訣都生出來了。

但是自己卻完全搞不清楚，雖然有點方向，但是完全只能臆測。

就玟珊的說法，自己的頭頂上冒火的現象，只有在癡呆的狀態之下才會發生，而且玟珊還需要靠柚子葉才能看得到。而當自己清醒的時候，冒火的狀態就會消失，雖然看得出一點痕跡，不過卻不像頭頂冒火的情況一樣，不斷有東西從天靈蓋冒出來。

這或許就是所謂的元神受損、精神錯亂的真相，那些冒出來的氣，說不定就是自己的元神。

天靈之蓋，是一個人靈魂之所，更是元神之源，簡單從表面上來解讀，就是腦袋開了個洞，在沒有月光的情況之下，大量的元神從洞散出，人就變得恍神無意識的狀態，就是鄧廟公口中的皓呆。而在月光的照射之下，那個腦洞被封住了，所以才能保持清醒。

當然是不是藉由月光的力量，才讓自己腦洞補起來，還有爭議。不過目前看起來，情況大概就是這樣。

這是到此為止阿皓所能理解的部分，至少這是自身體驗下來的感覺。

至於其他的部分，像是跳鍾馗時候的異狀，還有一眼就看出靈體，甚至於自己感覺渾身都有股奇怪的力量方面，都讓阿皓想起了鍾馗四寶。

被鍾馗派視為至寶，比生命還要可貴的寶貝，被稱為鍾馗四寶的這四件法器，其實就是鍾馗祖師在生之時，常用的四個法器。

除了對鍾馗派這些徒子徒孫來說，具有非常重大的意義之外，其實本身這四件法器的法力，也是其他法器無法比擬的。

因為這四樣法器都是鍾馗祖師所使用，在法器上面，充滿了鍾馗祖師的法力，因此不管是哪一樣，對這些妖魔鬼怪來說，都有絕大的威力。

如果那些鍾馗祖師用過的法器都有這麼大的法力，那麼自己這個曾經被鍾馗祖師元神上身的假金身，又會留下什麼樣的法力呢？

這就是今晚阿皓想要解答的問題。

在這段玟珊去接馮侍豪來廟裡的期間，阿皓早早就開了壇，因為他想趁這個空檔試驗一

樣東西。

開壇代表的就是道士的法力，在開壇之後法力高低，完全就是看道士的道行了，這就是法壇代表的意義。

而透過這樣的法壇，阿皓可以進行一項測驗。

不管是頭頂腦洞大開的狀況還是自己體內到底有什麼變化，那些自己都只是基於過去的知識做出來的判斷，至於這樣的判斷到底是對是錯，阿皓也沒辦法知道，不過在這些推測之中，有一個東西是可以試驗的，那就是法力。

為了可以試驗法力，阿皓也特別請玟珊準備了一樣東西，就是在壇桌上常常可以看到的法燭。

這根法燭跟等等要開壇作法的事情完全無關，只是單純阿皓想要測驗法力的東西。

法燭是很多道士與天師用來測驗自己法力的東西。

就好像電影裡面，林正英師父用劍指一比，法燭立刻點燃一樣。電影所取材的東西，正是現實生活中法燭的狀況。

一旦開了壇，壇上的東西很多都需要所謂的法力，法燭就是其中之一。

過去，呂偉道長只要開壇，以他的功力與法力真的是一比即可點燃法燭，絕對不輸給電影裡面的林正英師父。

但是阿皓就不一樣了，他沒有浩瀚的修行與努力之後累積下來的法力，因此十次之中，能夠成功一次就偷笑了，還是乖乖用打火機比較實在。

由於法燭單純，直接反映出一個道士的法力，因此也常被測驗一個道士的功力，甚至有些師父也拿來考核自己徒弟道士的成績。

現在阿皓就是想搞清楚，那股在自己身上的力量，到底是不是跟自己想的一樣，是鍾馗祖師殘留下來的法力，所以才會特別請玟珊準備法燭。

阿皓深呼吸一口氣，然後捏了個劍指比向法燭，法燭沒有半點反應。

一連試了幾次，都沒能順利點燃法燭。

在這幾次的實驗之中，阿皓雖然感覺力量有出來，但是想要控制那股力量，卻是非常困難。每次阿皓想要集中力量到手指上的時候，就會對不準法燭，而注意力集中在法燭上，力量就會潰散，沒辦法集中到手指上。

本來阿皓還懷著亂槍打鳥的心情，一直狂比著法燭，但是卻沒有一次成功。

於是阿皓稍微緩了緩心情，深呼吸幾口氣。

這一次，阿皓定下心來，然後感受體內那股從丹田不斷湧出的力量，伸出手，力量也隨著手而湧出，雖然不受控制，但是現在阿皓不再嘗試去控制它，而是試著去配合它，感受它的流動，然後……

在力量湧出之際，用手指對準了法燭。

轟然一聲巨響，法燭突然爆出一團的火光，火焰之大還差點燒到阿皓，嚇到阿皓整個人往後跳，差點就跌個狗吃屎。

即便已經退下，那熊熊烈火還是吞噬著法燭，轉眼之間，法燭整支被大火熔解，失去蠟油的大火也逐漸熄滅，留下滿桌的蠟油，正兀自凝固著。

這威力讓阿皓整個傻眼了，過去光是點燃法燭，就已經是個幾乎不可能的任務，但是如今一旦控制住自己的力量，光是一比就讓整支法燭燃燒殆盡。

這法力完全超乎了自己的想像之外，雖然阿皓有心理準備，可是還是被這威力強大的法力給嚇到。

當然，自己之所以會有這樣的法力，原因就只有一個，那就是自己曾經被鍾馗祖師上身，代價雖然是腦袋開了個洞，不過相對地自己也真的成了鍾馗祖師的假金身。

現在這些法力可能就是當時被鍾馗祖師上身之後，所殘留下來的力量。

而這股法力，似乎也成了功力，才會讓自己光是一眼，就可以辨妖識魔，真的跟呂偉道長還有鍾馗祖師一樣了。

不，就算真的有這份功力，阿皓知道自己絕對不能這樣想，就算一眼就能知道妖魔鬼怪的真實身分，阿皓也還是不會不經過試驗就斷論對方的身分。

而且就算自己現在的功力宛如修煉千年的道士一般又如何?沒了月光，自己還不是阿呆一個。

就在阿皓這麼想的同時，阿皓感覺到了玟珊帶著的馮侍豪，已經靠近廟宇了。

這感受力也不是自己當年所能想像的。

因為他感受到的，不是推著馮侍豪朝廟裡來的玟珊，而是緊緊跟在兩人之後的那個女鬼楊詩湘。

阿皓知道，現在絕對不是感嘆自己法力的時候，真正的難題，現在才正要開始。

5

果然在感應到女鬼靠近後沒多久，玟珊就推著坐在輪椅上的馮侍豪，出現在廟門口。

由於需要移動，所以在晚上的時候，玟珊已經請馮媽媽去借來一張輪椅，並且將馮侍豪牢牢綁在輪椅上，因為要收驚的關係，沒辦法讓馮侍豪施打鎮定劑，這可能是唯一辦法了。

即便如此，馮侍豪在輪椅上還是不斷掙扎，著實費了玟珊好大一番功夫，才將馮侍豪順利推上山坡。

照著兩人先前就排練過的模式，玟珊將馮侍豪推入廟裡，來到了前庭走廊，等到固定好馮侍豪的輪椅之後，阿皓這邊對著法壇，點燃一張符，放在碗裡一蓋，馮侍豪頭一點，就暈過去了。

看到這景象，連玟珊都覺得不可思議。光是燒張符就讓馮侍豪不吵不鬧，比鎮定劑還要有效，如果這不叫真材實料，什麼才叫真材實料？

玟珊內心對阿皓的欽佩，此刻已經遠遠勝過當年只看到準備時期的高梓蓉，甚至還要更高上數倍。

只是玟珊不知道的是，到目前為止的步驟跟能力，高梓蓉也絕對可以駕輕就熟，簡簡單單就做得到。

可惜的是兩人緣淺，玟珊沒有機會看到高梓蓉的這一面。

在馮侍豪暈過去了之後，玟珊到法壇旁邊，拿起了一個塑膠袋，裡面裝滿香灰，然後走到了廟門口，開始將袋子裡面的香灰，從廟口沿路朝前庭撒。

就阿皓的說法，這是在為那個纏著馮侍豪的楊詩湘開道，讓身為鬼魂的楊詩湘可以進到廟裡面來。

「這樣真的可行嗎？」玟珊一邊撒香灰，一邊懷疑地喃喃自語。

雖然阿皓說得有模有樣，唬得玟珊一愣一愣的，不過對於這種情況，多少還是有點半信半疑。

一邊撒著香灰，一邊懷疑著阿皓的玟珊，這時突然看到在廟門口的香灰，竟然多了個腳印。

這讓玟珊瞪大了眼，整個人愣在原地，轉過頭看著阿皓，阿皓用手比了比，要玟珊繼續，玟珊回過頭，看到了前方地上的香灰，又多了一個腳印。從腳印的形狀跟方向看起來，真的就像是有個人朝自己走過來。

這下玟珊不敢猶豫，雖然感覺到無比的恐懼，但還是繼續硬著頭皮，將香灰撒在地上，一路延伸到前庭。

腳步也跟著香灰，一步步朝前庭而來，然後走過了走廊之後，地上的香灰突然一揚。

「可以了。」阿皓對玟珊說。

原本鋪這條香灰道，就是為了讓楊詩湘可以進到廟裡來，現在楊詩湘已經進來了，當然可以停下來了。

玟珊聽到阿皓這麼說，立刻停下手來，並且退到一旁。

因為接下來，就是阿皓的工作了。

雖然說，這是玟珊第一次見到這樣的事情，不過接下來會發生什麼，以及阿皓會怎麼做，都有事先跟玟珊講過了。

就算不是跳鍾馗，自古流傳下來的鍾馗派習慣，也都是先懷柔，再動手。

這算是一種對靈體的尊敬，也是一種禮貌的態度。

二話不說就開扁，基本上都是在對方作祟的情況，不得已之下才會直接開打，不然像現在這樣的情況，多半都會先談判一下。

尤其是這一次，在聽完馮媽媽的故事之後，阿皓覺得這樣的條件挺優渥的，雖然楊詩湘不見得會答應，可是在阿皓看起來，是個不錯的條件。如果楊詩湘答應了，那麼連動手都不需要，直接就可以收工了。

不過認為這是個不錯的條件，還是得要馮媽媽沒有說謊、隱瞞等情況為前提才有可能成功。

退下的玟珊，由於剛剛才見識到那鬼魂一步步朝自己而來的腳印，感覺還有點驚魂未定，因此在阿皓說可以了之後，立刻退到了馮侍豪的身後，臉上還帶有一點恐懼的看著阿皓這邊。看到玟珊的這模樣，不免讓阿皓覺得有點好笑。

與玟珊不同的是，打從一開始，阿皓就看到了楊詩湘的樣子，在香灰鋪路的引導之下，楊詩湘一進到廟裡前庭立刻又到了馮侍豪的身後，低頭凝視著馮侍豪。

而完全不知情的玟珊，就這樣跟女子並肩而站，渾然不知道那個讓她感覺到恐懼的鬼魂，就站在自己的身邊，幾乎快貼在一起了。

不過現在絕對不是幸災樂禍的時候，阿皓搖了一下鈴，楊詩湘立刻轉過身來，並且朝阿皓的法壇這邊而來。

聽到了阿皓的鈴聲，玟珊知道好戲要登場了，帶著既期待又怕受傷害的心情，瞪大雙眼的玟珊，仔細看著阿皓接下來的一舉一動。

首先是懷柔——

在開壇之前，早在今天早上的時候，玟珊就已經去過馮家，跟馮媽媽商量過這件事情了。

在了解情況之後，試圖找到一個對方可以接受的提案，就是鍾馗派處理人怨靈時所謂的懷柔。

在了解情況之下馮媽媽答應了玟珊的提案，允諾會讓楊詩湘跟阿豪冥婚，讓楊詩湘可以入他們家的祖墳，得到楊詩湘生前曾被阿豪承諾過的名分，並且答應在阿豪清醒之後，也會讓阿豪持續祭拜她，真的把她當成自己的亡妻一樣。

在搖鈴將楊詩湘吸引到法壇前之後，阿皓便將這個提案告訴楊詩湘，希望可以得到楊詩湘的首肯。

阿皓在跟楊詩湘溝通的過程之中，由於玟珊完全看不到楊詩湘，所以感覺就好像阿皓在自言自語一樣。這才讓玟珊想到自己還有準備柚子葉，趕緊拿出柚子葉來按了按自己的雙眼，果然再次睜開眼睛之後，就清楚地看到了楊詩湘就站在壇前。

楊詩湘冷冷地聽完了阿皓的提案之後，先回頭看看馮侍豪，又回頭看看阿皓。

阿皓不發一語，靜靜地等著楊詩湘的回應。

看了一會之後，楊詩湘略退一步，並且開始搖起頭來。

看到楊詩湘這樣子，阿皓不禁嘆了口氣。

楊詩湘一直搖頭，然後來回看了看阿皓與馮侍豪，接著手突然朝天空一揮，法壇跟著楊詩湘的手一揚，眼看就要翻了。

可是阿皓早有準備，手一壓，穩住了法壇。

翻桌，就是談判破裂時鬼魂最直覺的反應。

「妳說翻就給妳翻啊。」阿皓不悅地說。

既然對方還不願意這樣收手，那麼實際上也只能動手了。

當然，這也是意料之中的事情，畢竟對方早就被恨意蒙蔽了雙眼，自然沒有辦法心平氣和，不然也不會夜半站在別人床邊。

阿皓知道，接下來就只有動手一途了。這些鬼魂，不給他們一點顏色瞧瞧，恐怕很難罷手。

準備動手之際，阿皓腦海裡面突然浮現出一部電影。那是由金凱瑞所主演的名片——《楚門的世界》。

在那部電影之中，金凱瑞所飾演的主人公，有句口頭禪。

在跟人說早安之後，主角會接著說：「為了避免我今天不會再見到你，祝您午安與晚安。」

這讓阿皓想到，有些事情，或許先說會比較好一點。

「喔，對了，為了避免等等不是我親手收了妳……」阿皓面帶微笑，用手指了指楊詩湘說：「人怨靈，這就是妳的名。」

看到阿皓這模樣，玟珊心中不禁吶喊，真的是太帥了！

不過玟珊完全不知道的是，這件事情對阿皓來說，不要說帥了，根本就是狼狽至極的一件事情啊，連對付個這麼基本的鬼魂，都沒把握可以撐到最後。

實在是件非常無奈的事情。

說完之後，阿皓拿起桌上的桃木劍，繞過法壇，朝楊詩湘而去。

兩人你來我往地交手數回，看得玟珊有點醉了。

想不到真正的道士，真的可以跟電影裡面的林正英道長一樣帥。

不過，對阿皓來說，可真是一則以喜、一則以憂。

由於這把桃木劍，根本就是過去鄧秉天拿來做做樣子的，不但沒有供拜，更沒有保養，法力恐怕比外面隨便摘下來的柳條還弱。

但是就目前短時間來說，這可能是阿皓所能找到最好的法器了。

然而另外一個喜則是在過去，阿皓最弱的就是法力。然而現在卻因為鍾馗祖師留下來的

法力，在開壇之後充分展現出來，威力也大幅提升。阿皓感覺自己就好像當時在完成真祖召喚之後，自己因為成為了鍾馗祖師在人世間的假金身那樣，動作與速度不但完全超過了阿畢所能想像，當然也超越了阿皓自己所能想像的程度。

在這樣的法力加持下，阿皓動作快如鬼魅，一劍就劈中了楊詩湘，如果現在阿皓手上的，是任何一把從么洞八廟拿來的桃木劍，恐怕這一劍就已經分出了勝負，偏偏這把劍的素質太差，因此楊詩湘只頓了一下，立刻朝阿皓撲了過來。

雖然楊詩湘很快，但是現在在法壇前的阿皓更快，明明是反應接招的一方，卻在楊詩湘手還沒抓到之前，就擺出了魁星踢斗的姿勢。

想不到對方如此之快，楊詩湘手連碰都還沒碰到阿皓的身體，立刻被彈開。

然而楊詩湘不知道的是，這還算是她運氣好，如果剛剛她真的碰到阿皓的身體，恐怕受傷的會是她自己。

畢竟現在阿皓體內的法力，就連阿皓自己都沒有辦法駕馭，加上假金身護體，根本沒有鬼魂可以傷得了他。

所以不過就只是一個魁星踢斗，不但擋得住對方的攻擊，還有充分的餘裕可以追擊。月光下的阿皓，恐怕就連呂偉道長都會自嘆不如吧？

意識到這點的阿皓，臉上不禁浮現出苦笑。

過去，只要跟這些鬼魂對峙，阿皓總是會盡可能避開黑夜，鬼魂們總是會想盡辦法，在黑夜的時候跟阿皓這些道士們對決。

然而現在不一樣了，該恐懼黑夜的，不再是自己，而是這些靠著黑夜來強化自己的鬼魂。

不過現在絕對不是沉溺在自己法力大大提升的時候，阿皓非常清楚，就算自己在月光底下無鬼能敵，但是月亮絕對不是一個值得信賴的盟友，它隨時都可能像上次跳鍾馗一樣，捨棄自己躲到雲層裡面去。

雖然已經用法燭測試過自己的法力，的確獲得了非常難以置信的提升，但是阿皓還是想知道自己在真正動手之際，到底成長了多少，因此剛剛動手的時候，還有點在實驗的心態。

現在已經確認之後，阿皓不想再拖時間，希望可以速戰速決。

楊詩湘這邊，在被阿皓擊退之後，知道阿皓絕對不是一個好對付的對手，因此跟阿皓保持了距離，甚至看起來還有點在躲避阿皓的樣子。

這讓在一旁觀看的玟珊，真的看傻了眼。

這就是阿皓真正的實力嗎？

上一次或許是因為處理阿爸鄧秉天的爛攤子，所以有點措手不及，這一次完全準備好，由自己主動出擊的情況下，阿皓打得那看起來很凶的楊詩湘招架不住……如果自己也能學會這些東西，是不是也可以像阿皓一樣呢？

就在玟珊這麼想的同時，阿皓有了動作。

阿皓突然向前一躍，朝楊詩湘而去，楊詩湘見了，立刻閃到一旁，誰知道阿皓那一躍只是嚇唬楊詩湘的晃招，看準了她的動作之後，阿皓立刻改變方向，這一次用足了力道，一躍就朝楊詩湘躲避的方向而去。

楊詩湘才剛定住，阿皓的手掌接踵而至，就連一旁看著的玟珊，都不禁為楊詩湘感到同情。

這一掌看起來充滿了力道，如果打中了楊詩湘，就連玟珊都覺得楊詩湘可能會就這樣被打倒。

然而，這一掌並沒有打中楊詩湘。

阿皓的手掌，就停在楊詩湘的面前，在擊中楊詩湘的臉之前，阿皓停手了。

當然這絕對是因為在內心深處，阿皓還是希望楊詩湘可以就此放下仇恨，接受自己的提案。

「這是妳最後一次機會，」對著瞪大雙眼，彷彿體會到再死一次感覺的楊詩湘，阿皓淡淡地說：「請停手，我保證我會做到我先前說的，如果妳執意還要這樣下去，就不要怪我了。」

楊詩湘看著阿皓的手掌，愣了一會之後，張大了嘴發出了咆哮的聲音。

這聲音十分刺耳，讓玟珊忍不住摀住自己的耳朵。

咆哮的聲音還沒結束，楊詩湘突然身形一閃，閃到了阿皓的身後。

玟珊見了，還沒出聲提醒阿皓，阿皓就好像背後長了眼睛一樣，向前一跳，拉開彼此間的距離。

而就在剛剛楊詩湘突然出現在阿皓的身後，並且低垂著頭的模樣，勾起了玟珊的記憶。

玟珊突然想起來，楊詩湘低垂著頭在別人後面的模樣，自己真的見過！

那是在一年多前，自己參加阿豪婚禮的時候，在阿豪牽著自己的妻子走上台接受大家的祝賀時，那時候玟珊就覺得彷彿在阿豪的身後，看到了一個模糊不清的身影。

由於婚宴上自己喝了酒，加上現場的氣氛，讓玟珊立刻告訴自己，絕對是她眼花了，不過現在看到楊詩湘突然出現在阿皓身後的那樣子，玟珊知道自己當時根本不是眼花。

那時候的楊詩湘確實就在婚宴現場，看著這個曾經是自己孩子的父親，牽起別的女人的手，接受著他人的祝福。

那怨恨之意高漲之下，才會一時顯影，讓玟珊這種從小就在廟裡長大，就算沒有過人的靈感力，也比一般人更容易感受到的人，剎那間看到了一點模糊的影像。

這時候就連玟珊也感受到，或許可以和平解決的時機已經過了。

親眼看著認為虧欠自己的男人得到幸福，恐怕任誰都會覺得心有不甘吧？

想到這裡，玟珊不自覺地低下頭看著自己的老同學，一場關係到他性命的戰鬥正在上演，

然而這傢伙竟然只是低著頭暈過去，完全沒有半點參與。

然而，比起當初玟珊不小心看到的時候來說，此刻的楊詩湘胸中的恨意，更是熊熊燃燒著。

可惡！可惡！

痛恨的情緒，在楊詩湘的胸口沸騰。

她不甘心，為什麼有那麼多人要阻撓他們一家團聚？

不過到了這個時候，她也知道，自己所有花招對眼前這個男人都沒用。

雖然強大的怨恨，讓楊詩湘有了很強大的力量，不過不管再強大的力量，楊詩湘知道自己很可能都打不過眼前的男子，因此，最好的方法就是……

楊詩湘望向廟口，那裡鋪著的香灰之路，可以讓她進來，當然也可以讓她逃出去。

正所謂「留得青山在，不怕沒柴燒」。

她的目標是馮侍豪，不是在這邊跟人決生死。

因此一看到香灰之道，楊詩湘二話不說，立刻衝過去，想要逃出廟宇。

然而當楊詩湘把目光投在廟口之際，阿皓就知道楊詩湘想逃。

還沒等到楊詩湘動作，阿皓已經衝到廟口，由於目標很大，不像法燭那麼小，而是一整片佈滿地板的香灰，所以阿皓也沒多做準備，猛然將體內的那股力量對準地板就是一揮。

想不到才振臂一揮，整個地板上的香灰竟然就這樣被捲了起來，就好像颱風突然襲來一般，地上的香灰整個向四處飛散。

這威力超乎阿皓想像，整個看傻了眼，如果早知道會這麼誇張，自己下次肯定會節制一點。

阿皓自己都如此驚訝了，更何況在一旁觀看的玟珊，看到阿皓這樣一揮，滿地的香灰就這麼被打散，更是訝異到張大了嘴。

只是玟珊就站在走廊旁邊，距離香灰地板只有幾步之遙，阿皓這麼一揮，滿地的香灰就這樣朝玟珊撲過來。

驚訝的玟珊連嘴都還來不及閉上，就被香灰掃了過去，就好像綜藝節目常見的那些整人橋段般，瞬間變成了一個被噴上大量麵粉的麵粉人，就連嘴巴都吃了一嘴香灰，模樣滑稽至極。

當然，阿皓沒有時間理會吃了滿嘴香灰的玟珊，因為同樣撲上前來的楊詩湘，眼看自己的路被斷了，立刻放聲咆哮，朝阿皓奮力就是一抓。

阿皓知道斷了對方的退路，對方肯定會立刻動手，當然又是一個魁星踢斗震退了對方，非但如此，阿皓這一次還補上了一腳，一整個把楊詩湘踹倒在地上。

雖然怨恨之氣更加強烈，但是楊詩湘很明顯完全不是阿皓的對手。

當然阿皓並不想拖下去，這一次要一鼓作氣將對方擊垮，畢竟情勢對鬼魂越不利，相對的對方也越有可能用出非常手段。畢竟狗急跳牆，鬼急自亡，這點阿皓當然最清楚，他可不想讓情況變成那樣。

因此一擊退了楊詩湘，阿皓立刻衝回法壇，從法壇的桌下拿出了準備好的網子。

這張網子是今天早上的時候，玟珊就去市區找了好幾家店才找到合適的，網子上面纏繞著許多符，也是玟珊在白天的時候，一張一張綁上去的。

這不免讓阿皓感到有點洩氣，因為如果是在么洞八廟，根本不需要那麼麻煩，光是他的那件專用黃金道袍，就比這張網子還要能幹了。

不過缺乏適合的工具，也是沒辦法的事情，因此只能用這麼簡陋的法器。

這時的楊詩湘被阿皓那一腳踹倒在地上，還沒辦法站起來，阿皓張開網子朝楊詩湘的身上一蓋。

楊詩湘立刻發出了厲聲哀號，楊詩湘猛力掙扎，似乎想要從網中逃脫，但是那張會黏住楊詩湘身體的網子，纏住了楊詩湘，讓她彷彿網中之魚般完全無法掙脫。

到此，阿皓知道已經解決一半了，接下來只要再一個步驟，就可以收工了。

這個步驟其實早先玟珊做過類似的，就是燒碗符水，往楊詩湘身上一淋，然後就可以唸口訣收工了。

阿皓回到了法壇前，從桌上拿起了準備好的符。

過去的阿皓，可能需要趕緊拿出打火機，將符點燃，然後丟入碗中，甚至還有幾次火就是打不著，好不容易打著就被鬼魂弄滅的經驗。

但是現在可不一樣了，調理好氣息，法指一比，符就可以點燃了。

法力高就是可以比較跩一點。阿皓的內心真心在微笑。

阿皓集中精神，用剛剛點燃法燭的方法，順著強大的法力，將法力引導到指尖，然後將符朝裝有水的碗上一扔，並且比向符。

大量的法力從指間竄出，符也瞬間燃起，砰的一聲符在空中閃燃，稍縱即逝，就好像煙火般絢爛。

這讓玟珊再次看傻了眼，一臉香灰白臉的她瞪大了雙眼張著嘴，看起來還真有點恐怖。

然而玟珊與阿皓不知道的是，悲劇卻在這時候降臨了。

要帥點燃符咒的同時，體內那彷彿源源不絕的法力，瞬間整個被抽乾。

這巨變讓阿皓先是一愣，立刻知道是怎麼回事。

「哎呀，」阿皓內心暗叫道：「不妙！」

因為阿皓知道，似乎剛剛在那邊試法力，又揮飛香灰又點符，導致這一次清醒的時間，比自己預料中還要短上許多。

這下真的是自掘墳墓，自找死路啊！

接著阿皓感覺到有股力量從天靈蓋大量流失的同時，他趕緊轉頭望向玟珊，赫然看到了玟珊那張恐怖的臉，嚇了好大一跳，導致原本要交代的話，一時之間全吞到肚子裡面了。

本來還想交代玟珊接下來要怎麼做，不過到頭來全吞到肚子裡面，最後只勉強擠出一句。

「拜託妳了……」

阿皓留下這麼一句，眼一直、嘴一張，又回到癡呆的阿皓了。

「啊？」面對如此驟變的狀況，玟珊更加傻眼了，張大了嘴：「啊！」

雖然昨天阿皓已經交代過了，不過突然被推到前線的玟珊，整個人也慌了。

玟珊趕忙跑到了法壇前，可是一時之間也不知道自己該幹嘛。

「啊……現在……這是……」玟珊不知所措：「接下來要怎樣？」

地板上的楊詩湘發出宛如野獸般的低鳴，更是讓玟珊慌亂不已。

「那是……」玟珊用手比著楊詩湘身上的網子：「對！鎮魂網……那是我親自做的，剩下來的就是……息怨水！對！」

想起了接下來該做的事情，玟珊開心地拿起了桌上的那碗符水。

只要朝楊詩湘一淋，應該就可以了，至少，這是阿皓這麼告訴她的。

然而當玟珊捧著碗，來到了楊詩湘的跟前，正要淋下去的時候，眼神與地板上痛苦不已的楊詩湘相對，讓玟珊整個人愣住了。

楊詩湘那怨恨的模樣，狠狠地瞪著自己，讓玟珊整個人頭皮都發麻了。

「輕、輕輕地淋一下就好了，」玟珊哭喪著臉說：「我、我會溫柔一點的。」

聽到玟珊這麼說，楊詩湘立刻兇狠地叫了出來。

「啊！」

被楊詩湘這一嚇，玟珊手一軟，連水帶碗一起砸在了楊詩湘的頭上。

楊詩湘立刻發出了震耳欲聾的嘶吼聲，嚇得玟珊立刻躲到了法壇桌前，完全不敢看楊詩湘的模樣。

楊詩湘的嘶吼聲相當淒厲，不過卻越來越小，到最後完全無聲無息。

一直等到了無聲無息之後，玟珊才敢探出頭來偷看一下，整座前庭已經不見楊詩湘的蹤影。

「成功了嗎？」

夜晚回復了寧靜，整座前庭只剩玟珊自己紊亂的呼吸聲，回應玟珊的這個問題。

第4章・拜師

1

雖然說過程似乎有點波折，但總算也是有驚無險地解決了。

馮媽媽看到自己的孩子阿豪恢復正常，開心到又哭又笑的，跟過去一樣，除了幾乎快要跪下來謝謝鄧秉天之外，對於這位鄧廟公的讚揚，更是立刻就傳遍了全村里。

過沒幾天，丁村長還特別包了一個大紅包，答謝這一次鄧廟公又再一次為鄉里賣命，當然鄧秉天也是一臉笑開懷地開心收下。

不過與過去有點不一樣的是，在馮媽媽的大力稱讚之下，除了鄧廟公之外，還有一個人也受到大家的讚揚，那就是玟珊。

畢竟這一次的事件，說到底根本就是阿皓跟玟珊兩個人解決的，大部分的時間，鄧秉天根本連出面都沒有，因此玟珊會被馮媽媽特別感謝，也是理所當然的。

看著馮媽媽喜極而泣的模樣，讓玟珊感覺到欣慰、開心與踏實。

雖然說對鄧秉天的稱讚，仍然是名不符實，但是玟珊是鄧秉天的女兒，嚴格來說也算是鄧家這座廟宇解決的，因此玟珊還是覺得踏實許多。

雖然說，沒有人感謝阿皓，讓玟珊覺得有點不開心，不過想到阿皓不見得想要人家知道他的狀況，因此也只能默默接受這樣的結果。

這恐怕是玟珊有記憶以來，第一次鄧家的廟宇，真正親自為鄉里的這些人解決了一個難題。

這種感覺真的很好，當然這也是當初為什麼玟珊會想要學點真材實料東西的原因。

這一次的經驗，又再度燃起了玟珊想要學習這些東西的心情。

當然，高梓蓉那邊等了那麼久，也沒有回音，甚至整座廟都人去樓空了。

所以對於高梓蓉那邊，玟珊已經決定不再等待，因為現在，她身邊有了一個更好的對象，那就是阿皓。

在玟珊看起來，如果自己可以有阿皓的十分之一，說不定就足以解決很多事情了。

小時候，玟珊跟很多人一樣，看過那些港產的電影，由於成長環境的關係，讓玟珊一直把林正英道長等人，當成自己的偶像。希望自己也可以跟他們一樣，斬妖除魔，維護鄉里的安寧。

原本還以為，電影上所演的只是永遠不可能實現的電影特效。

但是在看到阿皓的各種帥氣之後，玟珊發現原來現實生活也可以跟電影中的林正英道長他們一樣斬妖除魔。

而且更重要的是，這個夢想現在就在自己的眼前了。

當然就算是現在這個樣子，對玟珊來說，也沒有什麼不好的。

只要阿皓一直住在廟裡，遇到了問題，阿皓可以解決，自己只要從旁協助他就可以了。

不過就像這幾次的狀況一樣，如果每次到了要動手的時候，又得承擔阿皓可能會恢復到癡呆狀態的風險，雖然目前每一次都算驚險過關，可是難保不會有任何意外。

因此不管是為了阿皓好，還是為了自己的夢想，她都希望阿皓可以收自己為徒，把那些東西教她。她是真的很有誠意，也真的很有那個心去學習。

於是，在解決了馮媽媽的事情之後，玟珊特別挑了一個夜晚，將阿皓帶到那個熟悉的廣場。

玟珊在心中琢磨著自己等等要說的話，靜靜地等待阿皓的清醒。

在阿皓清醒之後，兩人先是寒暄閒聊了一陣子，玟珊先跟阿皓報告在那之後，馮媽媽高興的樣子，然後大家是如何吹捧自己阿爸等等的事情，當然也順便抱怨了一下鄧秉天那得意的模樣。

「阿爸他明明從頭到尾什麼事情都沒有做，」玟珊鼓著臉頰說：「然後連句客氣的話也沒有說喔，一句也沒有喔，那臉皮齁，真是厚到不可理喻。」

聽到玟珊這麼說，阿皓也只能尷尬地笑著點了點頭。

然後玟珊停了下來，讓氣氛稍微緩和一下，因為接下來，她要將話題切入今天晚上最重要的事情，不，或許可以說是她人生最重要的事情之一。

「那個……阿皓啊。」即便心中已經演練多次，但是真的要開口，玟珊還是感到有點彆扭。

「嗯？」

「有件事情，」玟珊頓了一下：「我想要拜託……求你。」

「妳想要跟我告白嗎？」

如果是那個金髮的阿吉，現在肯定是接這句話，不過這種腦洞大開的狀況之下，流走的似乎不只有自己的元神，就連幽默感好像都跟著流失了。

就好像在召喚了真祖之後，自己就忘記該怎麼胡鬧了一樣。

因此阿皓沒有回答，只是低沉著點了點頭，示意要玟珊繼續說下去。

「你……可以收我為徒嗎？」玟珊鼓起了勇氣：「把你那些厲害的東西……教我，可以嗎？」

阿皓仰起了頭，打從玟珊求自己幫忙馮媽媽的時候，他就已經感覺得到，這一天似乎終究會來到，只是他有很多事情需要時間考慮一下，可是在如此匱乏的時間之中，阿皓也一直沒有機會可以好好思考這些問題。

原本還以為這會是一個非常單純的問題，想不到阿皓卻皺著眉頭，沉吟了一會，然後告訴玟珊。

「不好意思，」阿皓沉著臉對玟珊說：「我需要考慮一下。」

玟珊點了點頭，卻不太明白阿皓到底需要考慮什麼。

當然事實上，情況可能比玟珊想的還要更加複雜很多，有許多情況是玟珊連想都沒想到的。

尤其是講到了鍾馗派，有那麼多東西需要顧忌。

這一路從鍾馗祖師傳承下來的門派，有許許多多的東西，需要遵守。

在過去，收徒必先看人品。

而在這段時間之中，身為師父的可以先傳授跳鍾馗，並且從旁觀察弟子的人品。

這點阿皓現在絕對做不到。

要看什麼、聽什麼，全部都由不得阿皓決定。

當然對於玟珊，阿皓感覺她不是壞人，甚至心地善良，比起其他人要好很多。

但是……阿皓也曾經認為自己的摯友，絕對不會做出那樣的事情。

簡單來說，與其說不相信玟珊，不如說阿皓不再相信自己，有資格評斷一個人的好壞。

除了人品之外，還有一個很重要的關鍵，就是天分。

先不說現在的鍾馗派那殘缺的口訣，光是成為阿皓的弟子，可能需要背的，就是別派師父所傳的兩到三倍。

除了祖師鍾馗的口訣之外，還有呂偉道長的口訣，甚至還有阿皓自己自創，關於操偶的口訣。

因此收徒弟這件事情，對於鍾馗派的道士來說，絕對不是一件容易的事情，尤其是對呂偉道長之後的阿皓來說，更是困難重重。

對其他鍾馗派的道士來說，在口訣已經流失的今天，其實天分與人品這種東西，基本上已經不太需要講究了。

尤其是口訣缺失的情況之下，根本不需要擔心有人會因此利用口訣來做壞事，簡單來說，所謂的人品要求，只要對師父尊敬，大概就可以過關了。至於天分就更難了，在人品要求低下的今天，乾脆亂槍打鳥，廣收徒弟，只要十個裡面，有一個可以把口訣記熟，那麼也算是不枉費前代所託，自己這一代也算是功德圓滿了。

不過對呂偉道長來說，可就不是這樣了。因此關於找徒弟這檔事，如果呂偉道長還一直活到現在的話，說不定真的會對著阿皓唱小幸運。

能夠遇到阿皓這樣的徒弟，真的是一種小幸運啊。

當然，同樣的幸運，阿皓也有一半。

遇到了記憶力不輸給自己的曉潔，至於人品，阿皓就不敢說了，他只能祈禱曉潔永遠不要變質，永遠跟自己認識她的時候一樣，阿皓就謝天謝地了。

因此在玟珊提出了這個要求之後，阿皓才會說需要一點時間考慮。

玟珊雖然顯得有點失落，就好像告白被人拒絕了一樣，不過還是答應讓阿皓考慮清楚。

阿皓背對著玟珊，因為看著那樣殷殷期盼的玟珊，根本沒辦法好好思考，因此阿皓轉向了市區的這邊，眺望著遙遠的台南市區。

這時，阿皓又看到了西方的天空，以及那出現在空中的東西。

打從阿皓清醒之後，玟珊帶著阿皓來到這個空地，可以看到西方天空的情況之下，阿皓就注意到了那詭異的東西。

而且這些日子以來，它一直在那邊沒有消失過。

當然，阿皓不清楚白天那東西在不在，因為他不曾白天清醒過，不過夜晚它就一直在那裡，沒有消失過。

看著遠方的天空，那種感覺真的很詭異。

那到底是什麼東西啊？

這說不定才是阿皓現在應該要最在意的東西。

除了那東西本身之外，還有另外一個讓阿皓非常在意，甚至超越那個東西本身的點，那就是東西所在的地方。

在知道這裡是台南之後，大致上來說，阿皓也掌握住了整個方位。

對於台南，阿皓並不算陌生，因為過去就曾經往來頻繁，不管是劉易經與呂偉道長交好的那段時光，或者是後來南派重建時期，呂偉道長都常南下，協助處理一些事情。

而有時候，呂偉道長也會帶著阿皓前來，因此對於台南，阿皓一點都不陌生。

在掌握住這個村莊的地理位置之後，阿皓也大概掌握得到自己所望向的地方大概是哪個方位，以及大約是台南的什麼地方。

而那東西所在的地方，大致上來說，是處於全台南阿皓最熟悉的地方。

那正是每次只要阿皓來到台南，幾乎都會造訪的地方，也就是他過去摯友們的住所——頑固廟。

如今，有一團紫色的氣籠罩在那邊，看起來就好像……小說裡面說的妖氣沖天一樣。

不過阿皓曾經試探過玟珊，發現玟珊其實並沒有看到那團妖氣，換言之，這恐怕又是另外一個只有阿皓注意到的東西。

那裡到底發生了什麼事情？為什麼會變成這樣？

雖然阿皓知道頑固廟已經發生了滅門血案，而且也知道兇手的身分，但是當時阿皓並沒有察覺到什麼，更沒有注意到當時有這樣的狀況。

不過，畢竟當時的阿皓跟現在不一樣，當時他是不是真的可以注意到，自己也不是很清楚。

難道說，當時自己沒有注意到什麼嗎？又或者，阿畢除了殺害自己的恩師與一輩子深愛的梓蓉之外，還有做什麼嗎？

阿皓想到了阿畢拿天逆魔來當作自己生命的保險，如果說阿畢真的有在頑固廟做出什麼雙重保險的事情，似乎也沒什麼好大驚小怪的。

只是，阿皓不懂的是到底有什麼原因，讓阿畢宛如好像要拖全世界人一起下水一樣，一而再再而三的這樣設下陷阱呢？

面對這樣的情況，或許，多一個弟子，也沒什麼不好的。

因為錯看了阿畢，就從此不相信任何人，不只是矯枉過正，更是因噎廢食。

而且鍾馗派的口訣、操偶以及跳鍾馗等等，都不是三天兩頭就可以學會的。

就算記憶力驚人的好，光是背口訣也要上月，尤其是現在三套口訣的情況。

或許，面對那團紫色霧氣，他們有他們需要做的事情。

而現在，他決定，不需要現在就拒絕玟珊，可以給她一個機會學學看。

不只給她機會，也是給自己一個機會，重新面對一次自己的錯誤……

然而就在阿皓這麼想的同時，意識也跟著沉入無邊無際的黑暗之中。

2

就在玟珊向阿皓提出拜師的請求，而阿皓陷入考慮的那晚。只是陷入熟慮的人，不是只有阿皓一個人而已。

相隔幾面牆，不到一百公尺的距離，廟的辦公室裡面，鄧秉天也陷入沉思之中。

這一次，由於阿皓的挺身而出，讓鄧家廟宇再度漂亮地為鄉里村民解決了一個難題。

當然，不管是香油錢還是聲望方面的提升，鄧秉天都樂見其成。

不過這很可能是有代價的，而且這個代價，是鄧秉天非常不想要承擔的。

阿皓會跳鍾馗，自從知道這一點之後，鄧秉天就感覺到坐立難安。

當然，在少了施道長這個後盾之後，鄧秉天知道這座廟等於失去了最大的靠山，真的只能靠著過去的名聲來撐了。

如今阿皓的出現，對鄧秉天來說，簡直就像及時雨一樣，完美補足了施道長的空缺，但是事情卻沒有那麼簡單。

當然，如果阿皓可以就這樣，在需要他的時候，再清醒跳個鍾馗，如此一來，鄧秉天不要說反對啦，就算要每天請阿皓吃牛排，他都舉雙手贊成。

但是，他擔心事情會朝著最糟糕的情況而去。

對鄧秉天來說，他不曾考慮過阿皓是鍾馗派的道士。

畢竟跳鍾馗這件事情，從戲班到一般的小廟宇，幾乎都有人會跳，所以鄧秉天還不至於蠢到一看到跳鍾馗，就認定對方是鍾馗派的人。

而且在鄧秉天的成長之中，所有會跳鍾馗的或者是在學習跳鍾馗的人，沒有一個是正統鍾馗派門下的道士。

因此，鄧秉天當然不會就這樣認為阿皓是鍾馗派的道士。

不過，鄧秉天曾經懷疑過阿皓會不會是裝瘋賣傻，然而每次當自己氣沖沖想要揍他的時候，從阿皓的反應來說，看起來絕對不像是裝瘋賣傻。

既然不是裝瘋賣傻的話，阿皓就絕對不會是鍾馗派的道士。

最簡單的原因就是，想要進鍾馗派，不但需要學會跳鍾馗，更需要學會基本的口訣。

以阿皓的狀況，根本不可能背得了那麼難的東西。

所以鄧秉天壓根兒不認為阿皓是鍾馗派的道士。

既然如此的話，對鄧秉天來說，最糟糕的情況就是，玟珊想要跟阿皓學習怎麼跳鍾馗。

看著桌上不斷寄來的文件，每個都是關於宗教與民俗信仰的課程，身為父親的鄧秉天，怎麼會不了解自己的女兒。

他知道，玟珊遲早會想要阿皓教她這個糟糕的東西。

不過阿皓如果真的會跳鍾馗，應該非常清楚跳鍾馗的危險性，很有可能拒絕玟珊。

當然只要玟珊學習跳鍾馗這件事情不要發生，那麼鄧秉天或許還可以接受阿皓繼續待在這間廟裡面，並且用他的跳鍾馗，來償還住在這裡的費用。

想到這裡，鄧秉天還真有點後悔當時改變自己的心意，將阿皓收留在這間廟裡。

一想到那個晚上發生的事情，一直到現在鄧秉天還是感覺到毛骨悚然。

那一晚，可能是除了自己雙親往生的那個晚上之外，人生最不想要再度經歷的夜晚。

然而現在後悔也來不及了，就算真的想要弄走阿皓，恐怕光是玟珊那一關，就夠讓鄧秉天頭痛了。

所以現在，鄧秉天只能祈禱，什麼都可以，就是跳鍾馗這件事情，阿皓絕對不能教玟珊。

就只有這件事情，絕對不可以。

3

等待的過程，真的只能用煎熬兩個字來形容。

當然，玟珊根本不可能知道，收一個徒弟對現在的阿皓來說，有多少東西需要考慮，更

不知道阿皓的過去，為了這些事情，付出了多慘痛的代價，甚至是現在的狀況，都是拜阿皓腦中的這些口訣所賜。

為了讓阿皓可以繼續思考，因此這一天，玟珊照舊牽著阿皓的手，來到了廟旁的空地，等待著阿皓的清醒。

過了一會之後，阿皓清醒了過來。

「那……我不吵你了。」在簡短地交談之後，玟珊臉上浮現出一股落寞的表情，「我讓你繼續考慮，等等我再來接你。」

玟珊說完，轉身就要離開。

這幾天下來，玟珊的心情很怪。

玟珊不想要強迫阿皓，更不想要打悲情牌，用不斷苦苦哀求的方法來逼迫阿皓點頭。因為玟珊知道，如果最後阿皓不願意，一定有他自己的原因。

不知道為什麼，可能是這些日子以來的相處，玟珊覺得自己似乎可以了解阿皓。

雖然她自己也知道，這很有可能只是一個自己的幻想與腦補，讓阿皓變得完美。

不過，她還是認為阿皓是個很好的人，甚至是她看過最好的人。

所以就算阿皓真的不願意收她為徒，她也不會改變自己對他的態度。

但是她還是很希望，阿皓最後能夠點頭。

因此難免會在這煎熬等待的時刻，流露出失落的神情。

轉身正準備離開，身後的阿皓卻突然開口了。

「妳要去哪裡？」

「回廟裡，放心啦，」玟珊臉上勉強擠出了一抹笑容：「我不會丟你在這邊的，等等會把你接回去，你就……好好考慮吧。」

「嗯，」阿皓點了點頭說：「我已經考慮好了。」

玟珊臉上那抹本來就顯得有點勉強的笑容，瞬間全然消失，取而代之的是嚴肅的緊張表情，等待著阿皓即將揭曉的答案。

「我沒辦法一次就答應妳，一定會把全部的東西教妳，」阿皓說：「不過，我可以先從基礎開始，看妳能學多少，我就先教多少，這樣可以嗎？」

聽到阿皓的回答，玟珊先是愣了一會才緩緩地問：「所以……你這是願意、願意的意思嗎？」

阿皓點了點頭。

玟珊又愣了一會，然後突然大聲叫了出來。

「唷齁！」

玟珊的開心之情，全寫在臉上，甚至開始手舞足蹈了起來。

被玟珊突然叫出來嚇了一跳的阿皓，難以置信地看著玟珊這開心到幾近抓狂的樣子，不免搖搖頭有點無奈地說：「為什麼我覺得我會後悔？」

「不會！阿皓你最好了！我一定會好好努力！保證你不會後悔！」玟珊甚至拉起了阿皓的手一起叫道：「唷齁！太棒了！太棒了！」

阿皓只能無奈地看著玟珊，這樣盡情地叫著叫著……然後玟珊就哭了。

因為在這條想要好好學習一點東西的路上，真的好苦，玟珊甚至不知道學個自己想要學的東西，為什麼會如此困難。

過去那些師父，不是要錢就是要毛手毛腳，這些都是現在臉上這些淚水會止不住的主因，當然此刻的這些淚水，除了過去的委屈之外，也有喜極而泣的部分。

親眼看到玟珊這激烈的情緒變化，讓阿皓更是一頭霧水。

「妳……是不是有精神病啊？」阿皓苦笑：「怎麼一會那麼嗨，一會又淚流滿面？」

「你真敢講耶，」玟珊笑著回嘴：「也不想想是誰要靠月光才會恢復正常。」

聽到玟珊這麼說，阿皓的臉也瞬間垮了下來。

「對……對不起。」才剛說完就知道自己失言的玟珊，立刻向阿皓道歉。

阿皓勉強地笑了笑，搖搖頭。

「那麼請多多指教。」阿皓說。

玟珊收起了笑容，向阿皓鞠了一躬：「請多多指教，師父。」

「妳還是叫我阿皓就好了，」阿皓笑著說：「因為妳不見得真的學得來啊，說不定妳學兩天就放棄了，所以師父這個稱呼還是免了吧。」

「不會！」玟珊果斷地說：「絕對不會有這種事情！」

不但沒有這樣的想法，玟珊還想要打鐵趁熱，一股學習的衝動與熱情，完全表露出來。

「那麼今天晚上就開始吧！事不宜遲！」玟珊說：「不過等我一下，先進去拿東西。」

「拿什麼東西？」

「筆記本跟手機啊。」玟珊笑著說：「我要把你所說的每一句話，通通錄下來！」

阿皓聽了差點暈倒，因為這對他們這個門派來說，這可是最大的大忌啊。

「等等，」阿皓苦著一張臉說：「在那之前，或許我也該跟妳說清楚一下規矩。」

「規矩？」玟珊一臉疑惑：「什麼規矩？」

「就是我教妳的東西，」阿皓一臉嚴肅地說：「絕對不能用任何形式記錄下來。」

「啊？」玟珊不解：「什麼意思？不能錄音嗎？」

「不行！」阿皓用力地搖搖頭：「不只錄音，就連寫都不能寫下來，任何東西都不行。」

「啊？」

「這就是我這個門派最嚴厲的規矩，」阿皓嚴肅地說：「如果妳有違背，我就絕對不會

繼續教妳。」

這種規矩，玟珊過去從來沒有聽說過，只聽過規定學生一定要寫筆記的老師，這輩子從來沒聽過不准學生寫筆記或者錄音的老師。

「為什麼會有這樣的規矩呢？」

「因為我們這個門派，」阿皓向玟珊解釋，「是鍾馗祖師一脈傳下來的，我們有口訣跟跳鍾馗這兩樣絕技，跳鍾馗可以外傳，但是口訣因為威力太過於強大，所以絕對不能亂傳。」

聽到這個門派竟然是那個大名鼎鼎的鍾馗祖師所流傳下來的，讓玟珊剎那間有種很偉大的感覺，自己能拜在這種門派底下，過去的那些折騰似乎都很值得了。

「這也是為什麼，我需要考慮的原因。」阿皓淡淡地笑著說。

玟珊先是點了點頭，表示理解，接著皺起了眉頭問：「那……會不會記不起來呢？」

阿皓笑道：「那就要看妳了。」

雖然玟珊聽起來感覺有點困難，似乎很有挑戰性，不過好不容易找到的正道，可以學習自己夢寐以求的東西，還是如此大有來頭的門派，玟珊當然不會就此打退堂鼓。

「好！」玟珊振作精神，「那就開始吧！」

看到玟珊如此振奮，阿皓苦笑地點了點頭。

「那麼……今天就教妳第一小節，也就是總綱的部分。」

玟珊用力地點了點頭，側耳專注地聆聽阿皓要說的話。

「百零八之靈，自有其匯聚之地，各有其集氣之所。」阿皓將口訣背了出來：「辨鬼而知其強弱，為王者之道。識之而後出手，為降魔之道。避其強而攻其弱，不臨危。以口訣治之，不犯險。吾乃鍾馗，此為吾畢生之所學，如今授汝以斬妖除魔、匡正世道。」

想不到阿皓一開口，竟然是這樣宛如唸課文一樣的句子，讓玟珊不僅恍神，更張大了嘴，完全難以置信的模樣。

「妳需要一字不漏地記下來喔。」阿皓說：「記住了嗎？」

「啊？再說一次！」玟珊慌張地叫道：「百零六之靈……然後怎樣？」

「八……百零八之靈……」阿皓冷冷地說。

看樣子，記憶力這部分，玟珊可能得要花一點功夫了。

玟珊吐了吐舌頭，然後唸了一下：「百零八之靈……」

接著玟珊臉上的表情有點僵掉了。

「等等，」玟珊瞪大雙眼：「什麼是百零八之靈，該不會有一百零八個鬼魂需要背吧？」

阿皓點了點頭。

玟珊張大了嘴，一臉驚訝的樣子。

即便找到了正道，但是真正的困難，才正要開始……

4

在阿皓承諾收玟珊為徒的時候，遠在北部的曉潔，已經確定可以進入C大學中文系了。還在高三的她，因為這個緣故，也從課業的壓力之中，得到了些許的解放。因此曉潔打算趁這個機會，好好複習那些阿吉教過自己的東西。

在繼承了么洞八廟之後，由於顧及課業的關係，曉潔並不常在么洞八廟裡面過夜。但是現在由於課業壓力緩減，所以曉潔比較常在么洞八廟裡面過夜。

在阿吉「失蹤」，曉潔繼承了么洞八廟後，何嬷當然有在廟裡面為曉潔準備房間的意思。然而，由於曉潔一直不願意承認阿吉已經往生的這件事情，所以堅持不使用阿吉的房間。

何嬷當然尊重曉潔的想法，因此為曉潔準備的是在阿吉隔壁的房間，而曉潔不知道的是，這間房間原本是呂偉道長所使用的。

由於在呂偉道長逝世的時候，阿吉早就已經拜在呂偉道長門下多年，廟裡面自然也有幫阿吉準備房間，而阿吉的房間就在呂偉道長隔壁。在呂偉道長逝世之後，阿吉也就照著過去的習慣，住在自己的房間裡面，呂偉道長的寢室由於開設了生命紀念館的關係，大部分的用品也通通移到生命紀念館，所以那間房間就一直當成客房，空在那裡多年，剛好就成為了曉潔的寢室。

在曉潔與阿吉的寢室隔壁，就是兩人專用的浴室。

由於從呂偉道長設立么洞八廟之後，呂偉道長跟阿吉都是男性，所以兩人使用的浴室，一直都只有一扇簡單的推門，就好像軍營裡面的一樣。

但是曉潔是個女孩，使用起來的確有很大的不習慣，因此曉潔在洗澡的時候，有時還會特別跑到一樓偏廳的浴室，因為那邊有門，洗起來比較安心一點。

在曉潔繼承之後，何嬤就很注重曉潔的安全，畢竟廟宇門戶大開，往來的人比較多，一個女孩子家的確有點不方便，因此有些地方，還特別為曉潔加裝了可以上鎖的門，以保護一點曉潔的隱私與安全。

而這間浴室，何嬤也一直有意思想要改善一下，讓曉潔不需要常常跑到一樓來盥洗，可是卻一直找不到機會。

剛好在這時候，因為水管老舊的關係，造成了嚴重的漏水，因此何嬤就趁這個機會，請了工人來改建一下浴室。除了汰換牆壁裡面老舊漏水的水管之外，順便加裝個可以上鎖的門，以及改善通風氣窗的位置等等。

工程雖然不算浩大，可是為了要修理牆壁裡面的水管，還是需要將牆壁打掉。

由於曉潔的寢室，就在浴室的旁邊，緊鄰著浴室的牆面，很可能會受到影響，因此也暫時將自己的寢室改到了其他樓層，等到浴室完工之後，再搬回自己的寢室。

施工開始之後，原本一切都還算順利，一直到施工的工人，敲掉牆壁準備更換牆壁裡面的水管時，意外發生了。

牆壁的厚度遠比眾人所想的還要薄，因此當工人打穿牆壁的時候，牆面整個坍塌了下來。

由於工人打穿的牆壁，是曉潔寢室與浴室之間的牆面，因此牆壁坍塌下來的情況，應該要看到的曉潔的寢室，可是卻不是這麼一回事。被打穿的牆壁通往的，是一個很小的空間。

看到這種情況，工人們當然立刻停止施工，並且通報何嬤與曉潔。

曉潔也就算了，就連長年在么洞八廟工作的何嬤，都不知道這個隱身在浴室與曉潔寢室之間的小夾間。

從結構上看起來，這個小空間就被夾在原本作為曉潔的寢室與浴室之間，大小約莫是兩到三坪的狹長空間，寬度差不多也就一個人的大小。

然而這個空間卻沒有任何對外的門窗，也就是完全處於密閉的狀況。

由於完全沒有對外的門窗，整個空間瀰漫著一股霉味，曉潔與何嬤兩人，還得拿著手電筒，等氣味散去之後，才能進去裡面一探究竟。

裡面就好像倉庫一樣，一只又一只的箱子相互堆疊，幾乎塞滿了整個空間。

牆壁坍壞的開口，剛好有個一人大小的空間，可以進去裡面，何嬤進去之後，打開了最靠近入口的箱子。

箱子裡面裝著一些私人物品跟相框框起來的照片，何嬤將相框拿出來，相框上面有些汙漬，看不太清楚。所以何嬤挪出來之後，拿了塊布來，小心翼翼地將相框擦乾淨。

擦乾淨之後曉潔也靠過去看個清楚，相片裡面有三個男子，其中一個年紀比較大的男子站在後面，然後將兩隻手搭在兩個年輕男子的頭上。

雖然年紀比較大的男子曉潔感覺到陌生，但是前面兩個男子，卻有種異常的熟悉感。其中站在左側的男子，笑容有點邪，那模樣看起來真的跟阿吉有幾分相像，不過曉潔一眼就認出男子，可是因為男子的那個模樣，讓曉潔有點懷疑自己是不是看錯了什麼。

「這……該不會是呂偉道長吧？」曉潔指著左側的男子說。

何嬤歪著頭，似乎也跟曉潔有著一樣的疑惑。

「是，」何嬤點了點頭說：「應該是他很年輕的時候。」

的確照片中的呂偉道長，看起來就是十幾歲的青少年，跟那些在生命紀念館的模樣，確實有點落差。

「那照片右邊這個少年是……」曉潔問。

照片右邊的少年，看起來也十分眼熟，但是一時之間，曉潔也說不上來這個人是誰。

「他是老爺的師兄，光道長。」何嬤回答。

聽到何嬤這麼說，曉潔有點訝異。

不管是呂偉道長還是光道長，跟自己腦海之中的形象，都有很大的落差。

只見兩人感情親密地勾肩搭背，一看就是兩個好哥兒們的模樣，讓曉潔不禁懷疑，這到底是怎麼一回事。

因為阿吉曾經告訴曉潔，呂偉道長跟他師兄，也就是光道長感情不睦，可是從照片看起來兩人就好像感情非常好的兄弟一樣。

雖然說拍照的確可以假裝一下，可是不需要到勾肩搭背這種程度吧？

「那麼後面這個人呢？」曉潔指著兩人身後那個中年男子問。

何嬤沉吟了一會，然後緩緩地說：「我不知道他的名字，不過我有看過另外一張照片，他應該就是老爺跟光道長的師父……」

呂偉道長的師父……曉潔赫然想到，自己從來沒有聽說過。

這是件很奇怪的事情，聽過那麼多關於呂偉道長的故事與傳奇，但是這些故事之中，都沒有聽到過呂偉道長的師父。

雖然說確實，呂偉道長有師父這件事情，沒有什麼好意外的，也或許就是阿吉或其他人，沒有特別提及而已。但是一次都沒有聽過，似乎也有點奇怪。

真的，曉潔努力回想之下，好像聽過許多關於呂偉道長年輕時候的事情，但是就連那些時候的事情，都沒有提及任何關於呂偉道長的師尊。

因此在這之前，曉潔有時候真的有種呂偉道長沒有師父的錯覺。

一個傳奇道長，在鍾馗祖師之後第一個收服過一百零八種靈體的大道長，如此偉大的道長，他的師父應該也有些過人之處才合理啊。

不，這時曉潔又想到了，光道長好像也很了不起。

如果不是放在呂偉道長身邊的話，光道長收服的鬼魂，也不是一般道士可以望其項背的，偏偏有種既生瑜何生亮的感覺，被呂偉道長的豐功偉業照得黯淡無光。

但是單獨論處的話，光道長絕對也是一方之霸，不是那種遜色的小角色。

如果兩個弟子都如此出色，那麼真正厲害的，不就應該是他們的師尊嗎？

為什麼道上幾乎沒有聽過關於呂偉道長與光道長師父的事情呢？

不只是道上，就連阿吉在教她的時候，也會說許多關於呂偉道長的事蹟，但是怎麼感覺好像就連阿吉也從來沒聽過呂偉道長的師父，畢竟如果有的話，阿吉應該多少會提到才對。

曉潔覺得怎麼想都不合理。

另外讓曉潔想不通的是，為什麼呂偉道長會把這些東西，像這樣封印似的收藏起來。

或許這就是呂偉道長紀念自己師父的方法，不過讓曉潔想不透的是，為什麼這個空間完全沒有任何門呢？如果是紀念的話，不是應該要有個可以進出的門嗎？像這樣四面牆壁砌起來，根本不能進出，既然如此的話，又何必將這些東西留下來呢？這些都是曉潔想不通的。

可是，就連打從一開始就在這座廟裡面服務的何嬤也不知道這個隔間的存在，自然也不會了解呂偉道長當年為什麼要封死這個隔間，也只能不了了之了。

最後，曉潔與何嬤決定在浴室留了一扇防潮的鐵門，通往這間隔間，不過基於尊重這座廟最原始的主人呂偉道長，所以曉潔跟何嬤還是決定將鐵門鎖死，不准任何人進出。而鐵門的鑰匙被鎖在保險箱裡面，跟鍾馗四寶放在一起。

只是沒人會想到，在那扇鐵門後面，鎖著的竟然會是呂偉道長這一生最大的祕密，不，甚至可以說是現在鍾馗派最大的秘密也不為過。

5

在阿皓答應要教玟珊一些東西之後，幾個月的時間過去了。

這些日子，幾乎每天玟珊都會帶著阿皓出去，等待著阿皓可以清醒。

一旦阿皓清醒了，玟珊就可以把這幾天的進度，告訴阿皓，然後阿皓再看情況要不要傳授下一段口訣或功夫給她。

雖然說很明顯的玟珊在記憶力方面遠遠不如曉潔，但是學習的心態與狀況比曉潔還要積極許多，比起囫圇吞棗的曉潔來說，玟珊有更多時間，可以好好跟阿皓學習，因此雖然進度緩慢，不過內容比起曉潔當時來說，還要扎實許多。

打從阿皓來了之後，玟珊就對阿皓不差，現在阿皓願意教玟珊這些她夢寐以求的東西，更是宛如被玟珊捧在掌心上的寶。

兩人幾乎形影不離，不管是白天還是晚上。

玟珊感覺他們就像是熱戀中的情侶一樣，而且這個戀人完全不會離開自己，不分白天還是晚上，都跟自己形影不離。

即便是白天，當玟珊在前庭背誦著口訣時，阿皓也會跟在後面，三不五時玟珊背到煩了，也會順勢就跟阿皓聊了起來，雖然阿皓不會回話，但是玟珊知道，阿皓都有在聽，甚至到了晚上清醒之後，兩人還會繼續聊下去。

這幾個月，對玟珊來說，真的是人生最幸福的幾個月。

阿皓這邊自從呂偉道長逝世之後，也沒有度過如此寧靜的時光，雖然目前的狀況對阿皓來說，絕對不算幸福，但光是這份寧靜就讓阿皓感覺有點不真實，不過絕對可以稱得上美好。

當然，小倆口的互動與關係，同住一個屋簷下的鄧秉天，全都看在眼裡。

尤其是對於自己的女兒，鄧秉天從小看到大的，怎麼可能不了解她的想法。

鄧秉天當然知道，現在玟珊對阿皓的感覺。這讓鄧秉天完全沒有辦法接受。

什麼人不好愛，偏偏要愛上這個阿呆？

雖然說天底下可能沒有一個男人，會讓鄧秉天覺得配得上自己的寶貝女兒，但是眼前的這一個，可能是最差的一個。

畢竟，阿皓是個皓呆啊！

而且更讓鄧秉天反對的地方是，這個皓呆唯一會做的事情，還是他最忌諱的跳鍾馗，如果天底下只有一個男人，絕對不能跟自己的女兒在一起，恐怕現在的鄧秉天會毫不猶豫地說出阿皓這個名字吧。

這一天，玟珊又跟阿皓從鄧秉天的辦公室前面經過，鄧秉天剛好要走出辦公室，親眼看到兩人宛如一對情侶般經過自己的面前，看到就是一肚子火。

玟珊牽著阿皓到了前庭，然後要阿皓在原地待著，自己下了走廊到了前庭的廣場。

今天，玟珊要練習阿皓教她的七星步。

當然這不是鄧秉天第一次看到玟珊練習七星步了，雖然不知道她踩的是什麼，不過光看樣子，就覺得有點像跳鍾馗，讓鄧秉天又覺得有點心煩。

而玟珊這邊，完全沒注意到鄧秉天，自顧自的準備要開始練習。

誰知道才剛深呼吸一口氣，一個身影突然飄到她的身後。

「我是不會接受妳跟阿皓的……」

這個飄過去的人影，正是鄧秉天，飄過去的他留下了這句話。

玟珊聽了，立刻尷尬地笑了笑揮揮手說：「我跟阿皓……阿爸你是在說什麼啦……」

在這弱弱的反擊過去之後，玟珊沉下了臉問：「為什麼不接受？」

鄧秉天還沒有回答，玟珊突然意識到阿皓還站在走廊，立刻拉著鄧秉天，進去辦公室裡面。

「為什麼不接受？」

才進到辦公室裡面，玟珊立刻擺出興師問罪的模樣。

「妳瘋了嗎？」鄧秉天用手比了比外面：「妳為什麼會認為我會接受那樣的人當我的女婿。」

「唉唷，阿爸你在說什麼啦？我們又沒有……」玟珊意思意思否認之後，立刻板著臉問道：「那樣的人有什麼不好嗎？」

兩人就這樣為了一件還沒有發生的事情，在這邊爭執不休。

6

同一天晚上，月光下的阿皓又再度清醒過來。

由於連日來天氣不是很穩定，所以這次阿皓隔了幾天才清醒過來，讓玟珊很開心。開心歸開心，但是心繫進度的玟珊，立刻把這幾天的進度，向阿皓報告。

當然其中許多部分，白天的時候，一直都在玟珊身邊看著的阿皓，也通通都清楚了。

除了因為阿皓的記憶力拔群之外，其實還有另外一個阿皓天生就高人一等的東西，在這個時候又展現出來了，那就是只靠眼角餘光就能清楚觀察到事物的能力。

雖然說白天的阿皓，沒有辦法控制自己的視線要放在哪裡，甚至可以說是完全沒有轉動視線的能力，但是天生就會靠著眼角餘光來觀察一切的阿皓，也自然將玟珊在中庭練習七星步的狀況全部烙印在腦海裡。

因此即便沒有盯著玟珊的腳步，光靠眼角餘光瞄到的動作，阿皓也可以清楚地知道玟珊在哪幾步的時候踩錯了。

一意識到這一點，不禁讓阿皓有種殺死我算了的感覺。

老天爺……如果真的有老天爺，為自己的人生撰寫劇本的話，這老天爺一定非常殘酷，因為這一切感覺就好像是非常針對自己的私人恩怨。

過去的自己，總喜歡戴著各種面具，就好像角色扮演那樣，扮演著不同的角色，將自己的本性宛如刀鋒入鞘一樣深藏不露，感覺就好像雙面人一樣。

現在可好了，完全不需要任何偽裝，自己自然就有雙面的模樣。

白天宛如癡呆的阿呆，晚上靠著月光才會清醒過來。

這已經夠讓阿皓覺得諷刺，有種弄假成真的感覺，夠讓人無言了。

誰知道在自己癡呆失神的這段時間裡面，那超絕的記憶力與眼角餘光觀察力，都完美地發揮了各自的作用，讓自己即便想忘也忘不掉，這些尷尬不堪的模樣。

一切看起來就好像……都是為了今天在使用了真祖召喚之後變成這模樣而特別準備的。

說不定呂偉道長如果現在在身邊，看到了這一切，還會一如往常地對阿皓說：「你真是個變成皓呆的天才啊。」

這讓阿皓感覺簡直無言到了極點。

「你怎麼啦？」玟珊看到阿皓那一臉無言的模樣，緊張地問：「怎麼灰頭土臉的樣子？」

「不，」阿皓搖搖頭說：「沒事，只是有點想死的感覺。」

「我真的有那麼糟糕嗎？」

「沒，跟妳無關。」阿皓揮揮手說：「只是想到一些事情，讓我感覺有點無言而已。」

看阿皓說得不清不楚，玟珊深深擔心自己真的因為表現太爛而被阿皓嫌棄，正想要問清楚，立刻被阿皓打斷。

正因為阿皓擔心玟珊會追問下去，所以才會趕忙跟她解說，早上她哪裡有點出錯，果然

一聽到阿皓進入正題，玟珊立刻專心聆聽。

其實玟珊練習七星步，也已經有一兩個禮拜的時間了，大致上來說，沒有什麼大問題，只是在一些小地方，有點可以改進的空間。

「好，妳現在會七星步了，接下來就要進入另外一個重點。」阿皓說：「對我們鍾馗派來說，有兩個需要熟練一輩子的基本功。一個就是妳一直到今天為止學會的這些口訣。當然，就我們目前的進度來說，可能還需要好幾年才有可能學得完。」

聽到阿皓這麼說，玟珊嘟著嘴低下了頭。

因為玟珊的記憶力並不出色，因此口訣的進度，並沒有想像中順利。好幾年，這還得建立在教過的、背過的，玟珊不會忘記的前提之下。

「因此，現在是時候該學另外一個重要的東西了。」阿皓說：「也就是跟你們家有點淵源的東西——跳鍾馗。妳剛學的七星步，就是跳鍾馗的基礎。」

玟珊聽了，臉色也沉了下來，是的，她知道自己的爺爺奶奶，就是因為跳鍾馗而死的。當然，不像是鄧秉天那樣，光是聽到，還無法阻止玟珊想要學習的衝動，更有甚者，她更想要了解跳鍾馗。

深呼吸一口氣之後，玟珊點了點頭。

「不過，在學跳鍾馗之前，我們要先學的是，跳鍾馗的規則，也就是跳鍾馗本身所代表的意義，跟它的許許多多禁忌。」阿皓說。

接著阿皓就把一些關於跳鍾馗的意義跟原因，還有跳的時候有哪些禁忌之類的，一一告訴玟珊。

就這樣，在月光底下，玟珊一點一滴地學著鍾馗派的基本功。

雖然這些日子以來，效果完全看不出來，不過比起過去任何一段人生來說，玟珊覺得現在是自己人生最幸福，也是最充實的時光了。

「時間差不多了，我看今天就到這裡為止吧。」在教了玟珊一陣子之後，阿皓感覺到自己有點頭暈了，應該是時間差不多了。

「嗯，」玟珊點點頭，有點依依不捨的神情說：「希望可以明天見。」

就這樣，玟珊又度過了自己想像中美好的一晚。

只是在告別前，阿皓的臉笑得有點落寞。

當然，玟珊不知道的是，今天早上在辦公室外面，兩父女所有的對話，阿皓其實都聽到了。

7

看著兩人這樣的發展，鄧秉天的內心其實很痛苦。

除了不樂見自己的寶貝女兒，竟然會愛上這個跟皓呆沒什麼兩樣的人之外，最重要的是，玟珊最近開始學些自己看起來有點不太安心的東西。

尤其是在經歷過了上次阿皓跳鍾馗的事情之後，就讓鄧秉天感覺心中時常浮現出那種不安的感覺。

光是家裡有個會跳鍾馗的人，就足夠讓鄧秉天坐立難安了。

更讓鄧秉天擔心的是，他會把這個危險的東西，傳授給玟珊。

如果真的是這樣的話，那麼鄧秉天不管說什麼，都絕對會阻止他們的。

可是，雖然鄧秉天內心希望事情不會真的走到這一步，畢竟他期許著阿皓真的懂跳鍾馗，就應該知道那是件危險的事情，絕對不應該傳授給任何人，更是一個應該消失的技藝。

所以一旦阿皓真的不管玟珊的危險，硬要教跳鍾馗的話，那麼到時候也不要怪他無情，鄧秉天一定會想辦法把阿皓掃地出門。

不過如果要說，在這些一連串讓人不安的情況之下，有任何讓鄧秉天覺得稍微安心的地方，就是至少阿皓不是鍾馗派的道士。

會這麼認為，就是因為施道長曾經告訴過鄧秉天，如果一旦遇到真正的危險，跳鍾馗雖然可以處理幾乎大半的狀況，不過真正的鍾馗派道士，大部分都不會選擇跳鍾馗。

基於兩個原因，讓鍾馗派的道士，不見得會選擇跳鍾馗，一個是如果對方危險性不高，那麼跳鍾馗有種殺雞用牛刀的感覺；另外一個原因就是如果對方危險性太高，那麼跳鍾馗一失誤，就會產生難以挽回的結果。

不過除了這兩個原因之外，還有另外一個原因，可能是連施道長也沒辦法領會的，那就是真正的鍾馗派道士，在對付這些狀況時，有另外一個更可靠的東西可以使用，那就是鍾馗祖師流傳下來的口訣。

所以，鄧秉天認為那天會在那麼危急的狀況之下跳鍾馗，是因為阿皓這傢伙不知道去哪裡學會了跳鍾馗，只會跳鍾馗的他，當然只能跳鍾馗了。

不過這當然是因為鄧秉天是個連口訣都沒辦法記熟的兩光道士，才會這麼想。事實上就當時的情況來說，阿皓之所以會不得不跳鍾馗，最主要的原因就是因為他惹出來的禍，已經開了壇，才不得不跳。

可是事情，卻似乎一直朝著鄧秉天所不樂見的方向前進。

在前庭看到玟珊在跳七星步的時候，會受不了向玟珊說出那些話，也都是因為那七星步的模樣，讓鄧秉天感覺似乎越來越像是跳鍾馗了。

雖然說，現在的玟珊不過就像是古早小孩子們在玩跳房子那樣，只求腳步正確，因此看起來的確只有一點雛形，不過光是那樣子，就已經勾起了鄧秉天不好的回憶。

為了搞清楚玟珊所學的東西，是不是真的就是跳鍾馗，鄧秉天打算打探一下。

當然，經過了這些日子，鄧秉天也大概都知道，玟珊跟阿皓半夜在廟旁的空地的事情。

不過對一個父親來說，反正那邊是空曠的空地，相信也不會發生什麼不好的事情，所以一直都沒有多說什麼。

既然想要打探，當然鄧秉天也想要知道，到底兩人在旁邊的廣場幹些什麼。

因此，抱著這樣的心情，鄧秉天在確定兩人離開廟口之後，來到了後面的廚房，偷偷躲在窗戶旁邊，看著兩人的一舉一動。

月光下，只見阿皓在教導著玟珊一些動作。

光是看動作，鄧秉天就心如刀割，因為從動作看起來，雖然沒有學過，但是過去常常看到其他學生在施道長廟前的廣場，做著一樣的動作——跳鍾馗。

這就是阿皓與玟珊在後院搞的事情。

剎那間，鄧秉天都不知道該哭還是該笑了。

因為比起跳鍾馗，說不定，他還更希望兩人是在偷偷摸摸做些情侶做的事情。

那晚，鄧秉天輾轉難眠，看樣子有必要跟玟珊好好談談了。

什麼都可以學，就是跳鍾馗……

第二天，一晚都沒有睡好的鄧秉天，一大早就起床了。

今天或許是時候跟玟珊好好攤牌，告訴她過去爺爺奶奶死亡的真相的時候了。

雖然說在幾個月前的那次跳鍾馗事件之中，自己已經告訴玟珊一個大概，但是很明顯的，玟珊並不知道跳鍾馗的恐怖。

如果玟珊真的了解到事情的真相，而且知道跳鍾馗的危險，絕對會跟鄧秉天一樣，視跳鍾馗為洪水猛獸，絕對不會像現在這樣還想要學這危險的東西。

然而，鄧秉天並沒有立刻去找玟珊，因為他知道這次對談的重要性，他需要先釐清一下自己的思緒。

辦公室裡面，沒開燈，鄧秉天坐在辦公桌前，腦海裡面是那些過往的回憶。

如果不是為了阻止玟珊，這將會是一段他永遠都不想開封回想的記憶，更是一段他永遠都不會向玟珊透露的過往。

過去的這段回憶太苦，而這個記憶箱子塵封也太久，不過只要撢撢上面的灰塵，立刻可以聞到當時感傷的氣息。

當時的他突然被雙親喚醒，然後在還沒有心理準備的情況之下，一場生離死別就這樣降臨。母親的大力擁抱，以及父親的臉色，還有那些站在前庭的陌生臉孔，都彷彿烙印在胸口的痕跡般，只要輕輕撫過就能清楚感覺得到。

當然當時的他，並不知道是什麼造成他們家破人亡，只知道雙親是為了村子而犧牲的。

等到他長大之後，為了保障他知的權利，才由村長等人陸陸續續透露出當年的情況。跳鍾馗，這是當晚他父親為村子進行的儀式。

當然對於這個害自己家破人亡的儀式，鄧秉天進行了調查，得知這是一個非常危險的習俗，有很多禁忌，也有很多意外被記錄下來。

自此鄧秉天就把跳鍾馗這項民俗技藝視為被詛咒的東西，避之唯恐不及。

即便後來拜師，也不願意學習這個技能，就是因為它太過於危險，如果給鄧秉天決定，他甚至認為不管任何人都不應該學習這個技藝。

上一次由於事出緊急，事後也沒有多少機會，所以鄧秉天並沒有把當年發生的事情全部告訴玟珊，鄧秉天相信，只要能夠把當年的事情好好跟玟珊說，應該有機會可以打消她的念頭。

畢竟天下有那麼多的門派與道法，沒理由非跳鍾馗不可吧？

等到鄧秉天考慮妥當，回過神來的時候，外面的前庭已經傳來了一些聲音。

鄧秉天知道，那是玟珊已經起床，正在前庭練習昨天晚上阿皓教她的東西。

一打開辦公室的門，果然就可以看見玟珊在前庭，做出那些讓鄧秉天視為禁忌的動作。

即便過了那麼多年，即便過去已經刻意不去看那些在施道長那邊學習跳鍾馗的人們練習，那些動作與模樣，卻還是如此讓人不寒而慄。

當然，會看到這些動作就感覺到不寒而慄，完全是鄧秉天個人的問題。

鄧秉天不敢想像，如果不是昨天已經有了心理準備，今天的他看到這些不知道會多麼激動。

走出辦公室，玟珊還是練習著她的，完全沒有注意到鄧秉天。

鄧秉天看了一下四周，沒有發現阿皓的身影，料想應該是玟珊體貼阿皓，特地讓他多睡一會，不想要一大早就把他拉起來。

切！對自己的爸爸都沒有那麼體貼。

雖然對玟珊這樣的行為有點吃醋，不過鄧秉天也不得不承認，這會是最好的機會跟玟珊好好談談。

鄧秉天緩緩地靠近，走下了走廊，朝著玟珊而去。

完全沒有注意到鄧秉天靠近的玟珊，繼續一步步照著腦海中的記憶練習著，這時玟珊突然一個踢步向前，接著原本應該重重踩下的腳步，突然在半空中停住了。

看到這情況，本來要出聲的鄧秉天也愣住了。

現在是哪招？為什麼玟珊會突然頓下來，難道她也跟阿皓一樣，突然就失神了嗎？難道說，這是跳鍾馗另外一個自己不知道的風險，就是會讓人跳到變阿呆嗎？

鄧秉天不敢開口，愣愣地看著，彷彿只要他一出聲，就會讓玟珊整個人變成瘋子一樣。

整個前庭，此刻突然變得鴉雀無聲。

而就在這個時候，鄧秉天聽到了……玟珊口中喃喃唸出來的句子。

「縛靈縛於人者……力弱者隨、力強者攀……然後呢？」

原來剛剛的玟珊，除了一邊練習七星步之外，還一邊在記著口訣。背著背著，因為背誦口訣的這邊突然卡住，所以身體也跟著頓住。專心想著接下來該是什麼的玟珊，動作也跟著停頓了下來。

不過怎麼想都沒想到，所以為了刺激一下自己的記憶力，又把剛剛背出來的部分，重新複誦出來。

這裡說的是人縛靈的特性，比較弱的會用追隨的，比較強的會直接攀附在對方上面，至於後面……玟珊怎麼想都想不到。

想不到就在這個時候，身後突然傳來悠悠的聲音：「隨者襲，攀者控。」

現在是大白天，別說阿皓還沒醒來了，就算醒來也不可能出聲提醒自己，玟珊頓時嚇了一跳，猛一回頭，卻突然被一個人影一把抓住雙手，單腳站立的玟珊差點就因為這一抓而跌倒。

抓住玟珊的人，不是別人，正是鄧秉天，不過這還不是讓玟珊訝異的，更讓玟珊訝異的是，剛剛提醒自己下一句的人，似乎就是自己的阿爸。

鄧秉天抓得很大力，所以剛剛失去重心的玟珊本來差點跌倒，但是卻被這一抓給穩住，不至於整個人摔倒在地。

只是躲過了這一摔，但雙手立刻被秉天的力道弄得疼痛不已。

「阿爸？你是怎樣啦？」原本玟珊還驚訝為什麼阿爸竟然會背誦口訣，但是此刻卻被雙手的劇痛，讓玟珊一時忘了這件事情，只想搞清楚到底是什麼讓他如此激動。

完全沒有回答玟珊的問題，鄧秉天瞪大雙眼厲聲地問：「說！到底是誰教妳這些口訣的！」

當然，不需要玟珊回答，鄧秉天也知道答案了，不過激動的鄧秉天，幾乎失去了理智。

「是阿皓……阿皓。」玟珊慌張地回答。

聽到這個早就應該知道的答案，鄧秉天宛如晴天霹靂般，被人重重地打倒了。

鄧秉天放開了玟珊，失魂落魄地回到辦公室裡面。

留下一臉莫名其妙，雙手幾乎都要黑紫的玟珊，愣愣一個人站在前庭。

第5章・殺人兇手

1

事情的一切，都朝著自己最不希望的方向而去。

光是跳鍾馗這一件事情，就已經讓鄧秉天感覺到不妙了，現在連口訣都開始傳授給了玟珊，這只代表一件事情——那就是阿皓肯定就是鍾馗派的道士。

在知道了這件事情之後，鄧秉天把自己鎖在辦公室裡面，不管玟珊怎麼敲門，鄧秉天都不願意將門打開。

玟珊對此感到莫名其妙，她不懂為什麼阿爸的反應會這麼大，更不懂為什麼，自己的阿爸會知道口訣。

許多疑惑在玟珊的心中起伏，但是卻沒辦法得到任何的答案，因為鄧秉天把自己鎖在辦公室裡面，不管她怎麼叫鄧秉天都不願意開門。

到最後沒有辦法，玟珊也只能接受這樣的結果，不再敲門，等鄧秉天自己出來之後，再好好問個清楚。

當然玟珊不知道的是，此刻在辦公室裡面，坐在椅子上的鄧秉天雙手抱著頭，正感到十分痛苦。

情況真的走向了自己最不想見的地方。

雖然在這段時間裡面，鄧秉天一直告訴自己，不可能那麼巧，阿皓會是鍾馗派的道士，可是事到如今，就連鄧秉天想否定，都有點困難了……

鄧秉天抬起頭來，然後打開辦公桌的抽屜，拿出了一張名片，那是當時接受檢察官偵訊之後，檢察官留給鄧秉天的名片。

鄧秉天將名片抓在手上，另外一隻手用力地搔著自己的頭。

他在考慮要不要撥打名片上的電話，把這件事情通報給檢察官陳憶玨知道。

——阿皓是鍾馗派的道士。

這件事情真的非同小可，尤其是陳憶玨檢察官說過，目前嫌疑最大的，就是那些失蹤的鍾馗派道士。

可想而知的是，阿皓肯定就是陳憶玨口中說的那些失蹤的鍾馗派道士，因為這些日子以來，阿皓就躲在自己的廟裡啊！難怪警方完全找不到他。

而且從阿皓的情況看起來，他說不定就是因為殺了那些人，然後在逃逸的途中發生了意外，才會變成現在這樣。更糟糕的是，說不定他根本就沒事，裝瘋賣傻的目的，就是為了要躲避警方的追緝。

越想越覺得合理的鄧秉天，立刻開始對著手機輸入陳憶玨檢察官的電話號碼。

但是在按下通話鍵之前，鄧秉天的手指卻停住了。

等等，如果他真的就像陳憶玨檢察官所說的，正是殺害高師祖等人的兇手，那麼……自己這些時間收留他，會不會也受到牽連呢？印象當中，這好像就被稱為窩藏罪犯？

「不會的。」鄧秉天試圖在心中安慰著自己：「自己對高師祖那麼尊敬，尤其是自己在被逐出師門之後……」

想到這裡，鄧秉天不禁幹在心裡。

「幹！這該不會被當成動機吧？」

鄧秉天的腦海裡面，甚至浮現出陳憶玨檢察官的模樣。

「就是因為你被逐出師門，心有不甘，才會在經過這些年之後，滅殺他們這些鍾馗派的道士吧？」鄧秉天腦海裡面想像出來的陳憶玨檢察官如此質疑著自己。

即使心裡問心無愧，但是如果面對這樣質問自己的陳憶玨檢察官，鄧秉天除了啞口無言之外，根本沒辦法坦然回答這個質疑。

「不！不是這樣的！我們的關係還很良好！我可以證明！在那之後，我原本的師父施道長，還常來我們的廟裡無條件幫忙！」

「那是因為他有把柄在你手上吧？不然誰會這麼好心，無條件幫你這麼多年？」這點就連玟珊都質疑過，更不用說腦海裡的陳憶玨檢察官可能提出這樣的質問了。

天啊……

鄧秉天沉痛地閉上了雙眼，因為他明白了，只要警方一查下去，自己可能很難洗刷這些冤屈。

就是有了這些考量，因此鄧秉天的那根手指，說什麼也按不下去啊。

如果報警，就連鄧秉天都知道，自己被當成共犯的可能性絕對非常高。

掙扎了一陣子之後，鄧秉天靜靜地將手機放下。

只是就算放棄報警，真正的問題卻還是沒有解決。

因為如何處置阿皓，不是鄧秉天真正擔心的。

真正讓鄧秉天擔心的，並不是阿皓未來的去向，而是自己的女兒什麼都不知道，還煞到了他。

這才是真正讓鄧秉天焦慮不安的地方啊！

而就在鄧秉天左思右想，都想不到一個完美的好辦法時，辦公室的門又傳來了一陣敲門聲響。

「不好意思，」門外傳來一個熟悉的男子聲音：「鄧繭公，可以打擾一下嗎？」

沒想到突然會有人來，鄧秉天內心一震，渾身感覺到毛骨悚然，就好像自己的犯行已經被人知道，警方已經找上門了一樣。

2

來訪的人是丁村長。

這實在是個最糟糕的時機啊！

鄧秉天在心中這麼咒罵著，畢竟過去鄧秉天都不曾感覺像現在這般狼狽，就好像一個小偷在行竊時正好被人撞個正著一樣。不過在冷靜下來之後，鄧秉天知道那些在自己腦海裡面的東西，現在應該沒有任何人知道才對。

雖然非常不想在這個時候見客，不過鄧秉天還是一樣將辦公室的門打開，讓丁村長進來。看到了丁村長，這時才讓鄧秉天想到，阿皓這傢伙不正是丁村長的女兒帶來的嗎？或許，他可以跟丁村長稍微打探一下阿皓的來歷。不過鄧秉天才剛這麼想，玟珊就跟著從大開的門進來了。

由於兩人之間還沒有解釋昨天的情況，因此見面之下有點尷尬，不過礙於丁村長在，兩人還是裝作若無其事的模樣。

「不好意思，」丁村長對鄧秉天說：「這時候打擾你，有件事情，不論如何都希望鄧廟公可以幫忙一下。」

「什麼事情？」鄧秉天問。

丁村長還沒有回答，就看到了玟珊揮了揮手，過了一會之後，阿皓就跟著進入辦公室裡面。

一看到阿皓，鄧秉天的臉立刻緊繃起來，丁村長則是很開心地跟阿皓打招呼。

玟珊之所以會叫阿皓進來，當然是因為丁村長會像這樣跑到辦公室裡面來，多半又是遇到了什麼難解的難題，而其中又是多半跟民俗信仰有關。

過去也就算了，現在的廟裡面可不比過往，有個真正的專業人士在，所以玟珊當然也要讓阿皓進來聽聽，至少這樣會比自己轉述要來得實在很多。

不過玟珊完全沒注意到的是，打從阿皓進來，鄧秉天就板著張臉，用異樣的眼光緊緊盯著阿皓。

當然同樣地，鄧秉天並不知道，這一切只要阿皓可以看得到，甚至眼角餘光捕捉到的景象，都會被完全記錄在阿皓放空的腦海裡，等待著阿皓清醒之後，就會將一切解開來進行解讀。

在客套式地問了幾句關於阿皓的近況之後，丁村長重新進入主題。

「是這樣的，」丁村長一臉為難地說：「我妹婿他大嫂的哥哥……」

光是第一句話就已經讓鄧秉天跟玟珊眼神上飄，在腦海裡面想著到底這是什麼樣的關係。

丁村長妹妹的老公，他哥哥老婆的哥哥……還真是有點複雜的關係，這樣的關係已經讓玟珊感覺到新奇了，更讓玟珊覺得不可思議的是，如此複雜的關係，竟然可以用這麼簡單幾個字就解釋清楚了。

兩人想了一會之後，勉強地點了點頭。

「那個大哥，」丁村長拍了拍自己的胸部：「跟我一樣，是當里長的啦。」

「這關係不會有點太遠了嗎？」

「不遠，」丁村長笑著說：「因為也可以算是親戚，又一樣是當里長的，所以我們之間交情很好。上次廟會，他們里還特別包了一台遊覽車，組了個進香團來參加。我有跟你介紹過他啊，你不記得了嗎？」

鄧秉天搖了搖頭，他完全沒有印象什麼妹婿大嫂的哥哥，就算真的聽過，想來也因為太過於複雜而自動被刷出腦海之外。

「最近他很困擾，」丁村長說：「就是最近在他們里啊，發生了一些怪事，就是有些……家暴事件啦。」

聽到丁村長這麼說，玟珊跟鄧秉天兩人不自覺地互看了一眼。

「家暴？」鄧秉天有點為難地說：「這可能就不是我們能介入的啦，畢竟清官難斷家務事，自己家的事情還是自己解決比較好啦。」

「這我當然知道，」丁村長點頭說：「不過事情好像沒有那麼單純。當然里裡面一連發生了好幾起類似的案件，當里長的多少都會去關心一下。結果那些被指稱家暴的男人，都宣稱他們看到的是別的人，動手是誤會之類的話。」

兩人聽了，臉上也開始露出了疑惑的表情。

「聽我那個遠親說，」丁村長接著說：「那些人說得感覺就好像中邪一樣。其中有個人是睡到一半，被自己老公揍醒，結果老公宣稱是因為失火了，他在打火。但是現場根本就沒有看到火，可憐的老婆被打成豬頭。」

丁村長的話，立刻讓玟珊聯想起先前的阿豪，好像也是這樣，睡到半夜突然看到死去的舊情人就站在自己的床頭，因此才會被嚇到精神失常。

「那感覺就是很邪門，」丁村長說：「所以才會特別打電話給我，希望我可以幫忙，因為你也知道，我們村子裡面最驕傲的，就是有你們一家人。」

丁村長接著又說了許多讚美鄧家的話，只是這時候鄧秉天根本就沒心情聽這些阿諛奉承的話，心中想的都是關於阿皓的事情。

只是當然如果想要解決丁村長的委託，肯定又得要借助阿皓的力量，但是現在的鄧秉天，根本完全不想跟阿皓有任何瓜葛。

而跟鄧秉天剛好相反，玟珊這時正好在學習口訣，把這當成了最好的實踐機會，開始跟丁村長打聽更多細節。

雖然說情況聽起來跟阿豪的狀況很像，不過這時候的玟珊已經知道，這不過就是眾多鬼魂的手段之一，因此還有些情況需要確認一下。

「那個里最近有沒有發生什麼事情？」

玟珊問的時候，盡可能靠近阿皓，用意當然非常明顯，就是希望自己可以先幫阿皓問點問題，以幫助阿皓快點進入狀況。

丁村長側著頭想了一下，然後搖搖頭說：「這我不太清楚，不過我回頭可以問問看，哪方面的事情妳比較想要知道呢？」

「就是婚喪喜慶之類的，」玟珊說：「還有就是里裡面——」

玟珊話都還沒有問完，突然被「啪！」的一聲巨響給打斷，這巨響來得突然，不只有玟珊被嚇到，就連丁村長都嚇到差點從椅子上摔下來。

兩人一起回頭，看著發出巨大聲響的鄧秉天。

原來剛剛聽到玟珊一臉興沖沖地詢問著丁村長這些細節的時候，鄧秉天就知道玟珊的用意了。

當然這是鄧秉天最不樂見的情況，因此他知道自己一定要制止這樣的事情發生，才會拍桌阻止兩人的交談。

鄧秉天站起身來，知道絕對不能讓玟珊再這樣下去。

「對不起，」鄧秉天咬牙切齒地說：「丁村長，這一次的事情，我真的無能為力。」

兩人聽到鄧秉天這麼說，都是一臉莫名其妙，不知道為什麼鄧秉天會突然這樣彷彿暴怒一樣，回絕丁村長的委託。

「不，」鄧秉天心一橫，繼續說道：「不只這次無能為力，未來我也無能為力。事實上我……我根本什麼都不會！只是一個騙子！所以麻煩你，以後有這些問題，都不要再找我了！」

鄧秉天這突如其來的自白，不只完全出乎丁村長的意料之外，就連玟珊也是一臉訝異至極。

畢竟過去兩人之間，就不知道為了這件事情吵了多少次了，玟珊一直要阿爸鄧秉天跟大家坦白自己什麼都不會的事情，目的當然不是為了要拆鄧秉天的台，而是不希望阿爸誤了別人。

然而現在好不容易情況有了改變，這座廟裡面終於有人真正會一點東西了，而且還有一

個更是玟珊看過有史以來最厲害的人，鄧秉天卻在這時候攤牌，讓玟珊莫名其妙到了極點。這到底是怎麼回事啊？

當然不只有玟珊，就連丁村長也是一頭霧水。

不過，立刻會意過來的丁村長，看了看玟珊，大概猜想是兩父女之間，又有了一些不愉快。

「那個，」丁村長試圖打圓場：「鄧廟公如果今天不方便的話，那我改天再來好了，別氣了，沒有什麼不能解決的問題。」

「不！」鄧秉天用力搖著頭說：「你沒聽到我說的話嗎？我根本什麼都不會，改天你再來我也一樣不會啊！」

眼看場面有點僵了，玟珊立刻轉過來跟村長說：「不好意思，村長，阿爸今天的身體不太對勁，從早上開始就一直怪怪的，可不可以請你改天再來？」

玟珊的話彷彿一個台階讓丁村長下，丁村長當然連忙點頭。

不給鄧秉天繼續發飆的機會，兩人趕忙離開了辦公室，玟珊送著丁村長到廟口。

「真的不好意思，」玟珊代替自己的父親向丁村長深深一鞠躬說：「阿爸他更年期可能到了，最近常常有點不正常，情緒也常失控，村長別怪他。」

丁村長嘆了口氣，然後拍了拍玟珊的肩膀，語重心長地說：「妳阿爸是個很好的廟公，阿珊啊，丁伯伯也算是看著妳長大的，聽丁伯伯說，多體諒妳阿爸一點，不要老是跟他吵架，多讓讓他。」

玟珊這下還真的是啞巴吃黃連，有苦說不出。

畢竟過去，玟珊的確有為了這種事情而爭吵，但是自從阿皓展現出跳鍾馗的實力，又加上願意收自己為徒之後，玟珊就不曾為了這件事情跟鄧秉天吵過架。

不過現在聽到丁村長這樣說，玟珊也只能吃下這記悶虧，無奈地點點頭。

丁村長這才轉身離開。

玟珊在廟門口看著丁村長離開，剛剛發生的事情加上昨天發生的那件事情，玟珊心想，或許是時候該好好跟阿爸談談了。

3

當然，鄧秉天會有這樣的反應，絕對不是因為更年期的到來，而是因為阿皓。

尤其是現在知道了阿皓就是那些失蹤的鍾馗派弟子，加上這種半瘋半傻的狀況，讓鄧秉天感到非常坐立難安。

一定要想個辦法，把這傢伙趕出去。

但是如果是個那麼簡單就可以辦到的事情，說不定現在阿皓已經不在這座廟宇裡面了。

其中一個最糟糕的事情是，就連鄧秉天自己都可以清楚感覺得到，玟珊現在的變化。

從過去一直反對自己接觸類似這樣的事情，到現在甚至可以感覺得到玟珊的期待，就像是學了一門新的功夫，就一直躍躍欲試的感覺。

現在玟珊不但學起了過去他一度被掃地出門也沒有辦法記住的口訣，更開始學習跳鍾馗。

從玟珊目前默記的口訣，鄧秉天都還能夠有點印象的情況看起來，玟珊還在很前面的部分。而跳鍾馗，更是今天才開始看到。

因此，現在懸崖勒馬絕對不嫌遲。

可是相對地，這也是現在最困擾著秉天的事情，因為他怎麼想，都找不到一個可以妥善處理這件事情的方法。

從目前的狀況來說，鄧秉天有幾個選項。

第一個選項，就是報警，直接讓阿皓這個殺人嫌犯被警方逮捕。

這似乎是最理想的辦法之一，除了自己很有可能也要付出代價。

不過如果事情真的發展到最糟糕的情況，這也不排除是目前鄧秉天最有可能會做的事情。

第二個選項，就是直接把阿皓弄走，讓他變成別人的問題跟麻煩。

當然關於這個選項，鄧秉天還有一點心理障礙，不然最一開始的時候，他也不會改變心意。

不過就目前的感受來說，這點心理障礙已經阻擋不了他了，可是這個選項還有兩方面的問題。

第一個就是不知道要去哪裡找人或場所可以收留阿皓，不然當年村長也不會來求自己。另外一個就是如果真的不顧一切把阿皓趕出門，恐怕玟珊也不會跟他善了。

尤其是玟珊的脾氣，秉天最清楚了。

如果自己真的不顧一切把阿皓弄走，可能他跟玟珊之間也會徹底決裂。

鄧秉天甚至不敢想像，玟珊會做出什麼事情。說不定跟著阿皓一起走，到時候不管自己做什麼、說什麼，恐怕玟珊都不會聽了。

這個選項最大的風險就在這裡。

萬一處理不好，說不定不是把玟珊拉回來，而是把玟珊朝阿皓推過去。

當然還有最後一個選項……

不過這個選項，除非真的到了沒有其他辦法的時候，鄧秉天才會考慮之外，還需要天時、地利、人和的情況，才有執行的可能。

更恐怖的地方是，秉天還必須確定自己真的做得了那麼狠的事情……

一想到這三個選項，秉天就覺得有點不知道該怎麼辦才好。

每個選項都有自己不想要見到的情況，也有自己不想要承擔的後果。

抬起頭來，就看到了那個讓自己如此苦惱的罪魁禍首。

玟珊送村長出去，阿皓還是愣愣站在那裡。

看著阿皓，秉天正好一肚子氣沒地方發，走到了阿皓面前。

秉天一把抓住了阿皓的衣服，咬牙切齒地對阿皓說：「你給我離玟珊遠一點，你這殺人兇手。不要再教玟珊那些東西了，要死，你們鍾馗派的人自己去死，不要拖我女兒下水。」

被抓著的阿皓沒有半點反應，只是愣愣無焦點地看著前方，就跟往常一樣。

「……不要逼我。」秉天沉下了臉說。

鄧秉天會這麼說，完全只是為了洩恨，不是因為知道了這些話阿皓都會聽進去，當然鄧秉天更不會知道，他的這些話聽在阿皓耳中確實有些重大的意義。

眼看阿皓還是愣在那裡一臉癡呆，讓鄧秉天真的有股衝動想要揍他一頓。

舉起了拳頭，正準備給阿皓一拳的時候，門外突然傳來喝斥聲響。

「阿爸！你在幹嘛！」

玟珊送完村長回來，還沒進辦公室就看到這景象，立刻出聲制止。

眼看玟珊回來了，鄧秉天無奈只能放手，然後後退一步。

玟珊先是牽著阿皓，走出了辦公室，正準備回頭進辦公室跟阿爸好好談一談，誰知道辦公室的門一關，砰的一聲將玟珊拒於門外。

接著不管玟珊如何敲門，鄧秉天完全都不回應，就跟先前一樣。

4

為什麼阿爸會對自己學這些東西，有這麼劇烈的反應？

這個問題，困擾了玟珊兩天。

這兩天之中，她一直試圖想要找阿爸問個清楚，但是鄧秉天卻一直避不見面，不然就是來個相應不理。

既然沒辦法從鄧秉天那邊問出個所以然來，玟珊只好轉向另外一個人，看看他會不會知道到底為什麼鄧秉天會那麼激動的原因。

加上今天丁村長的造訪，雖然鄧秉天非常排斥，不過玟珊可是非常有興趣，好不容易有了一個可以實踐口訣的機會，她當然不想要放過。

所以，一到了夜晚，玟珊就迫不及待地將阿皓帶了出來，雖然這幾天天氣很不穩定，上個禮拜才下過一場大雨，之後天氣就一直陰陰的，不過今晚的月亮還清晰可見，應該不成問題才對。

然而阿皓的清醒，還是比平常花上更多的時間，幾乎都等到玟珊快要放棄時，阿皓才緩緩清醒過來。

「你總算醒了，」玟珊笑著說：「等到我都快要放棄，進去睡覺了。」

剛清醒過來的阿皓，臉色非常難看。

有時候的確會這樣，突然清醒過來可能有時候會讓阿皓覺得難受，這是玟珊的解讀，因此看到阿皓這樣，玟珊立刻說：「沒關係，你先喘幾口氣，不急。」

然而今晚比較不一樣的地方是，過去的阿皓只需要一點點時間，就可以適應過來，立刻恢復正常。可是今晚的阿皓，臉色卻是越來越沉。

當然，玟珊不知道的是，在阿皓的腦中，清楚地記錄下當時在辦公室裡，鄧秉天抓著他衣服時候所說的話，這才是阿皓臉色難看的原因，不是身體不適應。

在思考了一會之後，阿皓點了點頭，示意自己沒事了。

「你有聽到村長的話嗎？」玟珊問。

「有。」

阿皓當然有聽到，而且還聽到了很多玟珊沒有聽到的話。

「那就好，」玟珊開心地說：「聽村長那樣說，我第一個想到的，就是阿豪那件事情，所以第一個懷疑的當然就是人怨靈，不過我記得你說過……」

玟珊與高采烈地說著自己基於口訣的推斷，希望可以讓阿皓知道，自己不只有記住口訣，甚至都有好好了解那些口訣的含意，可是，阿皓的心思卻完全不在這上面了。

阿皓的腦海中還是鄧秉天對他說的話——

「你給我離玟珊遠一點，你這殺人兇手。不要再教玟珊那些東西了，要死，你們鍾馗派的人自己去死，不要拖我女兒下水。」

當然阿皓不知道鄧秉天說的殺人兇手，是不是真的指那件自己所做過的事情。

不過腦海裡還是浮現了當時在J女中的景象。

是的，鄧秉天說得沒錯，自己真的是殺人兇手，而且還是殺害自己摯友的殺人兇手。

在J女中所發生的事情，遠比當時自己想的還要嚴重，原本以為只是阿畢與光道長兩人聯手，卻想不到竟然是全鍾馗派都參與，原本只是想要阻止他們，救回自己的學生，卻想不到演變成一場血戰。

雖然說在當時的情況之下，不是你死就是我亡，而且更糟糕的是，當下的狀況，並沒有任何可以讓阿皓收手的空間。畢竟自己一隻腳已經踏到墳墓裡面了，處於絕對弱勢的情況底下，連阿皓自己都覺得，自己不可能會從那樣的情況之下存活下來。

因此，沒有任何猶豫。甚至可以說，如果時光倒流，阿皓可能還是會這麼做。

但是，如果時光真的能倒流，阿皓希望可以在阿畢做出那些事情之前，就阻止他。義無反顧，真的比想像中還要痛苦。

一直到現在，阿皓都覺得對於阿畢的這件事情，自己似乎也有責任。

對待自己的摯友，除了相信他不會走歪之外，是不是還有什麼自己可以做的？

如果自己真的多多開導他，或者是多多去了解他，會不會讓阿畢不會走向這條毀滅之路？

當然，阿皓了解阿畢，可能比高梓蓉還要多。

他知道阿畢的本性比較內向，有很多事情的想法，都不願意透露。

因此，看到阿皓那種宛如戴上面具般華麗又豪邁的人生，似乎跟自己的這種想法很合。阿畢所做的並不單單只是模仿，而是一種認同。

阿皓有個懂他，並且隨時會開導他的師父。

但是阿畢沒有，頑固老高雖然人正直，但是缺少圓融的智慧，沒辦法真正讓阿畢坦開心胸說出自己的想法。

或許是這樣的壓抑，也或許是不被理解的痛苦，才會讓阿畢走上那樣的絕路吧？

身為他的摯友，卻讓他如此痛苦，阿皓一點也不覺得自己可以置身事外。

現在他必須永遠背負著這個十字架，用這不堪的狀況，活下去。

這或許就是自己的報應吧。

沒有像阿皓那樣，心中有各種想法浮現。

玟珊一直滔滔不絕，說著自己的判斷，等到說到停了下來，才發現阿皓似乎都沒有在聽。

「那個……」玟珊一臉委屈：「你該不會都沒有在聽吧？」

這句話把阿皓喚回了現實。

「妳還沒有學到那個部分，」阿皓淡淡地說：「所以妳可能不知道，不過這一次，妳沒辦法幫忙了。」

「為什麼？」玟珊一臉訝異。

就算自己還沒有學到，現在不是最好的時機可以學習嗎？為什麼只因為自己還沒學到，就完全沒辦法幫忙呢？

「因為，」阿皓回答：「這一次遇到的，很可能是惑。」

其實這一次，光是回想起當時丁村長所說的話，阿皓腦海裡就跟阿豪的時候一樣，浮現出「人惑魔」三個字了。

「惑是最糟糕的一種低階靈體。」阿皓說：「在我們鍾馗派裡面流傳著一句俗話：『初生之犢不遇惑。』就是在說明惑的危險，過去，幾乎所有第一次就遇上惑的道士們，沒有幾個活得下來的。因此這一次，不管怎麼樣，我都不會讓妳去。」

當然這絕對不是阿皓拒絕玟珊的唯一理由。

對此，玟珊當然顯得失落。

但是真正的震撼彈，卻還在後面。

「還有……關於收你為徒的這件事情，我也反悔了。」阿皓面無表情地說：「我們，還是別這樣下去了。」

5

玟珊哭了。

對於這樣的結果，玟珊完全沒有辦法接受。

「怎麼可以這樣？你怎麼可以反悔？」

面對玟珊的淚水，阿皓卻是面無表情，因為在經過考量之後，這就是阿皓最後的答案。

除了聽到鄧秉天的那些話之外，阿皓也考慮到其他許多問題，以自己跟目前鍾馗派的狀況，如果真的收了玟珊為徒，日後恐怕問題只會越來越多。

所以在冷靜思考之下，這確實就是阿皓最後的答案。

當然，這些不可能一一告訴玟珊讓她了解，因此阿皓也只能無言以對。

「是因為阿爸說了什麼嗎？」這是玟珊唯一能想到的可能性。

對於這點，阿皓沒有回答，因為他不想傷害一對父女間的親情，更不想看到玟珊為了自己跟鄧秉天爭執。

而且，之所以讓阿皓下定決心不收玟珊為徒，並不只是因為鄧秉天說的那些話而已，阿皓當然也不會丟個黑鍋讓鄧秉天去背負。

畢竟，不管鄧秉天如何對待自己，他終究還是那個收留了自己的恩人。

面對絲毫不願意改變決定的阿皓，玟珊幾乎快要崩潰了。

然後，隨著時間一分一秒流逝，阿皓回復到了癡呆的狀態。

只是今晚，玟珊不願意就這樣帶著阿皓回去廟裡，一方面也因為自己不想要哭紅著雙眼被阿爸看到，到時候又讓阿爸誤會，另外一方面玟珊知道，即便處於現在的狀況之下，阿皓還是可以聽得到自己所說的話。

玟珊花了點時間，整理了一下自己的情緒，然後開始娓娓道來，自己這些年來，為了學習這些東西，所受到的種種委屈與刁難。更說了自己從小看著阿爸不學無術，老是利用村民長年以來對他以及這間廟宇的信任，沒有真正為其他人處理問題，讓自己很難過，所以才會想要學習這些真材實料的東西，就是為了可以幫助村民。

這些話，當然過去阿皓或多或少都有聽過，但是今晚玟珊所說的，可以說是最完整的版

本。

而之所以會說這些，當然就是希望阿皓可以改變自己的想法，說話算話，好好教她。

在說完了這些之後，玟珊才牽著阿皓，將阿皓帶回廟裡面。

只是玟珊不知道的是，在兩人糾結的這段時間，在廟的廚房裡面，鄧秉天一直都躲在打開的窗戶下面，從頭到尾都聽到了這一切。

當聽到阿皓拒絕了玟珊，不願意繼續教她關於鍾馗派的東西時，鄧秉天先是鬆了一口氣，然後聽到了玟珊苦苦哀求的話語，又讓鄧秉天一肚子火，恨不得衝出去，狠狠揍阿皓一頓。

而當鄧秉天聽到了這些年來，為了學點東西，而受盡的委屈，就連鄧秉天都為玟珊流下了心疼的眼淚。

一切都明白了。

終於，鄧秉天了解了自己的寶貝女兒，這些日子以來的想法，還有一路走來的心路歷程，鄧秉天都在這裡聽明白了。

即便兩人回到了廟宇，各自回到了房間，鄧秉天仍然坐在窗下。

沉重的命運感，在鄧秉天的心中激盪。

仔細想想老天真的是太捉弄鄧家了。

從鄧秉天小的時候，那場恐怖又悲劇的跳鍾馗開始，不，應該還要從更早之前，命運這魔手就已經深入了鄧家。

鄧秉天的父親當年就是因為不想要繼承家業，不想當個廟公或道士，才會離開家鄉，去外地打拚。可是幾年下來，跟著戲班唱戲沒有學到，卻意外學到了開戲時用到的跳鍾馗。繞了一圈之後，最後還是回到了家業，並且將那詛咒的跳鍾馗，帶入了鄧家，導致了多年後的這場悲劇。

在聽到玟珊跟自己一樣，為了扭轉上一代的無能，而投身想要去學習正統的技藝，那心路歷程鄧秉天比誰都還要能夠了解。

差別只在於，鄧秉天的運氣比玟珊還要好太多了，很快就拜入了正統師父的門下。雖然只是個連鍾馗派都稱不上的小門派，但是如果不是自己的無能，或許今天這一切都不會發生。

上天就是這麼不公平，有太多的事情，不是只要努力就可以了。不，或許不是不公平，而是世間本來就應該如此。努力一直都是成功需要的條件，但是絕對不是唯一的條件，這點鄧秉天用自己的生命體會到了。除了努力之外，還有太多會影響結果的因素了。

不過會演變到今天這樣，倒也不全然是天分的問題而已。

如果不是因為過去自己的雙親，為了跳鍾馗而喪命，不擅長讀書的他，在拜入施道長門下的時候，肯定不會學基礎的口訣，而是選擇學習跳鍾馗。如此一來，或許鄧秉天至少可以

學會一點真材實料的東西。

那麼玟珊也不會在長大之後，感覺自己的阿爸沒用，甚至還有可能會佩服鄧秉天吧？如此一來，今天晚上這一切，也永遠都不會發生。

鄧秉天的腦海之中，浮現了自己這輩子唯一深愛的臉龐，那是自己心愛老婆的臉。

多年前一個跟今晚一樣讓人心碎的夜晚，鄧秉天接到了電話，得知自己的老婆出了車禍，狀況非常危急。

鄧秉天趕到了醫院，勉強見到了自己心愛老婆的最後一面。

或許是心有牽掛，也或許是上天垂憐，老婆一直撐到了鄧秉天抵達，才嚥下最後一口氣。

「好好……照顧珊珊。」這是心愛的人這輩子對自己說過的最後一句話。

從那之後，這句話就成了鄧秉天這一生奉行的圭臬，最高的指導原則。

對鄧秉天來說，玟珊是這個世界上最重要的東西。

為了守護玟珊，就算上刀山下油鍋，鄧秉天連眉頭都不會皺一下。

如今變成這樣，真的讓鄧秉天覺得自己死後可能沒臉見自己這輩子最深愛的女人了。

站起身來，鄧秉天知道，這件事情必須有個了斷，想要阻止命運這樣繼續捉弄鄧家，他就必須斬斷這條線，阻止這場一發不可收拾的洪水。

他知道，自己必須有所作為。

彷彿呼應著鄧秉天的想法，一道月光從窗戶投射進來，射在用磁鐵吸在牆上的菜刀上，折射入了鄧秉天的雙眼。

看著菜刀，鄧秉天腦海裡面浮現出先前想到的選項之一，那個原本看似最不可能實行，而且也是最危險的選項。

最後的這一個選項，必須天時地利人和，而今晚就是這樣的時刻。

鄧秉天想得很清楚，長痛不如短痛，如果不讓阿皓消失，那麼玟珊也永遠不會放棄學習鍾馗派的東西。但是阿皓如果突然消失，那麼玟珊恐怕也不會就此罷休，可能會一直想辦法要找到阿皓。如果這樣的話，那麼不管阿皓離開這裡到哪裡去，總有一天會被玟珊找到。

但是，如果是今天晚上，情況可能就不一樣了。

兩人之間有了強烈的爭執，然後阿皓第二天就消失，如此一來，就可以認定是阿皓自己離開的。

當然，對阿皓如何可以清醒這件事情，鄧秉天並不清楚，不過這些他不煩惱，因為只要他來個打死不認帳，而且還能有證據證明自己沒有離開廟宇就可以了。

這點他也想清楚了，不管是前面的斜坡，還是後面的那條小徑，在路的出口都有監視器，如果玟珊真的要逼問自己，那麼就可以找村長幫忙，調出監視器證明自己都沒有開車離開。

至於，在這樣的情況之下，阿皓到底會去哪裡，也不是鄧秉天擔心的。

反正一拍兩瞪眼，鄧秉天這邊的說詞都是「阿皓自己離開的」，就絕對可以過得了關。

當然，這樣的選項有個很大的風險，那就是一旦最後真的被玟珊發現了，她可能一輩子都不會原諒自己。

不過……只要玟珊最後是安全的，那麼不管多大的代價，鄧秉天都覺得值得。

除此之外，就連事後的處理，鄧秉天都想好了。

距離天亮還有幾個小時，在這段時間裡面，他有絕對足夠的時間，去掩蓋一切，就連阿皓最後的歸所，都彷彿有如神助般，鄧秉天也計畫好了。

上個禮拜，一場突如其來的大雨，造成了土石沖刷，廟的西北方有一條舊水道，廢棄多年，原本已經掩埋了，但是那場大雨，讓土石被沖刷掉，露出了一部分的舊水道。

鄧秉天幾天前發現，擔心有人沒注意很容易會絆倒，所以本來打算將它填起來。那個坑洞大小絕對可以用來掩埋阿皓，而且也不會太難掩埋。只要埋得夠妥當，就算有人懷疑搜山也絕對不會搜到那裡去。

一切正如鄧秉天所想的那樣，天時、地利、人和。

只是唯一的問題就是，鄧秉天可不可以下得了手，讓命運在這裡終結，讓鄧家從宛如被詛咒般的命運中解放出來。

而最後的考驗就是，鄧秉天能不能下得了手，如此而已。

6

在缺少月光的世界，阿皓的思緒，就連阿皓自己在清醒之後也不了解。

雖然維持著基本的生理需求，但是似乎一切都只是一種習慣的感覺。

餓了自然就會吃，累了自然就會睡，即便幾十分鐘之前，內心情緒的起伏，足以讓任何人失眠，但是一旦月光退去，剩下的世界就是蒼茫一片。

所有的情緒也像自主能力與思考能力一樣，被吸進黑洞之中，消失得無影無蹤。

被帶回廟宇裡面的阿皓，愣愣地回到了自己的房間，然後上了床。

過沒多久之後，又被人拉了起來。

那雙手牽著阿皓，靜靜地走出了房門，穿越了前庭，出了廟門，然後轉向另外一邊，朝另外一邊的廣場而去。

來到了廣場的邊緣，牽引的力量停了下來，那抓著的手鬆了開來，阿皓就這樣被擱置在廣場的邊緣。

牽著阿皓出來的人，不是別人，正是鄧秉天。

現在就是天時地利人和的時候了，如果想要執行最後的那個選項，那麼現在恐怕是唯一的時機了。

讓阿皓站在廣場的邊緣之後，鄧秉天放開了手，讓阿皓站在原地，然後緩緩地向後退一步，來到了阿皓的身後。

鄧秉天的手上，拿著從廚房拿出來的菜刀。

接下來只要抬起手，手起刀落，一切的問題就都解決了，那被詛咒般的命運，也會就此畫上句點。

鄧秉天有絕對足夠的理由這麼做。

只要這麼一刀，就等於幫自己的女兒玟珊，找到了一條解脫之路，不需要這麼苦苦哀求一個殺人兇手，去學習那個會死人的跳鍾馗了。

只要這麼一刀，就等於幫自己恩重如山的高師祖與施道長報了仇。

只要這麼一刀，就等於斷絕了這條鄧家與鍾馗派之間的淵源，永遠不用再背負這樣悽慘的命運了。

想到這裡，那緊緊握住菜刀的手，也跟著不自覺地高高舉了起來。

沒有什麼懸念，也沒有什麼好懷疑的。

除了警方告訴自己，那些失蹤的鍾馗派道士，涉有重嫌之外，光是今晚，那些阿皓拒絕玟珊這件事情，就可以確定阿皓心裡有鬼了。畢竟，突然改變心意的阿皓，鄧秉天只有一個合理的解釋，那就是他確實聽到了自己對他說的話。

雖然玟珊不知道，但是鄧秉天非常清楚，他對阿皓說了些什麼。

是的，殺人兇手，自己明白地這麼指著他的鼻子，做出了指控。

如果是誤會，阿皓一定會趁這個機會好好解釋，不是嗎？

可是沒有，只是冷血地看著玟珊崩潰痛哭，卻什麼解釋都不肯說。

理由很簡單，因為他擔心自己會報警吧？

至少就鄧秉天看來，這一切都只因為一個原因——因為阿皓就是殺人兇手。

既然這樣的話，就不要怪我了……

鄧秉天的臉上蒙上一層殺氣，呼吸也跟著沉重了起來。

但是高舉的刀，卻遲遲沒有揮下來。

該死！鄧秉天在心中咒罵。

想不到殺人會是如此困難的一件事情，至少對鄧秉天來說，正是如此。

因為這一刀揮下去，就算一輩子都沒人找得到阿皓的屍體，就算自己永遠不會被指為兇手，但是殺人兇手這四個字，將會成為自己永遠得要背負著的身分。

天空就在這個時候，竟然開始下起了雨。

明明在一個小時之前，天空看起來還很晴朗，但是天氣卻說變就變。

雨水打在鄧秉天的身上，讓他頓時感覺到一陣寒意。

而就在這個時候，原本一直沒有反應的阿皓，竟然動了一下。

一直看著阿皓後腦的秉天，也清楚地看到了，阿皓原本低垂的頭，竟然在這個時候仰了起來。

雖然看不到正面，但是鄧秉天也很清楚發生什麼事情了，想不到竟然就在這個時候，明明已經清醒過一次的阿皓，竟然又清醒了過來。

是被雨水打醒的嗎？

鄧秉天一時之間有了這樣的想法，不過只要仔細回想，就會知道，過去玟珊拉著阿皓往外跑的時間，都是特別挑選晴天。如果是雨天的話，其他人不用說，光是鄧秉天就會不悅了，沒事跑出去淋雨。

不過完全搞不清楚阿皓清醒條件的鄧秉天，當然也搞不清楚這一點。

阿皓在這個時候醒來，確實讓鄧秉天當場愣住。

就在鄧秉天還在猶豫，到底該快快把手揮下去，還是趕快把刀子藏到背後的時候，阿皓竟然開口了。

「我不會怪你的，」阿皓沒有回頭背對著鄧秉天說道：「不管你做什麼，我都沒有意見。」

鄧秉天瞪大了雙眼。

「隨便你怎麼處置我，」阿皓仍舊沒有回頭，繼續說著：「我都沒有意見。送走、打我，甚至於殺了我……都可以。」

這就是阿皓心裡的話。

因為他知道，這一天遲早會來到。

每個人，都需要為自己的所作所為付出代價，而這——這就是他的代價。

只是在付出這樣的代價之前，他還多經歷了這一段不堪的狀況，如此而已。

攤開雙手，阿皓用肢體再次強調自己的意念。

但是，面對這樣視死如歸，甘心就範的阿皓，鄧秉天下不了手。

就這樣，雙方一直僵持不下。

然後，鄧秉天緩緩地放下了手。

等了半天，阿皓也大概知道結果了。

仰起了頭，看著天空，阿皓長長地嘆了一口氣，在意識再度沉入黑暗之前，阿皓發現，天空雖然不至於到烏雲密布，完全看不到天空，可是那輪明月，卻是完全隱身在烏雲後面，完全看不見蹤影，反而是那個熟悉的形狀，高高掛在天空之上的……

7

第二天早上，經過了一夜的大雨之後，似乎雨過天晴了。

但是那只是天氣而已，對這座廟裡面的人們來說，昨天那一晚，似乎已經徹底改變了這座廟宇。

雖然阿皓什麼都沒有說，但是憑藉著自己的第六感，玟珊還是感覺阿皓之所以會改變主意，絕對跟阿爸脫不了關係。

因此，在第二天早上，玟珊立刻到鄧秉天的寢室，希望可以找阿爸問個清楚。

但是，鄧秉天的寢室裡面，空無一人，就連床鋪看起來都好像沒有人睡過一樣整齊。

玟珊愣住了，然後內心突然產生出一種不好的預感，玟珊立刻衝出鄧秉天的寢室，跑到前庭阿皓的房間，一直到了看到阿皓在床上熟睡的模樣，玟珊才放心地鬆了一口氣。

不過她不解，阿爸鄧秉天今天怎麼會起得那麼早，她甚至不知道自己的阿爸還在不在廟裡面。

為了找鄧秉天，玟珊來到了辦公室，一打開辦公室的門，就看到鄧秉天坐在那裡。

昨晚，鄧秉天終於知道了自己終究下不了手，所以還是牽著阿皓回到了廟宇。

不過，事情當然不會就這樣結束。

這點鄧秉天當然明白。

在辦公室裡面坐了一夜，鄧秉天知道時候到了，現在或許是坦白的時候了，將過去的一切，好好告訴玟珊，並且希望她可以打消學習跳鍾馗的念頭。

而就在鄧秉天整理好心情，並且下定決心之際，門被打了開來，玟珊走了進來。

當然，不需要玟珊多說，鄧秉天也知道她想要問什麼。

「坐，」鄧秉天比了比面前的椅子說：「我知道妳要說什麼，不過在妳說之前，有些事情，或許也到了該讓妳知道的時候了……」

玟珊聽了，有點狐疑地坐到了椅子上。

鄧秉天帶著玟珊回到了三十多年前那個悲劇的夜晚，將自己的雙親，也就是玟珊的爺爺、奶奶，當年所發生的事情，全部告訴了玟珊。

這些事情雖然在那次跳鍾馗的時候，玟珊就已經大概聽到了，只是這一次，鄧秉天毫無保留地把當時的情景，全部告訴了玟珊。雖然未曾見過爺爺、奶奶一面，但是還是為兩人的遭遇感到難過。

當然，為了可以打消玟珊的主意，鄧秉天繼續帶著玟珊，去到那段自己想要學習正統道士知識的時光，努力了一年之後，得到的是逐出師門這樣的待遇。

這段完全超乎了玟珊的想像之外，她根本無法想像，當年的阿爸竟然會跟自己一樣，而且台灣這種民俗信仰的門派何其多，兩人竟然都會不約而同找上了鍾馗派，這些都讓玟珊感覺到無比的意外。

「對……對不起，」玟珊聽完之後，沉吟了好一會，才勉強地擠出這幾個字：「阿爸，我真的不知道……」

當然玟珊這邊的歉意，完全是過去那些說過曾經傷害過阿爸的話，而發自內心的真心道歉。

如果知道阿爸也曾經努力過，玟珊不可能說出那些傷人的話，更不可能指責他不學無術。因為現在的她完全可以理解自己的阿爸的心情，她也是這樣努力然後突然被逐出師門一樣的情況。

「我告訴妳這些，」鄧秉天說：「不是為了要聽妳的道歉。」

「我知道，」玟珊抿著嘴說：「但是我是真的感到難受，我真的不知道……」

鄧秉天搖了搖手，阻止玟珊繼續說下去，因為，真正的重點，現在才正要開始。

「接下來我要說的，」鄧秉天沉著臉說：「妳要仔細聽清楚了，因為這些很重要。」

玟珊緩緩地點了點頭。

「妳說得沒錯，」鄧秉天難為情地笑著：「施伯伯的確這些年來，一直幫我處理那些我沒辦法處理的事情，而最主要的原因，就是當年高師祖的一句話。所以這些年來，我一直都很感謝他們。」

玟珊點了點頭，雖然不曾見過高師祖，但是玟珊聽了秉天的話，也在心中對高師祖產生感恩之情，尤其是聽鄧秉天說高師祖是鍾馗派南派的掌門，還特別跑來廟裡，安慰自己的父親，就覺得非常平易近人，更多了幾分親切感。

「先前廟會的時候，」秉天接著說：「施伯伯來找我，告訴我……一件很不幸的事情。那就是高師祖還有他的弟子，都被人殺害了。」

聽到這個消息，玟珊瞪大了雙眼，想不到剛對高師祖產生好感，高師祖竟然就已經被人殺害了。

「那兇手有抓到嗎？」

鄧秉天搖搖頭。

「不只高師祖，」秉天說：「就連施伯伯，也是死在同個兇手的手下。這個是警方告訴我的。警方有鎖定了兇嫌，但是到目前為止……都還沒有落網。」

鄧秉天沉著臉，觀察著玟珊的反應，這個消息對玟珊來說，當然很震撼，不過鄧秉天知道，最震撼的消息，還沒有說出口，因此看著玟珊，衡量著接下來要說的話。

「我知道……」等到玟珊有點冷靜之後，鄧秉天接著說：「妳曾經找上一個人想要學鍾馗派的東西，那個人叫做高梓蓉。」

聽到秉天這麼說，玟珊幾乎快要從椅子上跳起來。

「阿爸你怎麼知道？」玟珊訝異的神情全寫在臉上。

當然這是昨天晚上，鄧秉天在廚房窗戶下面偷聽到的情報。畢竟高梓蓉的名聲，在南部鍾馗派相關的道士們之間，非常有名，大家都知道那是頑固老高的寶貝女兒，自然連鄧秉天也知道。只是沒想到自己的女兒最後竟然找上的是高梓蓉，也讓鄧秉天感覺到訝異，不過鄧秉天當然不會告訴玟珊這件事情。

「妳不用管我怎麼知道，」鄧秉天搖搖頭說：「我現在要告訴妳的是……那個高梓蓉就是高師祖的女兒。」

這點已經讓玟珊更為訝異，張大了嘴。

「……而她也在那場血案之中，被人殘忍的殺害了。」鄧秉天投下了震撼彈。

玟珊聽了之後，整個人傻住了。

不過當然，事情還沒完，今天這場父女攤牌會談，真正的重點，現在才正要登場。

秉持著既然要打擊，就不要拖泥帶水的精神，鄧秉天沒等玟珊回復，就繼續說下去。

「承辦此案的檢察官親口告訴我，」鄧秉天對玟珊說：「除了被殺害的高師祖等人，鍾馗派的人一夜之間幾乎全部消失了。」

玟珊愣愣地點頭，一眼就可以看得出來，還沒有從剛剛得知的消息打擊中回復過來。

「而那些消失的人，」鄧秉天用低沉的聲音說：「很有可能就是殺害這些人的兇手。」

玟珊仍舊愣愣地點了點頭，很明顯玟珊並沒有把這句話完全聽進去。

「嘿！」鄧秉天彈了彈手指，吸引住玟珊的注意力，然後緩緩地說：「妳聽懂了嗎？換句話說，現在如果有任何人會跳鍾馗跟那些口訣的人……就、是、兇、手。」

玟珊先是點了點頭，然後……瞪大那雙已經不能再大的雙眼，整個人站了起來。

鄧秉天知道——玟珊終於懂了。

8

——高梓蓉原來已經死了。

難怪自己等不到高梓蓉的電話……因為自己根本早就不可能接到高梓蓉的電話，更不可能成為高梓蓉的徒弟。

這些日子以來，玟珊的苦苦期盼，竟然會是一個已經不幸往生的人，曾經承諾過的來電。

對玟珊來說，高梓蓉的存在有著特別的意義。

那是她夢想的藍圖，更是她未來的希望。

就好像小時候看著那些運動明星，打籃球的希望自己未來可以成為喬丹，踢足球的希望自己未來可以成為梅西一樣。

打從第一次看到高梓蓉穿上道服，站在法壇前那模樣，就讓玟珊知道，自己未來也想成為像她一樣的道士。

雖然說成偶像，或許太誇張了一點，不過在玟珊的心中，高梓蓉確實有這些成分在。

然而如今這個偶像卻被人殺害了，更不堪的是在父親的指認之下，兇手很可能就是眼前這個，自己這些日子相處以來，讓自己傾心的男子。

玟珊不願意相信，在得知阿皓很有可能就是殺害高梓蓉的兇手那一晚，玟珊徹夜未眠，淚水沾濕了枕頭，乾了又濕。

一時之間，玟珊也搞不清楚自己到底為何如此難受，是為了自己的偶像慘死而難過，還是為了阿皓淪為兇手而痛心，或者是為了自己這條學習道士之路如此崎嶇而憐憫。

不管哪一件事情，只要想到都會讓玟珊感覺到無比的難受。

這些強烈的情緒讓玟珊的心宛如在湍急的溪水中泛舟，一波未平、一波又起在心中反覆激盪。

然而經過了一夜的傷心難過之後，玟珊的心中沉澱之後，只有一件事情她拒絕相信。

那就是阿皓真的親手殺害了高梓蓉這件事情，玟珊真的不願意相信。

雖然玟珊了解自己的阿爸鄧秉天，絕對不會騙她這樣的大事，阿爸一定是有所本，才會這麼說，不過她還是想要知道真相，尤其是這個真相，並不難知道。

只要親口問阿皓就可以了。

而且玟珊很清楚，照自己的個性，如果不親口問清楚阿皓，自己恐怕是連睡都睡不著覺。

於是第二天晚上，玟珊再度帶著阿皓，來到了他們倆這段時間裡面，最熟悉的廣場。

在等待著阿皓清醒的時間，玟珊不自覺地回想起過去這段甜美的時光，不管是學習那些口訣，還是單純只是聊聊天的夜晚，現在想起來都有種酸酸的感覺。

作夢也想不到這段當時還希望可以永遠維持下去的時光，竟然會如此的短暫。

想到這裡，讓玟珊潸然淚下。

阿皓輕輕地清醒過來，臉上的表情從一臉無神的模樣，轉變為哀傷的神情。

兩人四目相對，卻沒人出聲，面對玟珊的淚眼以對，阿皓沒什麼可以說的。

兩人之間的沉默，是因為彼此都沒什麼好說的。

在無言的對峙一段時間之後，玟珊終於提出了問題。

「阿皓，你……」玟珊一臉沉痛地擠出了最後的問題：「殺過人嗎？」

終於，該來的還是來了。

自己終究逃不過這將永遠背負的罪刑。

不能逃避……因為義無反顧。

既然為了心中的義，犯下了這樣的錯，就應該坦然承擔。

這就是呂偉道長最後傳承在阿皓身上的東西。

阿皓緩緩地，點了點頭。

玟珊用力地搖著頭，完全無法接受這種結果。

面對這樣的玟珊，阿皓知道，自己在這裡的生活，似乎已經到了終點了。

不過他沒有任何怨言，因為，他知道，這是他的報應。

遠處，頑固廟上的那層紫霧，仍然茂密籠罩著頑固廟，成為了這場悲劇，唯一的觀眾。

不管是阿皓還是玟珊的人生，都在此刻產生了巨大的轉變。

只是兩人完全不知道，真正的風暴才正要降臨而已。

而這時候的曉潔，剛好進入C大開始就讀，在迎新晚會上，遇到了詹祐儒，與她一生的摯友亞嵐，開始了屬於她嶄新的人生。

不過這場風暴，將會將眾人席捲在一起，用最殘忍的方式，考驗著在風暴之中的每一個人。

第6章・追查

1

在那一晚過後，鄧家廟宇就一直有著奇怪的氛圍。

就好像暗潮洶湧的海面般，海平面維持著平靜，但是底下的水流卻很湍急。

——阿皓是殺人犯。

至少，這是阿皓自己親口承認的事實。

也正因為如此，不管玟珊如何想要否認，都不得不接受這個事實。

就把阿皓當成是一個前科犯好了。

一開始，玟珊這樣告訴自己。

人都應該可以有第二次機會的，不是嗎？就把阿皓當成更生人，這樣就好了啊。最重要的是未來，而不是過去，不是嗎？

然而才剛這麼想要說服自己，卻立刻又浮現出更多新的疑惑。

那麼阿皓到底有沒有為了自己的罪刑去坐過牢？如果沒有的話，還可以算是更生人嗎？

就像這樣，玟珊陷入了無比的混亂之中，現在的她根本完全還沒有準備好面對這樣的阿皓。

就連白天見到陷入癡呆狀態之下的阿皓，玟珊也不知道該怎麼面對，總是刻意避開，或者快速通過，不想有半點互動。

當然，除了玟珊之外，鄧秉天也有自己的想法。

在告訴玟珊真相之後，鄧秉天就一直想要好好跟玟珊談談。

「那個……」鄧秉天總是這樣打開序幕，「阿珊啊。」

然後玟珊就會用冰冷的雙眼，以及很直接的肢體語言，像是掉頭就走這樣，來告訴秉天自己一點也不想談。

因為，玟珊不知道該如何面對的，不只有阿皓，就連這個告訴自己「真相」的父親，她也還沒有準備好面對。畢竟兩人只要一談，就會關係到阿皓接下來的處理，她還沒有情緒處理這個問題，所以只能逃避。

看到玟珊的這種態度，當然讓鄧秉天覺得莫名其妙，殺人的又不是他，為什麼自己得要面對這種冷漠的態度，而那個始作俑者，卻是一臉癡呆，彷彿一切都跟他無關一樣。

這讓鄧秉天非常不平。

不過當然鄧秉天也知道玟珊現在心裡的難過，也不跟她計較，只能摸摸鼻子，自己承擔，偶爾瞪一下阿皓，如此而已。

就這樣，冬天降臨了。

在溫室效應影響之下的地球，讓秋天跟春天變得曖昧不明，前一天還炎熱不堪的日子，第二天溫度立刻讓人冷到打哆嗦，就跟此刻的廟宇一樣。

當然，在那天阿皓承認自己是殺人兇手之後，兩人就沒有在一起在月光下約會了。

不管是天氣，還是氣氛，鄧家廟宇都迎來了冬季，不管裡面的人願意，還是不願意。

這天夜裡，天空飄下了微微細雨，一道南下的鋒面，勾起了世人對冬天的回憶。氣溫驟降，許多冬季的衣物與外套，紛紛從衣櫃中躍了出來，取代了那些清涼的衣褲。

仰望著天空，阿皓恢復了意識的同時，立刻感覺到一陣寒意。

看了看四周，阿皓發現這裡並不是玟珊與自己所熟悉的那片廣場，而是鄧家廟宇的前庭。

冰冷的雨水落在阿皓的臉龐，那陣陣寒意刺激著阿皓的腦海，此刻裡面重播的畫面，正是這幾天早就提前降臨在廟裡的那股冰冷氛圍。

雖然說白天的時候，阿皓總是無意識地遊蕩著，不過所見到的一切，都清楚地記錄在自己的腦海之中。

雖然沒發生什麼事情，不過那尷尬的氣氛，以及玟珊一看到自己時候的那個臉色，都清楚地映照在自己的腦海之中。

看到兩父女尷尬的神情，還有漂浮在整間廟宇的那種令人窒息的氣氛，都讓阿皓感覺到難受。

他一點也不希望自己的存在，會讓人如此困擾與厭煩。

但是現在的他，卻什麼也沒辦法做。

……不，或許不是真的什麼都沒辦法做。

只要能夠限制住自己白天時候的行動，然後找個可以照得到月亮，或者是看得到天空的地方等到晚上清醒，這樣反覆進行，或許自己真的可以做點什麼……

畢竟他不想給鄧家父女帶來困擾，而現在，自己的存在已經成為了一種嚴重的精神負擔，那麼自己也應該離開了。

阿皓在腦中開始計畫著離開，不過如果真的要實行，可能還需要一些輔助的道具。

阿皓的腦中浮現了前陣子處理過的那個事件，馮侍豪因為人怨靈的關係，被嚇到精神失常，那時候為了防止他傷害自己或別人，所以馮媽媽在把他帶回家之後，將馮侍豪綁在床上的模樣。

或許自己也適用那種方法，只要找個夠牢固的繩子或鐵鍊，就可以一步步離開鄧家廟宇了。

只要自己可以順利離開，那麼鄧家父女過些時日，應該就會恢復成往日那樣吵吵鬧鬧，但是卻充滿活力的日子了。

看著天空若隱若現的月亮，阿皓下定決心，自己說什麼都得離開這裡，不要再給鄧家人帶來困擾了。

2

在阿皓下定決心離開鄧家廟宇的這一夜，在玟珊的房間之中，她又再度失眠了。

雖然這些日子沒有了月光下的約會，但是實際上玟珊卻比起那些有約會的日子，還要更加晚睡。

過去一向都很容易入睡的玟珊，終於知道了什麼叫做輾轉難眠。

只要一躺下來，腦海就好像失控的機械般，不停地運轉，完全停不下來。各種思緒總是會不自禁地侵入腦中，讓玟珊完全沒辦法定下心來好好睡上一覺。

今晚，在這些思緒的侵襲之下，玟珊腦海裡面又陸續浮現出各種不一樣的想法。

先是回想起過去第一次看到高梓蓉的情況，那充滿自信以及完全知道自己在幹什麼的模樣，讓玟珊心生嚮往，就好像自己的夢想被人實體化了一樣。

然後一路來到了自己到頑固廟前，懇求高梓蓉收自己為徒的情況，當然還有當時高梓蓉答應過陣子等不會那麼忙了之後，願意教導自己的景象。

那時候的自己，那高興的心情與模樣，還深深烙印在腦海之中。

接著一個強烈的想法告訴自己，這樣的高梓蓉已經不在人世間了……因為阿皓。

一想到阿皓，玟珊的整顆心就彷彿被人緊緊握住一樣，揪成了一團。

不只有這個時候，這陣子只要看到阿皓，甚至是只要像現在這樣想起他，內心就是一陣悶痛。

玟珊調整了一下姿勢，試圖把腦海中關於阿皓的事情給拋出腦後。

但是不管想到什麼事情，最後總是會不經意地轉到阿皓這邊。

在這樣輾轉反覆了數個小時，玟珊受不了地從床上坐了起來。

她知道，自己絕對不能再這樣下去了。

她需要知道更多，她需要知道阿皓到底是殺了什麼人，又為了什麼殺人，當時的情況又是什麼樣的狀況，讓阿皓必須做出這樣的事情。

不知道這些，那麼現在這樣的狀況，便絕對不會停止。

這種情況，一定要有個了斷。

至少，也要給自己一個真正足以對阿皓死心的理由。

當然，玟珊也很清楚，如果去問阿皓，阿皓恐怕什麼也不會說，而且她也沒辦法接受單方面的說詞，所以如果想要了解阿皓的過去到底發生什麼事情，就必須自己靠別的方法來查。只有查清楚過去的事情，才有可能讓自己了解，接下來到底該怎麼做。

也只有這樣，玟珊才知道該如何面對阿皓，以及自己這份不能跟其他人分享的心情。

就在阿皓決定離開鄧家廟宇的這一晚，玟珊也做出了決定。

她要去調查過去發生在阿皓身上的事情，不管那些事情多麼不堪，她也要親自看個清楚。

只有這樣，她才能找回過去那些日子，回到正常的生活。

3

雖然決定了這個目標之後，確實讓玟珊感覺到踏實。

不過由於一來，玟珊並不是警察，二來更不是私家偵探或徵信社，想要打探一個人的過去，尤其是這種關於犯罪相關的事件，比她想像之中還要困難。

在下定決心打探阿皓的過去之後，玟珊立刻用自己的電腦，試圖想要在網路上找到一些相關的資料。

但是打開了搜尋網頁之後，卻連該填入什麼樣的關鍵字，都沒有半點頭緒。

殺人？開什麼玩笑，這關鍵字想要找到目標根本跟大海撈針沒什麼兩樣。

更別提阿皓的這個名字，根本就是鄧家父女幫他取的，連結到本人的機率，比大海撈針還要來得低。

因此坐在電腦前半個小時，卻連一個關鍵字都生不出來。

玟珊左思右想，都不知道該怎麼查下去。

先前在做出這個決定之前，其實玟珊已經有跟自己的同學，也就是當初把阿皓帶來這裡的丁侑心通過了幾次電話，也大致上知道當初阿皓是如何被送到醫院的。因此從醫院這條路去搜尋阿皓的過去，根本就是不可行的。

畢竟當初就連警方跟社福單位，都沒有辦法確認阿皓的身分，更沒有辦法聯絡到阿皓的家人，自己一個人什麼都不會，又該如何找起呢？

就這樣在電腦前發呆了一個小時之後，玟珊才不甘不願地上床睡覺。

不過第二天一大早，玟珊才剛醒來，在梳洗的時候，想到了另外一個方向。

自己之所以會知道阿皓可能是殺人兇手，就是因為自己的阿爸鄧秉天說的，既然如此的話，鄧秉天那邊肯定知道一些什麼其他人不知道的事情，至少，也可以了解到他是如何知道阿皓可能殺過人。

打定主意之後，好不容易等到了鄧秉天起床，梳洗之後進到辦公室，玟珊立刻衝入辦公室中。

「你是怎麼知道阿皓可能殺過人？」一衝進辦公室裡的玟珊，二話不說直接切入主題。

被玟珊這一闖入，鄧秉天一臉癡呆，愣了一下之後，才回過神來。

「妳終於肯開口跟我這個阿爸說話了？」鄧秉天沒好氣地回應，那表情活像個鬧彆扭的小孩一樣。

「我不是問你這個，」玟珊不耐煩地說：「我是問你——」

「災啦，」鄧秉天揮揮手，「我又不是耳聾。」

「那就跟我說啊，」玟珊說：「你到底是怎麼知道阿皓可能殺過人。」

雖然一時之間，忍不住鬧了一下情緒，把這些日子的不滿表達出來，不過私心來說，這些日子鄧秉天也一直想要好好跟玟珊談談，畢竟看到玟珊這陣子的樣子，把事情全都悶在心裡，鄧秉天也很擔心會不會憋出病來，因此現在玟珊願意開口，對鄧秉天來說，不管是什麼話題都好，只要能夠開口就算是一點進步。因此鄧秉天非常樂意跟玟珊分享任何事情，只要她不要繼續那樣悶下去就好了。

因此在稍微緩和一下不平的情緒之後，鄧秉天說：「妳知道施伯伯死的時候，警察有找我去警局的事情吧？」

雖然當下不知道，不過後來玟珊知道那天鄧秉天外出，就是去警局，所以點了點頭。

「就是那個時候，承辦這個案件的檢察官跟我說的。」

當然這件事情，那天鄧秉天說的時候，就已經說過了，不過玟珊真正想要問的是確切一點的說法，因此問道：「她怎麼跟你說的？直接說阿皓是殺人犯？」

「當然不是，」鄧秉天說：「她告訴我，除了施伯伯之外，連高師祖還有高師祖廟宇裡面的人，都跟施伯伯一樣，被人用同樣的手法殺害了。」

「然後呢？」

「除了高師祖之外，」鄧秉天接著說：「還有很多跟高師祖同一門派的人，也就是被稱為鍾馗派的人，不是被人殺害，就是行蹤不明。而現在警方，就是全力在搜查那些失蹤的人。就檢察官的說法，這些失蹤的人，很可能就是嫌疑重大的殺人犯。」

「由於阿皓跟他們同一門派，」玟珊點著頭說：「然後現在因為這個狀況的關係，也算是行蹤不明，所以你懷疑阿皓就是殺害這些人的兇手？」

鄧秉天點了點頭說：「不是我懷疑，是檢察官這麼告訴我的。」

「除此之外呢？」玟珊攤開手問：「還有什麼證據讓你相信阿皓就是殺害這些人的兇手？」

鄧秉天想了一下之後，緩緩搖了搖頭。

「如果就只是這樣的話，」玟珊一臉無法接受：「這證據也太薄弱了吧？這在我看來完全不能證明阿皓就是兇手啊！而且等等……」

玟珊沉吟了一會之後，側著頭說：「你剛剛說，警方懷疑殺害施伯伯跟高梓蓉他們的人，是同一個兇手？」

「這是檢察官跟我說的。」鄧秉天點了點頭。

「雖然我不敢確定高梓蓉他們是誰殺的，」玟珊說：「不過施伯伯絕對不可能是阿皓，不是嗎？」

「啊？」鄧秉天張大了口。

這的確是他先前完全沒有想過的事情。

首先，先不要說阿皓是如何鎖定施道長的住處，如何下手行兇，光是目前阿皓的狀況，根本就不可能偷偷跑出去行兇，而不被玟珊跟鄧秉天發現。

因此，施道長的確不可能是阿皓所殺，這件事情玟珊並沒有說錯。

「也就是說，」玟珊似乎從這裡面找到了一點希望，臉上浮現出淡淡的笑容：「如果警方是對的，那麼兇手就絕對不是阿皓，但是如果警方錯了，就代表他們也會出錯，天曉得他們還錯了多少？說不定整起事件跟阿皓一點關係都沒有不是嗎？」

鄧秉天側著頭，似乎點頭也不是，搖頭也不是。

「可是……」

鄧秉天實在想不出說詞來為警方辯護，不過也非常不樂意見到玟珊得到這個結論。

「殺人這件事情，是阿皓自己承認的，不是嗎？」鄧秉天丟出自己手中唯一的王牌：「不管施伯伯是不是阿皓殺的，都改變不了這個事實，不是嗎？」

面對鄧秉天的這個王牌，玟珊的確沒有辦法繼續幫阿皓辯駁。

不過，愣了一會之後，玟珊立刻皺著眉頭說：「阿爸你怎麼會……知道阿皓承認自己殺過人？」

這問題彷彿一個重槌，重重地捶在鄧秉天的天靈蓋上。

是的，鄧秉天不應該知道這件事情，因為這是他躲在廚房偷聽兩人對話的時候聽到的。

該死！只顧著阻止玟珊有這種無謂的希望，卻讓自己說溜了嘴，暴露了自己偷聽的事實。

「是……推理！」鄧秉天勉強擠出這個薄弱的解釋：「如、如果不是他承認，妳……又怎麼會甘願接受他是殺人犯這件事情，沒錯！哈哈！就是推理！」

不想跟鄧秉天繼續牽扯這些無關緊要的事情，玟珊立刻回頭走出了辦公室。

在跟自己的父親鄧秉天聊過之後，確實給了玟珊一個還不錯的方向。

如果想要知道過去發生了什麼事情，或許從高師祖，也就是高梓蓉所在的廟宇下手，是個非常好的方向。

當然，那座廟宇有個與眾不同的名字，叫做頑固廟。

4

有別於么洞八廟從一開始就很風光，頑固廟這個曾經是鍾馗派最重要的據點，經歷過許多次的起起伏伏。

在鍾馗派隨著政府來到台灣之際，頑固廟曾經是鍾馗派的大本營，後來隨著市鎮的發展，鍾馗派的弟子紛紛離開到台灣各地，經歷了幾代之後，才變成現在的模樣。

隨著時代的不同，它也有許多不一樣的稱呼，一直到現在的頑固廟。

廟宇經過了幾次的修建，也經歷過幾次的災難，不過它總能在風雨之中，逐漸重現它的風貌，只是這一次，很可能就是它畫下句點的時代了。

在頑固老高死後，這座廟形同荒廢，大門緊閉。

過去不管經歷過什麼樣的災難，總是會有繼承人，在這座廟宇點上代表著希望的燭光，慢慢修復它的面貌，但是如今，時光卻彷彿靜止了一樣，讓一切停留在慘案發生時候的那一刻。

再次來到了頑固廟前，玟珊深深感覺到人事全非的感覺。

先前來找高梓蓉的時候，裡面總是不時可以看見許多人在忙進忙出，就連大門口，也不時有些往來的車輛，讓人有種生意盎然的感覺。

不過現在，只有一扇緊閉的大門，跟毫無車輛的馬路。

原本負責接待訪客的警衛亭，如今也空無一人，隔著窗戶只能看到一堆無人接收的信件，堆在警衛室的桌子上。

跟上次自己來訪的時候，幾乎完全一樣。

先前幾次來訪，光是看到這個景象，就足以讓玟珊打退堂鼓了。

但是這一次不一樣，畢竟這一次玟珊決定追查真相。

而這個真相，很可能就在這座緊閉的廟宇之中。

所以光是這些景象，不足以將玟珊拒於門外。

玟珊繞著廟宇，雖然說頑固廟不能算是在市中心的位置，不過距離市區，比起鄧家廟宇來說，要近上許多，以台北來說，大概就是外雙溪這類郊區所在的位置。附近絕對不能算是毫無人煙，但是確實也不是什麼住宅中心，不時可以看到有荒廢的空地。

簡單地繞了一圈，玟珊在北側比較荒涼的地方，找到了一處可以攀牆進去的地方。

猶豫了一會之後，玟珊還是決定要進去看個清楚，因此四處張望了一下，確定沒有人之後，攀牆爬入了頑固廟裡面。

頑固廟的北側，有一片植樹區，幾棵大樹依然聳立在原地，可是由於沒有人清掃的關係，樹葉幾乎蓋住了步道，不過也多虧這些樹葉，緩衝了玟珊爬進來的時候，摔落的力道。

玟珊從地上站起來，揮揮手拍去那些黏在身上的枯葉，看了一下四周，這裡是在廟宇主要大樓的後方，因此玟珊打算繞到前面看看情況。

頑固廟裡面，流露出一股詭譎的氣氛，或許是因為玟珊已經知道了發生在這裡的慘案，所以心裡有點毛毛的影響，不過即便在完全不知情的情況之下，也可以隱約看到一些不尋常的跡象。

像是一些圍在樓梯口，撤去不完全的那些黃色警戒線，還有一些貼在門上的符咒，都在訴說著這裡生人勿近的過往。

即便現在陽光普照，還是讓玟珊感覺到些微的恐懼與寒意。

來到了頑固廟的前方區域，雖然四處可見已經荒廢一段時日的痕跡，不過也隨處可以看見當初有人在這裡忙進忙出的跡象。

雖然先前不曾實際進到裡面來，不過玟珊一點也不難想見，這裡曾經熱鬧的模樣。

站在大殿前的廣場，玟珊的腦海裡有了一些影像。

就好像今年在自家廟宇舉辦的廟會活動，如果在這個廣場，舉辦類似的活動，應該非常適合才對。

諷刺的是，玟珊此行是為了想看看能不能在這裡找到一些關於阿皓的資料，然而它現在立足的場所，對阿皓來說，卻有個有如惡夢般的回憶。

這裡正是當年阿皓跟劉易經對抗的地方，為了保護身受重傷的高梓蓉，阿皓在這裡用戲偶對抗過劉易經，還差點死在這裡。

不過當然，這些場景不可能浮現在玟珊的腦海之中，與她此刻所想的場景有著天壤之別。

玟珊轉過身看了看大樓，除了一樓的正殿之外，上面還有些房間，她懷疑在那些房間裡面，會不會有些辦公室之類的地方，那裡面應該會收藏著一些關於這裡員工的資料。

如果有的話，說不定她可以在裡面找到跟阿皓有關的文件……

至少，這就是玟珊此行的目的。

玟珊決定好方向之後，走向大樓，並且從正殿旁邊的樓梯，往樓上去。

對從小到大就在廟宇長大的玟珊來說，對於廟宇的熟悉程度，本來就比一般人還要高，因此幾乎只要稍微看一下，大概也可以了解這個房間的用途。甚至有些時候，看一下門口就了解了。

玟珊就這樣一間間找，希望可以找到類似辦公室，或者是事務室之類的房間，裡面很有可能收有一些資料，而資料上面可以找到一些含有大頭照之類的文件，然後這些大頭照之中，有張熟悉的臉孔。

這就是玟珊腦中最理想的狀況。

一連找了幾間房間，都沒有找到類似辦公室的地方。

接著在經過了一個轉角轉到正面，眼前一個房間門口，立刻吸引住了玟珊的目光。

其中一個面對著大門方向的房門口，有著黃色的封條，看起來似乎是原本圍住門口。只是封條或許是因為經過的時間太久，也沒有人維護，已經斷成兩半，垂掛在大門兩側。

稍微看一下門口，就可以了解到這間房間與其他房間不太一樣的地方，這裡應該就是辦公室之類的場所。

玟珊靠過去，輕輕將門推開，果然在房間的深處，有一張四平八穩的大辦公桌，座落在底部。

好不容易找到了目標，玟珊當然沒有遲疑，立刻走了進去。

一踏進辦公室，玟珊的肌膚彷彿察覺到了什麼，竟然有了反應，在這絲毫不覺得冷熱的氣候之下，不自覺地浮現出雞皮疙瘩。

不只有肌膚感覺到異常，就連嗅覺也聞到了一股怪味，那味道帶著酸臭味，以及一股霉味，就好像進入了塵封多年的倉庫，裡面盡是一些壞掉多年的食物一樣。

或許是受到了這些感官的影響，玟珊也感覺到一股不尋常的氣氛，飄逸在眼前這個辦公

室之中。

雖然是大白天，但是由於窗戶緊閉的關係，室內有點昏暗，加上剛進入到這樣昏暗的空間，讓玟珊的視覺一時之間有點不太適應。

為了看得更清楚一點，玟珊拿出了手機，打開了手電筒，壓抑著自己心中的不安情緒，繼續朝辦公室深處而去。

來到了差不多辦公室中心的位置，想要找一下看看有沒有什麼可以收藏文件的文件櫃，玟珊用手電筒四處掃視了一下。

立刻在一旁的牆壁上，找到了一個櫃子，那是一個跟玟珊差不多高的抽屜櫃，裡面應該收藏著不少文件。

雖然順利找到了文件櫃，但是玟珊卻突然不動了。

因為就在剛剛掃到文件櫃的時候，眼睛似乎看到了什麼不尋常的東西，就在文件櫃的旁邊。

玟珊愣了一下之後，緩緩移動手上的燈光，將光線往回移一點，果然在文件櫃的旁邊，有著一灘黑色的痕跡。

痕跡看起來就好像有人朝文件櫃潑灑了這灘黑色的液體，然後任憑它這樣乾掉。

只是從痕跡的擴散方向看起來，潑灑時好像是從地板的方向灑過來的一樣，因此玟珊緩緩地將手機燈光往下移。

燈光下的東西，讓玟珊忍不住倒抽一口氣。

只見文件櫃旁邊的地板上，有著一大灘黑色的痕跡，而在這灘黑色痕跡上，有一個用白色線條拉出來的人形，靜靜地躺在地板上。

看到這景象，即便沒擔任過警察等職務，也非常清楚這些痕跡與那白色人形所代表的意義了。

這些黑色的痕跡，根本就是乾掉之後的血跡，而那個人形，正是這些血跡的主人最後陳屍的地點。

如此一來，玟珊完全明白為什麼空氣中會瀰漫著一股酸臭的味道了。

那是這些血跡與塵封已久缺乏流通的空氣，混合而成的氣味了。

原本不知道還以為只是缺乏流通，明白之後讓玟珊感覺到胃部一陣翻滾，一股氣息彷彿正在自己的胃裡面向上頂，即將頂上喉頭。

玟珊摀著嘴，衝出辦公室。

才剛衝出辦公室，玟珊就再也忍不住，「嗚啊！」一聲地張大了嘴，將胃酸夾雜著胃裡面的食物吐了出來。

5

看來，阿爸說得沒有錯。

這裡確實發生了一起慘絕人寰的滅門血案。

在沒親臨現場，看過這一切的時候，玟珊或許可以安慰自己，情況沒有自己想的那麼糟糕。

但是親眼看到之後，玟珊知道，如果阿皓真的是這起兇案的真兇，那麼自己絕對可以徹底死心了。

然而問題就是，阿皓真的做了嗎？他真的殘忍地殺害了這些人嗎？

對，這就是玟珊正要解開的謎題，也是對玟珊來說，最重要的答案。

因此在調整了一下心情，做好心理準備之後，玟珊又重新回到辦公室裡面，忍住自己心中的恐懼，希望可以找到任何跟阿皓有關的資料。

只是遺憾的是，文件櫃裡面的文件，早就被警方帶走了，只留下一個空蕩蕩的櫃子，與地上那些令人不寒而慄的血跡。

的確當初警方為了調查這起案件，不但在現場進行勘驗，就連這些有可能跟破案有關的文件，通通帶回去搜查。

然而玟珊不知道的是，當初警方之所以會發現這起案件，是因為有人通報救護人員前來救援，救護人員到了現場之後，旋即發現了這起慘案，然後通知警方到場。

警方到場之後，立刻展開調查，除了在辦公室發現負責人頑固老高以及他女兒的屍體之外，在地下室也發現了其他多具屍體。

而最後警方將搜查重點，擺在當初聯絡醫護人員到場的那通電話上。

目前知道的是，打電話的是跟這間廟宇系出同門，也就是北部一座廟宇的負責人阿吉，只是從那天這通電話過後，這個阿吉彷彿人間蒸發，直到現在都沒有人知道他的行蹤。

因為這個阿吉，此刻被人稱為阿皓，就住在玟珊他們家的廟宇之中。

當然，這些玟珊都不可能知道。

撲了空的玟珊，有點洩氣地離開了大樓。

這時天色也已經開始進入了黃昏，跟玟珊此刻的心情倒是有幾分神似。

垂頭喪氣的玟珊，也不想要爬牆出去，索性就大剌剌地從大門走了出去。

大門旁邊有扇從裡面上鎖的小門，玟珊拉開門栓，然後走出了大門。

才剛走出去，就聽到一個人對著自己叫著。

「謝天謝地，」遠處一個人朝自己這邊走過來：「終於找到人了。」

想不到一出門會遇到人，讓玟珊嚇到甚至一度想要縮頭回去躲進廟裡。

不過既然已經被看到了，玟珊這下也知道躲也不是辦法，所以也只能愣在原地，等那人過來。

來的人是個中年男子，看起來個頭不高。

「天啊！」中年男子一靠上來，開口就是抱怨：「妳們的人到底都死……跑哪去了？妳知道嗎？這已經是我第四次來了！」

從男子的口氣聽起來，似乎完全不知道頑固廟發生慘案的事情。

因此雖然不知道男子到底是什麼人，不過玟珊至少可以確定，眼前的男子絕對不是警察之類的執法人員，這讓玟珊鬆了一口氣。

就好像溺水的人，哪怕是一根漂浮的稻草，都想要抓住一樣。

哪怕只有一點線索，對玟珊來說，也是異常珍貴的。

所以在確定對方不是警察之類的人，玟珊乾脆就繼續假裝自己是廟方人員，跟對方溝通。

在交談了幾句之後，玟珊才知道原來眼前的這個中年男子，是五夫人廟的工作人員。

玟珊假裝自己是出差剛回來的廟方人員，現在也在找人，然後問清楚對方來歷之後，承諾如果找到了人，會盡快跟他聯絡，將他打發走。

在打發了那個人離開之後，玟珊臉上終於浮現出久違的笑容。

果然是皇天不負苦心人，她終於得到了一點有用的情報了。

因為與那人交談的過程之中，玟珊知道了一些重要的事情。

那就是這些年來，原來頑固廟一直有給五夫人廟一筆資金，似乎是因為要安置一個人在五夫人廟裡面，這筆錢就是照顧那個人的費用。只是這一年，每個月都會進行撥款的銀行，突然停止給付，而五夫人廟那邊又聯絡不到人，因此才會派人來看看情況。

雖然說，不知道那個人知不知道阿皓或頑固廟的事情，不過至少有一點是肯定的，那就是頑固廟的相關人員，有人確實躲過了那起災難，並且就住在五夫人廟裡面。

對現在的玟珊來說，雖然覺得可能這個人可以提供的情報有限，畢竟就那個中年男子的說法，她長年住在五夫人廟，所以對頑固廟可能所知甚少，但是對她來說，現在哪怕只有一點情報，對自己都是非常有幫助的，所以玟珊還是決定去五夫人廟，見見那個人，跟那個人談談，看看能不能得到更多的情報。

當然玟珊不知道的是，這個人物雖然被當成是頑固廟的成員，但是對頑固廟的確所知不多，然而對於玟珊身邊的阿皓這個人物，那個人卻非常了解，甚至超過玟珊所能想像的程度。

6

然而在得到五夫人廟的情報之後，由於天色已晚，玟珊考量到五夫人廟那邊，可能已經休息了，因此只在頑固廟附近，問了問附近一些居民之後，便先回家休息，準備第二天再拜訪五夫人廟。

在詢問頑固廟附近的人之後，玟珊也得到了一些關於頑固廟的情報。

首先，玟珊知道了這座廟宇，被人暱稱為頑固廟，以及高師祖被人稱為頑固老高的事情。對附近的居民來說，頑固廟一直很敦親睦鄰，頑固老高在附近的評價很高，似乎是個面惡心善的老人家。除此之外，玟珊還知道，頑固老高除了一個女兒之外，還有一個相當有名的弟子。

只是對於那件發生在頑固廟裡面的慘案，附近的人所知甚少，而且對於附近發生了這樣的事情，都存著既感慨又忌諱的心情，除此之外，幾乎沒有任何人知道那晚發生的事情。

因為那天既沒有爭吵，也沒有什麼不尋常的人物進出，也正因為來得突然，又如此神秘，加上目前兇手似乎還沒落網，因此才會讓鄉里的人感覺到不安，甚至完全不想提及這件慘案。

雖然實際上得到的情報不多，有用的更是幾乎完全沒有，但是這樣忙碌了一天，還是讓玟珊覺得充實、滿足。

畢竟不管是多麼小的一步，只要朝真相靠近一點，玟珊都覺得很充實。

在阿皓承認自己殺過人的那晚過後，玟珊終於好好睡了一覺，一直到天亮。

第二天，玟珊也有了自己的目標，今天她打算到五夫人廟，去見見那位長年居住在那邊的人物。

五夫人廟不比頑固廟，對台南人來說，也算是一座知名的廟宇。

因此在起了個大早之後，玟珊早早就出門，朝著位於市區的五夫人廟而去。

比起其他廟宇，五夫人廟看起來更像是公園，一大早就可以看到附近的居民在裡面散步。穿過了公園之後，就可以看到位於中央的五夫人廟。

原本還以為，這會是個簡單就可以達成的拜訪，只要向廟方人員詢問一下，就可以問到結果，然後就可以見到那個人物，達成自己此行的目的。

誰知道玟珊詢問之下，根本就沒有任何人聽過頑固廟，更沒有人知道那個「住」在五夫人廟裡面的人。

這讓玟珊非常後悔，昨天沒有留下那個人的聯絡方式。只有說一旦找到了人，會跟五夫人廟聯絡。

不過當然也不排除那個人根本就不是五夫人廟的人，因為詢問之下，也沒有多少人知道這個中年男子。

這個結果，讓原本還以為自己得到寶貴線索的玟珊，感覺到無比的沮喪。

這些日子雖然入冬，但是天氣還是很不穩定，往往前一天冷到讓人穿外套，但是第二天又回溫到讓人即便穿著短袖也汗流浹背。

今天就是炎熱的天氣，一整天都在公園裡到處詢問的玟珊，感覺到頭暈，因此不得不放棄，在附近找間陰涼的咖啡廳，在裡面稍作休息。

五夫人廟鄰近幾所學校，其中一間大學就緊鄰在它旁邊，因此咖啡廳裡也有許多沒有課的大學生，在裡面聚會聊天。

雖然玟珊並沒有在這附近上班或者是讀書過，不過從小身為台南人的她，也聽過不少繪聲繪影的故事，既然一整個上午向廟方人員詢問未果，那麼或許向其他人打探一下情報，聽聽不同角度的情報，或許對自己也有點幫助。

決定好了之後，玟珊看了一下咖啡廳，裡面有幾桌大學生聚餐的桌子，看準了其中一桌，只有兩三個女孩子的桌子，玟珊立刻靠過去，向三人攀談，想要打探五夫人廟裡面的情況。

「五夫人廟？」其中一個女生看了看其他人：「如果說最有名的事情，應該就是那個小女鬼吧？」

其他人聽到她這麼說，都立刻點頭如搗蒜地認同。

「喔？」玟珊對那女生說：「可以告訴我詳細一點嗎？」

結果除了玟珊之外，另外一個女生似乎也完全沒有聽過，當然那個女生便開始將始末告訴兩人。

原來打從很早之前，關於五夫人廟的靈異傳聞，就一直不曾中斷過。不只有靈異傳聞，就連傳說只要情侶一起進去廟裡，就一定會分手的這種都市傳說，也一直都很有名。

只是這些傳聞，一直有很多不同的版本，完全沒有半點交集，當然也沒有什麼根據。

不過關於五夫人廟裡面的小女鬼這件事情，就不一樣了。除了目擊者很多之外，不同的目擊者看到的情況，竟然有交集，敘述小女鬼的外貌等等，都有雷同的地方，可信度比起其他傳說來說，要高上許多。

所以如果是現在這個時間，問到附近的學生關於五夫人廟的事情，最有可能說的就是這個小女鬼。

只是讓人不解的有兩個地方，第一個就是過去沒有任何關於小女鬼的傳說，更沒有類似的靈異事件，就好像突然有一天開始謠傳，然後就開始有越來越多目擊者，那種感覺就好像是小女鬼是搬進來的一樣。更別提在五夫人廟裡面，有發生過類似小女童被人殺害之類的血案了。雖然沒有人知道確切的日期，不過可以肯定的是，這個小女鬼是這幾年才出現的。

另外還有一點就是，由於小女鬼的傳說已經流傳了幾年，關於小女鬼的目擊情報，雖然彼此之間都很雷同，不過有個曾經目擊過小女鬼的學長在經過了幾年之後，跟後來的目擊者相比對之下，赫然發現小女鬼似乎有長大的趨勢。

「妳們都沒有人懷疑那會不會是個真人啊？」玟珊聽完之後不解地問。

「怎麼可能？」那個說出這件事情的女生，不以為然地笑著說：「除非她是住在廟裡面，不然誰會沒事老是半夜的時候在那間廟旁邊閒晃啊？」

其他人聽了當然點著頭附和。

確實，照正常的情況來說，到了夜深人靜的夜晚，誰會沒事還到廟旁邊閒晃，而且次數還多到讓許多人目擊到呢？

不過，對玟珊來說，聽女同學這麼說的感覺，那個小女鬼說不定真的就是那個自己要找的人。

只是，連玟珊自己也不敢保證，她真的是「人」。

畢竟，一直到現在玟珊也不了解，為什麼好好的一間頑固廟，要把自己的人寄放在五夫人廟裡面。

不過不管怎麼說，這是玟珊唯一得到的線索，所以她決定，夜訪五夫人廟，看看這個傳聞中的小女鬼，是不是真實存在的，更重要的是，她是不是就是那個可以告訴自己關於頑固廟事情的人。

7

玟珊絕對不是一個鐵齒的人，畢竟是廟裡面長大的小孩，雖然不見得會迷信，但是絕對不會鐵齒。

當然玟珊也知道，光是憑著一些傳聞，就認定這個小女孩一定是那個頑固廟寄放在五夫人廟裡面的人，也實在太過於武斷，但是這是玟珊所能得到唯一的線索。

所以哪怕希望多麼渺茫，玟珊也只能硬著頭皮上了。

因此在打定主意這麼做之後，玟珊在附近找了間小旅館，暫時休息一會。

本來有考慮到先回家一趟，可是半夜村子裡面的交通並不方便，到時候還要麻煩鄧秉天載她出來，肯定又會衍生許多不必要的麻煩。

因此玟珊選擇就近找間小旅館，一方面等到半夜的時候比較方便，另一方面還可以稍微休息一下。

開好房間之後，玟珊很快就躺在床上小睡一會，等到她醒過來的時候，外面已經是深夜的時分了。

雖然沒有實際上可以掌握的時間，不過從那些謠言來推測，玟珊已經有了比較理想的時間。

那些關於五夫人廟的恐怖故事，大多有著差不多的起頭，都是某個學生，因為某件事情耽擱了行程，到了接近午夜時分，才要從學校離開，或者是回到學校的宿舍，然後在經過五夫人廟的時候，目睹了那個傳說中的小女鬼。

因此玟珊打算在接近十二點的時候，前往五夫人廟一探究竟。

等到時間差不多了，玟珊才走出旅館，朝著五夫人廟而去。

此時時間已經超過了午夜十二點，不要說包圍五夫人廟的公園了，就連大馬路上車輛也是寥寥可數，相隔數分鐘才有一輛車子經過。

這還真的是撞鬼的最佳時刻啊。

玟珊在心中自我調侃。

如果對方到頭來真的不是什麼寄居在這裡的女孩，而是個道道地地的女鬼，這就是史上最好笑的笑話了。

雖然說現在已經跟阿皓學了一些東西，而且在旅館的時候，躺在床上睡著之前，玟珊還假設這個傳聞中的小女鬼真的是女鬼的話，會是什麼樣的靈體，結果還沒想到一點頭緒，就沉沉睡去。

因此這時一想到對方如果真的是女鬼的話，自己真的能夠照著阿皓教的那些口訣，來找到判斷出對方真實身分的線索嗎？

就這樣在腦袋裡面胡思亂想，玟珊走入了公園。

才剛步入公園，就可以看到遠方五夫人廟的燈火，在一片昏暗的公園之中，顯得特別顯眼。

剛剛還在街上的時候，還沒有感覺到多少詭異的氣氛，然而一踏入公園之中，那氛圍立刻讓玟珊感覺到不寒而慄。

昏暗的樹木彷彿隨時都會出現一個吊死鬼掛在枝頭般，讓玟珊目光不敢隨便飄移。看準了方向之後，玟珊盡可能將視線專注在自己腳邊，當然一方面也是因為燈光昏暗，她不希望自己不小心去踩到了什麼不明的石頭，或者是冷不防路面有不平的地方，導致她跌倒。

但是實際上，玟珊也知道自己是害怕會看到一些不應該看到的東西。

在這樣的時分走在這樣的路上，很像很久以前流行過的那種靈異節目，總是喜歡找人去探訪一些鬧鬼的地點。玟珊以前看過幾次那樣的節目，此時她感覺到自己就好像這種節目的外景主持人一樣，差別大概就只在於自己手上沒有攝影器材，把這些恐怖的畫面與氣氛拍回去分享給觀眾而已。

穿過了樹林之後，眼前的是即便是白天，也不太會有遊客造訪的廟宇。主要也是由於在民俗信仰中，五夫人廟屬於陰廟，並不是那種讓人燒香祈福的廟宇。

因此在這種時刻前來造訪，恐怕不要說是阿皓了，可能連玟珊那不學無術的老爸，都會對玟珊的行為翻白眼了。

不過玟珊知道自己不是為了試膽或者是尋求刺激才來的，她可是有非常重要的事情，才會特別前來這裡。

因此，即便心中有萬分的恐懼，還是沒有辦法阻止玟珊的腳步，來到五夫人的廟前。

四周是一片寧靜，沒有半點人影。

玟珊稍微繞了一圈，也沒有看到任何有人活動的跡象。

廟裡面是一片漆黑，跟自己想像的完全不一樣。

原本玟珊還期待，裡面有人正常生活，因此會有些燈光或者是聲音之類的，可是現在看起來，根本就只是像打烊的商店一樣，燈光全滅，只差沒有鐵門可以拉下了。

那麼……自己的推斷是錯的囉？如果那小女孩真的不是住在這裡，就表示自己可能猜錯了，她根本不是什麼頑固廟寄居在這裡的人。

換言之，那麼小女孩也不是人，而是……

一想到這裡，立刻讓玟珊感覺到頭皮發麻，連多一刻都不想要待在這裡。尤其是如果對方不是人，而是鬼的話，當然不可能提供自己關於阿皓與頑固廟的事情。

這鬼就真的是白撞了。

一有這樣的想法，玟珊立馬轉身，可是不轉身還好，一轉身腿差點跟著軟掉。

因為當玟珊一轉身的同時，立刻就看到了那個站在自己身後不遠處的小女孩。

小女孩約莫國小高年級，或者是初中低年級的年紀，有著一雙大眼睛，此刻正眨呀眨地看著玟珊。

玟珊愣在原地，腦海裡面因為恐懼而一片空白，兩人就這樣無言地在昏暗的公園之中，彼此互望著。

這是什麼情況？

兩人也不知道互相對視多久，玟珊的腦海裡面浮現出這個問題。

逐漸恢復冷靜的大腦，告訴玟珊應該說點什麼。

畢竟現在還不確定對方是人是鬼，所以這時候應該要說點什麼打破這既恐怖又尷尬的僵局。

可是大腦還是一片空白的玟珊，一時之間也不知道該說什麼，勉強自己之下好不容易才擠出一個問題。

「妳……是不是住在這裡？」

這是什麼問題啊？玟珊在心中吐槽著自己。

不過女孩卻沒有那麼大的反應，只是側著頭一臉狐疑地看著玟珊，但是沒有回答玟珊的問題。

一定是這個問題太突兀了，冷靜點，好好地說。玟珊在心中這麼告訴自己。

但是當她下次開口的時候，所問的問題連自己聽了都差點暈倒了。

「妳到底是人還是鬼啊？」這就是玟珊要自己冷靜好好解釋之後問出來的問題。

連玟珊自己都有種想要掐死自己的衝動。

女孩皺了皺眉頭，然後突然嘴角浮現一抹笑意。

「我也不知道耶。」女孩笑著回答：「有一天我醒來之後，就一直被困在這個廟裡面……無法離開這座廟。」

聽到女孩這麼說，玟珊的臉都綠了，張開了嘴不知道該怎麼辦。

女孩見了，燦爛地笑了出來。

「騙妳的啦，」女孩笑著說：「當然是人啊，鬼的話早就把妳抓起來了，鬼可是很兇的。」

雖然聽到女孩這麼說，玟珊的心中確實鬆了一大口氣，不過還是半信半疑。

「妳為什麼會半夜在這座廟裡面……閒晃？」

「妳不是已經知道了嗎？」女孩歪著頭說：「我住在這裡啊。」

果然，這女孩真的是人，而且還真的是住在五夫人廟裡面，自己的推測是對的。

「所以，」玟珊略顯興奮地說：「妳真的是頑固廟的人囉？」

「啊？」女孩張著嘴搖搖頭說：「不是。」

這回答簡直像是一把利刃，刺入玟珊的胸口，到頭來一切都是一場空，這女孩雖然住在這裡，不過卻不是那個頑固廟的人。可是玟珊還不願意放棄，正打算追問下去，想不到女孩搶先一步說了。

「可是……也不能算沒關係啦，」女孩臉色顯得為難：「該怎麼說呢？也算是有點關係啦。」

聽到這說法，玟珊當然不願意放棄，立刻追問下去。

原來這個女孩叫做小悅，真的是個從幾年前開始，就住在五夫人廟裡面的小女孩。由於一些非常特別的原因，她不能離開五夫人廟，所以這幾年都住在廟裡面，只有在這樣的深夜，才會從廟裡面出來透透氣。

對於小悅的遭遇，玟珊感到同情與不可思議，她實在無法想像，一個人的一生注定得要在一個小小的地方度過，會是多麼可憐的一件事情。

原來小悅當年家裡遭遇不幸的事件，惹到了惡鬼，導致幾乎家破人亡，後來是一個很厲害的道士介入，才讓他們家保住了小悅這唯一一條血脈。然而命雖然是保住了，但是也因為種種原因，小悅不能離開這座五夫人廟。

而這也是小悅之所以會說自己跟頑固廟多少有點關係的原因，那個很厲害的道士，跟頑

固廟系出同門，當年也是透過頑固廟的關係，才找上那位道長。而後來小悅被安置在這邊，頑固廟也出了很多力。

「尤其是，」小悅微笑著說：「頑固廟的梓蓉姊姊常常會來看我喔。」

聽到小悅突然提到了高梓蓉，讓玟珊的內心狠狠地揪了一下。

「不過她最近好像很忙，」小悅嘟著嘴說：「很久沒有看到她了。」

玟珊感到鼻酸，很顯然小悅並不知道頑固廟發生的那件事情。不過想想這也是很正常的一件事情吧？生活都被侷限在這個小空間之中，得到的消息肯定很有限。

當然玟珊不可能告訴小悅，梓蓉不但是最近沒來，而是永遠都沒有辦法來了。因為即便只是剛剛才認識，但是在聽到了小悅的遭遇，讓玟珊很是同情，甚至有股衝動想要好好將她擁入懷中好好為她的人生痛哭一場的衝動。更何況這消息很可能會給小悅帶來極大的打擊，玟珊當然不願意將這件事情告訴她。

「姊姊，」小悅側著頭看著臉色驟變的玟珊：「妳……還好吧？」

玟珊微笑地搖搖頭，如果在這邊被小悅察覺到異狀，那自己還真是罪該萬死啊。

害怕小悅繼續讓話題繞著高梓蓉打轉，導致自己情緒真的不小心潰堤，另一方面也想起了自己此行的目的，玟珊將話題轉到阿皓身上。

「小悅，」玟珊對小悅說：「因為妳認識頑固廟裡面的一些人，所以有個人，我想要問妳一下，看看妳知不知道她是誰。」

「啊？」小悅瞪大雙眼：「頑固廟裡面我只認識幾個人，可能幫不了妳耶。」

聽到小悅這麼說，玟珊內心不免感到有點沮喪，不過至少還認識幾個人，對玟珊來說，小悅可能已經是最熟悉頑固廟的人了。

「沒關係，」玟珊苦笑：「不認識就算了，不過還是希望妳看看妳認不認識。」

小悅聽了點了點頭。

玟珊將阿皓的特徵，還有關於他厲害的樣子，全部告訴了小悅。

小悅越聽臉色越開朗，甚至有些地方還聽到點著頭附和，而玟珊這邊除了外貌之外，也只能把阿皓作法時候的情況告訴小悅，還不斷強調阿皓的厲害。

「妳知道頑固廟裡面有這麼厲害的道士嗎？」玟珊說完之後問小悅。

頑固廟的人，小悅認識的真的不多，除了頑固老高與常常會來看她的高梓蓉之外，小悅就只認識一個人。

而這個人，確實符合很多剛剛玟珊所說的模樣，除了外貌之外，還有那些高強的道士能力，都很符合。

雖然小悅只見過他幾次，不過常常聽到高梓蓉跟阿吉提起過他，所以小悅還算熟悉。

「我可能知道他是誰。」小悅說。

「誰？」玟珊的喜悅完全寫在臉上。

「從妳說的聽起來，」小悅說：「他很可能就是被人稱為南派三哥，雖然我不清楚他的名字，不過我聽梓蓉姊姊都叫他阿畢。」

想不到竟然真的可以打探到阿皓的身分，讓玟珊異常興奮，還想要打探更多關於這位阿畢的消息。

可是，小悅其實對阿畢並沒有那麼熟，知道的部分，還有很多是高梓蓉跟阿吉跟她說的，所以她也只能轉述。

在小悅的說法裡面，阿畢是南派的掌門第三個弟子，也是最有名、能力最強的一個。不但功力高強，而且還是復興南派的重要人物。未來也即將是頑固老高的接班人等等事蹟。

光是這樣，已經足以讓玟珊欣然嚮往，尤其她知道，阿畢能力非常高強，是復興他南派的大人物時，真的有種與有榮焉的感覺。

「不過……」小悅再說到最後，有點疑惑地說：「我是聽到妳說他是很厲害的道士，還有他的樣子，怎麼聽都像是阿畢，不過如果妳可以把他帶來這邊的話，我當然可以更肯定了。」

聽到小悅這麼說，玟珊立刻面露難色，因為她打探阿皓的過去這件事情，阿皓本人並不知情，如果知道或許會很不高興，尤其是自己有過不堪的過去。

雖然說這次決定要打探過去，玟珊就鐵了心就算遭到阿皓的反對也要做，不過要把他帶來這裡，確實有點困難。

看到玟珊臉上的為難，小悅雖然不知道為什麼，不過還是很貼心地說：「就算不能帶來，至少也可以給我看看他的照片之類的，應該也是可以。」

聽到小悅這麼說，玟珊這才想到自己真的完全沒有阿皓的照片。

雖然帶人來這邊有點困難，但是偷拍張照片……應該沒有什麼問題吧？

就在玟珊這麼想的同時，小悅哭喪著臉，對玟珊說：「當然如果可以的話，我還是希望妳可以把那個阿皓帶來。」

「嗯？怎麼啦？」

「最近我覺得怪怪的，」小悅臉色顯得有點哀傷：「不只有梓蓉姊姊沒有來，其他還有一些事情我也覺得怪怪的。所以我一直想要找人問清楚，如果那個人真的是阿畢的話，一定可以回答我的一些疑惑，所以可不可以拜託妳，如果可以的話，把阿畢帶來見我，不然幫我去找頑固廟的人也可以，梓蓉姊姊如果可以來一下的話，當然更好。」

當然，後者是不可能發生的，這點玟珊非常清楚，不要說高梓蓉了，現在就算要找到一個頑固廟的人，都已經非常困難了。唯一一個可能的生還者，除了小悅之外，可能就真的只有阿皓了。

雖然很為難，不過想到小悅一個人被困在這種地方，幾乎斷了一切與外面聯繫的管道，不捨她這樣的遭遇之下，最後玟珊還是答應了小悅，會盡力把阿皓帶來。

只是玟珊不知道的是，這樣的承諾將會帶給她跟阿皓之間，一個毀滅性的結果，更將兩人的命運，帶往了永遠無法回頭的深淵之中。

第章．過往與別離

1

還有什麼事情，會比承認自己殺人的罪行，更為糟糕的呢？

既然阿皓自己都可以對著自己承認了殺人，那麼不過就只是去見見一個可憐的小女孩，應該不會很嚴重吧？

原本打算只偷偷拍張照片，不過答應了小悅之後，玟珊還是決定好好跟阿皓談談，希望他會答應跟著自己去五夫人廟見見小悅。

自從阿皓親口承認自己是殺人犯之後，兩人就不曾在月光之下約會過，主要是由於玟珊還不知道該怎麼面對阿皓。雖然說現在玟珊還沒搞清楚，過去到底發生了什麼事情，阿皓在什麼樣的情況之下，犯下了這等重大的案件，不過在聽過關於阿畢過去風光的模樣，如果阿皓真的就是阿畢，一定有他的原因。

或許自己過去都太過於害怕，恐懼一切，不敢好好跟阿皓談談，說不定只要談談，自己心魔與兩人之間的心結，真的可以從此煙消雲散。

當然，玟珊也知道，之所以害怕面對，就是因為怕失去，怕自己會失去阿皓，怕阿皓會不開心。

但是玟珊非常清楚，兩人之間如果繼續這樣僵持下去，自己還是會失去他。

過去那些美好的月下約會，讓玟珊非常渴望兩人可以回到過去的那個狀態。

如果不是為了這個目標，玟珊不會如此努力想要挖掘出過去的真相，因為她相信，只要能夠跨越這個過去的障礙，兩人一定可以回到當時月下的時光。

至少，這是玟珊所相信的事情。

這份渴望給了玟珊勇氣與力量，她決定好好跟阿皓談一次，希望他可以跟自己去見見那個五夫人廟的可憐小女孩。

過了幾天，玟珊終於做好了心理準備，等到了夜晚，在相隔了將近一個多月的時間之後，玟珊再度牽起了那雙手，領著阿皓來到了兩人最熟悉的廣場。

就是在這個廣場，阿皓承認自己殺過人。

就是在這個廣場，阿皓拒絕再教自己任何東西。

就是在這個廣場，玟珊了解到什麼叫做傷心。

一個多月前，自己的人生在這個廣場轉了個彎，從幸福的康莊大道，通往夜夜輾轉難眠的不幸小屋。

玟珊期待著一切在今晚可以改變，讓那個轉錯的彎可以回到正軌，回到過去的時光。

就在這樣的殷殷期盼之下，阿皓眼光再度凝聚，清醒了過來。

玟珊抿著嘴，靜靜地看著阿皓的甦醒。

月光下的阿皓再度甦醒，似乎還不是很習慣，因為已經有一段時間玟珊不曾像過去這樣帶他來這裡曬月光了，眨了眨眼，臉色有點難看，過了一會之後，才將眼光移到了玟珊身上。

兩人四目相對，卻是尷尬的沉默。

當然這也是預料之中的事情，畢竟雙方一個多月沒見了，加上上次見面的時候，其中一方甚至情緒崩潰。

中間相隔了一個月，好不容易再度相會，卻跟玟珊所想像的不一樣。

原本的她期許著這次相會，兩人可以重修舊好，自己已經完成了調查，了解了阿皓的過去，然後告訴阿皓，不管過去發生什麼，人生還是應該繼續向前才對。

不過現在的玟珊，還沒搞清楚過去發生的事情，因此這樣的話，玟珊實在說不出口。

所以兩人之間，才會有這段尷尬的沉默。

當然，率先打破沉默的人是玟珊，畢竟這樣子沉默的對立下去，絕對不是玟珊這次將阿皓帶出來的目的。

「好、好久不見。」玟珊略顯結巴。

明明每天都在廟裡面相見卻用這句話來開場，就連玟珊都覺得有點突兀，不過這是兩人之間特有的狀況。

「嗯，好久不見。」

「最近……好嗎？」玟珊問：「有沒有什麼需要幫忙的地方？」

這話倒也不是寒暄式的問候語，畢竟阿皓大部分的時間，都處於一愣一愣的狀態，這一個月天氣變化很大，玟珊也擔心過阿皓的身體狀況。

記得幾個禮拜前夜間溫度驟降，玟珊就有看到阿皓還是穿著無袖的衣服走在前庭。

「沒有。」阿皓搖搖頭，本來還想要補一句：「像日本人說的，笨蛋是不會感冒的。」不過考量到目前的氣氛可能不適合開玩笑，這句話終究還是吞到肚子裡。

「那就好，」玟珊笑著說：「我有點擔心你會著涼，畢竟最近天氣變化大。」

「謝謝。」阿皓淡淡地說。

即便嘴巴是這麼說著關心，可是心中的感覺還是怪怪的，兩人此刻似乎真的有條看不見的鴻溝，橫在兩人之間。

想不到兩人之間的尷尬竟然會那麼嚴重，玟珊一時之間也不知道該說什麼，拚命想著到底該怎麼樣帶到主題。

這一切猶豫之情，全部都看在阿皓的眼裡。

從以前觀察別人，就一直都是阿皓的強項，畢竟阿皓所屬的門派，最需要的就是觀察力。

「有什麼事情嗎？」阿皓解救了玟珊。

「那個……」玟珊顯得有點畏縮：「有一個人，我希望可以帶阿皓去見一下。」

「什麼人？」阿皓沉下了臉。

看到阿皓的模樣，讓玟珊難免有點退縮，不過想起了自己答應小悅的事情，還是鼓起了勇氣接著說下去。

「就……我認識了一個小女孩，然後跟她提起你，她覺得很有興趣，所以想要跟你見一面，當、當然如果你真的很不開心的話，可以不用勉強啦。」

最後玟珊還是輸給了自己對阿皓的那顆心，軟弱地說出了最後一段話。

不過聽到玟珊這麼說，阿皓原本沉下來的臉，瞬間鬆了下來。

這是因為原本聽到玟珊這麼說，阿皓一時之間還以為，是什麼跟自己有關係或者是警方之類的人，後來聽到玟珊說的話，才鬆了一口氣。

「是想要參觀一個在月光下才能恢復正常的皓呆嗎？」阿皓苦笑著說。

這種狀況，真的是阿皓這輩子想都沒有想過的情況，對他來說，現在的自己真的是生不如死。與其讓人看笑話，不如當時粉身碎骨還好一點。

因此雖然知道玟珊想要自己見的，不是什麼跟自己有關的人，還是不免內心感覺到難受。

感覺就好像是外國曾經流行過的怪胎秀一樣，自己也變成那樣的怪胎了嗎？

「不，」玟珊緊張地搖搖手說：「不是那樣的，那個小女孩的狀況也是一樣很特殊，是個很可憐的小女孩。我跟她剛認識不久，我們聊得很投緣，因為她的身世很可憐，狀況也很特別，所以才會跟她聊到你，如果這樣讓你不開心的話，我真的很抱歉。」

面對阿皓的自嘲，玟珊有著滿滿的歉意，不過這些話絕對不是單純為了平息阿皓的不悅才講出來的違心之言，在聽完小悅的狀況之後，玟珊真的有這樣的感覺。

一個被困在陰廟裡面不能外出的女孩，跟一個必須依賴著月光才能恢復正常的男子，兩人有種說不出來的相似之處。

看到玟珊緊張的道歉，阿皓也覺得自己似乎有點過頭了。

「沒關係，」阿皓搖搖頭說：「我只是說說而已，如果只是見見一個小女孩，似乎也沒什麼好反對的。」

得到了阿皓這樣的回應，玟珊當然極為開心。

「真的嗎？」玟珊喜悅全躍上了表情：「太好了，那我看明後天有時間就帶你去見那個小女孩。」

想不到阿皓真的答應了，這讓玟珊此刻的心情，真的有如三溫暖般，從一開始的尷尬、害怕，到現在的極為欣喜。

看到玟珊開心的模樣，就連阿皓也面露出了微笑，不過也覺得很奇怪，為什麼只不過是見一個人而已，也可以讓玟珊那麼開心……

「對了，」阿皓突然說：「妳剛剛說那個小女孩的狀況也很特殊，是什麼樣的狀況呢？」

在得到了阿皓的答應之後，玟珊心情瞬間好到都快要可以飛上天了，以至於原本已經準備好的想法，都已經全部拋諸於腦後，結果面對阿皓這突如其來的提問，真的讓玟珊有點亂了。

有如鄧秉天面對自己質問的時候，那糟糕的反應與低劣的謊言，這種東西也確實遺傳給了玟珊。

從小時候開始，只要玟珊一緊張，就常常會陷入腦袋裡面一片空白的情況。

因此面對阿皓這突如其來的疑問，玟珊原本有想到該如何回應，但是因為剛剛還在陷入阿皓已經答應的喜悅之中，沒想到阿皓會回過頭來問這個問題，導致腦海裡面一片空白。

「只是……就是……一個小女孩……很普通。」玟珊結巴至極。

「啊？」阿皓張大了嘴：「妳不是說她狀況很特殊？怎麼會很普通呢？」

「喔？你是說小女孩的狀況啊？是挺特殊的。」

「怎麼個特殊法啊？」

「就……很特別，我也不知道該怎麼說，哈哈。」

玟珊笑得很乾，表情也很僵硬，不要說阿皓這種觀察力受過嚴格訓練的人，就連一般人都看得出來她有所隱瞞。

「妳到底在打什麼算盤？」阿皓沉下了臉：「說實話吧，妳到底想要我見誰？」

想不到到頭來還是功虧一簣，讓玟珊顯得喪氣的沉下了肩膀。

不過玟珊也知道，憑自己說謊的功力加上現在的狀況，已經沒有辦法再隱瞞下去了。

在帶阿皓出來之前，玟珊就想過了，詢問阿皓願不願意跟小悅見面，有個非常重要的注意事項，就是絕對不能讓阿皓知道小悅的身分。

因為兩人極有可能是舊識，所以如果讓阿皓知道了要見的人是小悅，阿皓很有可能極為排斥，當然這就代表著阿皓真的就是小悅口中所說的那個阿畢。但是阿皓也有可能不動聲色，極力拒絕，甚至對自己產生戒心，這是玟珊最不想要見到的結果。

不過現在似乎已經到了攤牌的時候了，因為玟珊已經不知道該怎麼樣騙過阿皓，在這種情況之下，也只能照著阿皓的說法，誠實為上了。

「那是一個很奇特的女孩，」玟珊畏縮地說：「就是被困在廟裡面，不能離開那間廟的一個小女孩……」

這話一出，阿皓臉上的表情立刻驟變，瞪大的雙眼瞪視著玟珊，臉上的表情是玟珊從未見過的模樣，混雜著驚訝與憤怒，在月光之下極為駭人。

即便先前在跟那些惡靈對抗的時候，玟珊也不曾見過這樣的阿皓，那憤怒混雜著驚訝的模樣，讓玟珊噤聲不語。

「……妳要我去見的人是小悅？」因為憤怒而聲音顯得有點顫抖的阿皓努力地在理智還沒徹底崩潰之前，擠出了這句話。

當然，這句話不言而喻，就是承認自己的確認識這個「特殊」的小女孩。

不過現在的阿皓真的管不了那麼多了，一雙怒目瞪著玟珊，彷彿都快要噴出火來了。

感到恐懼的玟珊，緩緩地點了點頭。

「為、什、麼？」阿皓雙拳緊握，因為氣憤的關係，渾身看起來都在顫抖。

面對阿皓這個憤怒的質問，玟珊無話可說，只是低著頭，不敢回話。

雙方就這樣僵持了一會。

「聽著，」阿皓恨恨地說：「如果小悅知道了我現在的狀況，不管說什麼，我都絕對不會原諒妳……」

阿皓話才剛說完，頭跟著一點，臉上的表情也瞬間變得柔和，雙目也逐漸平視，恢復了原本癡呆的模樣。

整個廣場只剩下玟珊急促的呼吸，與難以平緩下來的心跳聲。

2

或許對玟珊來說，阿皓的反應有點太大了，甚至有點莫名其妙。

不過阿皓會有這樣的反應，完全是因為小悅的狀況，真的有如玟珊所說的一樣特殊。

當年由於一起慘案的關係，導致小悅的家族家破人亡，後來在阿皓的師父呂偉道長的努力之下，好不容易才救下小悅這條命。不過代價就是小悅得要一輩子在陰廟的保護之下，才能夠存活下來。

不過比起自身未來的命運，對小悅來說，得知家人已經全部死亡的消息，就已經超過小悅所能承受的範圍。

在五夫人廟醒來之後的小悅，得知這個消息之後，徹底崩潰了。

當時的景象，阿皓永遠不會忘記。

看著這麼小的女孩，在這樣的打擊之下崩潰，就連在場的呂偉道長也不知道該如何處理。收鬼伏妖對呂偉道長這一對師徒來說，完全是信手拈來毫不費力，但是安慰一個痛哭崩潰的小女孩，兩人卻是完全手足無措。

為了讓小悅可以從極度的悲傷走出來，阿皓當年可以說是用盡了一切的辦法，不但每天陪伴著小悅，還拿出壓箱絕活的戲偶手法，只為了讓小悅可以從哀傷中走出來。

好不容易在阿皓的努力之下，經過了幾個月的時間，小悅的心境終於也逐漸平靜了下來。

兩人之間也在那時候建立了宛如兄妹般的羈絆，後來即便小悅終於接受了自己的命運與事實，開始在五夫人廟裡面展開生活之後，只要有到台南，甚至是有空，阿皓都會到五夫人廟看看小悅。

而在呂偉道長的安排之下，頑固廟也一肩扛起了照顧小悅的責任。不但提供五夫人廟需要的資金，高梓蓉也常常去探望小悅。

不過由於身分特殊，而且也為了那些不必要的困擾，因此對於小悅的存在，廟方人員也極力保密，只有高層少數幾個人才知情。

而平時白天，小悅也都會乖乖待在廟裡面，一直到半夜才會出來透透氣。

雖然已經逐漸接受了自己的命運，不過接下來的日子對小悅來說，也絕對不是件一般人所能接受的事情。

深深了解到這點的阿皓，對小悅的關心當然也不在話下。

偶爾在過去清醒的幾次之中，阿皓也會轉向五夫人廟的方向，然後想起住在那邊的小悅。

阿皓也想過，小悅一定很不安吧？

過去在梓蓉還活著的時候，三不五時就會帶些零食等等的東西去探望她，然後跟她說一些現在的近況。

但是現在高梓蓉已經去世，自己也變成了這樣，小悅可以說幾乎是斷了所有對外的消息來源，想必除了悶得發慌之外，小悅應該也會感覺到不太對勁吧？

可是，阿皓卻一點也不想要讓小悅知道自己以及其他人現在的狀況。

當時阿皓決定斷了與過去的羈絆，最重要的原因就是為了不讓那些關心自己的人看到自己現在的狀況。而在這些過去的人之中，如果真的要排名，阿皓最想要隱瞞的人，小悅即使不是排第一也是排第二。

尤其是自己當年還白癡一樣的耍帥，對一直不能振作的小悅說出那樣的話，現在想起來更是讓阿皓覺得心痛。

「家人死光了又怎樣？」阿皓當時拍著胸脯對小悅說：「妳絕對不是一個人！妳就把我當成妳哥哥好了！」

好不容易才讓小悅走出了陰霾，好不容易才讓小悅逐漸忘記悲哀，更是好不容易才讓小悅接受自己接下來的命運，現在如果小悅知道，那個她很喜歡的梓蓉姊姊慘死，自己又變成這樣的話，說不定精神又會再度崩潰。

因此阿皓才會希望小悅永遠不知道現在的狀況，甚至當時如果阿皓可以選擇的話，說不定光是這點，就會讓阿皓選擇粉身碎骨，而不是像現在這樣的狀況。

當然阿皓怎麼想也想不到，玟珊竟然會找上小悅，這完全超過了阿皓所能想像的範圍。

因此當聽到玟珊說的話，阿皓不但不能理解，震驚無比之外，更感覺到憤怒。

不管玟珊有什麼理由，都不應該這樣傷害到小悅。

可是現在的自己，卻什麼也不能做。

在握拳感覺到無比憤怒之際，連阿皓自己也搞不清楚，自己到底在氣玟珊的亂來，還是自己現在的狀況。

不過當然這些，玟珊都全然不知，而阿皓也沒有多少時間，可以把事情好好說清楚，就這樣再度沉入無盡的黑暗之中。

3

……阿皓果然是阿畢。

這是玟珊所能得到的結果。

在帶阿皓回房，自己也回到房間之後，玟珊的腦海裡面只有這句話。

當然，這樣的結果也在當時玟珊的意料之內，不過是最糟糕的結果。

一旦被阿皓知道了要見面的對象就是小悅，如果阿皓正是小悅口中所說的阿畢，當然會認識小悅。

只是玟珊沒有想到，阿皓竟然會憤怒到這種地步。

面對阿皓這樣的怒火，玟珊雖然感覺到痛苦，不過對於過去所發生的事情，更是越來越不理解了。

如果有苦衷，為什麼會這麼憤怒呢？

這是玟珊非常不能理解的事情，畢竟自己會這樣打探，還不是因為阿皓不願意告訴自己過去的事情。

然而雖然感覺到萬般委屈，不過玟珊還是覺得自己似乎也真的把一切都想得太美好了。

或許自己與阿皓，真的永遠沒辦法回到過去那段時光了。

有了這樣的認知，更是讓玟珊感到難受、想哭。

帶著這樣的心情，玟珊度過了這個晚上。

兩人好不容易再度在月光下聚首，卻是這種幾近毀滅的結果。

第二天醒來之後，心情平復了不少，當然對於前一晚發生的事情，也有了比較有系統的想法。

一開始，玟珊當然不能理解，為什麼阿皓的反應會這麼大，難道他一點也不想知道自己的過去嗎？

不過到了這個時候，玟珊也逐漸了解到，阿皓根本不是不記得過去，而是不想要跟過去有所牽連。

這代表兩件事情。

第一個就是阿皓的確很有可能是殺人犯，因此怕被抓，才會特別想跟過去做切割。

不過這樣的推論有一個很大的問題，就是阿皓的告白，如果阿皓真的很害怕被別人知道的話，又為什麼要自己承認呢？

這點就是玟珊想不通的。

但是如果不是為了過去的犯行又有什麼樣的原因，會讓阿皓如此火大，甚至說出那樣的話？

玟珊實在想不透，不管怎麼想，總覺得有些地方不像自己所推測的那樣。

當然，除了這點之外，更重要的就是阿皓確實認識小悅。

所以其實到這個地步，就算讓玟珊來判斷，她也會直言，阿皓很可能就是小悅口中的那個阿畢。

小悅在提起阿畢的時候曾經說過，阿畢是頑固廟中最有名的弟子，這幾年幾乎鋒頭還在他的師父頑固老高之上，如果阿皓真的是阿畢的話，說不定可以得到更多的線索。

至少，就近來說，光是自己那個兩光老爸鄧秉天，說不定就聽過或者是知道阿畢。

辦公室裡面，鄧秉天一臉癡呆，還沒有完全清醒過來，突然「砰」的一聲，辦公室的門突然打了開來，玟珊幾乎是快步衝了進來，直奔到鄧秉天的面前。

「阿爸，」玟珊開門見山地說：「妳知不知道高師祖廟裡面的阿畢？」

「啊？」鄧秉天還在憨面的狀況，被玟珊這麼一問，還沒回過神來。

「阿畢！」玟珊在鄧秉天的面前揮了揮手：「知不知道？」

鄧秉天用手抹了抹臉，然後眨了眨眼之後，皺著眉頭看了玟珊一眼。

「妳從哪裡聽到他的？」鄧秉天一臉狐疑。

「現在是我問你，」玟珊攤著手說：「你知不知道阿畢？」

「廢話，」秉天一臉理所當然：「阿畢他是高師祖第三個弟子，也是最好的一個，大家稱他為南派三哥。不只如此，他還代替師父主持過一次道士大會，是個有頭有臉的大人物，未來也絕對是我們南派最好的領袖。」

即便已經被逐出師門，但是在這種時候，鄧秉天還是把自己當成了鍾馗派的弟子，一臉與有榮焉的模樣，讓玟珊看了又是好氣、又是好笑。

不過鄧秉天說的這些，其實那天在五夫人廟的時候，玟珊都聽小悅說過了，當然這也代表著，鄧秉天的確知道阿畢這號人物的存在，當然也代表了玟珊的推論是正確的。

如果阿皓就是阿畢，那麼調查起來確實會輕鬆許多，尤其是阿畢是這種連自己阿爸都知道的大人物，應該會更加簡單才對。

因此聽到鄧秉天這樣說，玟珊立刻張大了雙眼。

「所以你們認識嗎？」玟珊略顯興奮地問。

「我知道他，」鄧秉天一臉得意地說：「但是他絕對不知道我！」

看鄧秉天不知道在得意什麼，真的讓玟珊很想拿一盆水潑在他臉上。

這到底有什麼好得意的？

「所以你認得出他嗎？」玟珊此刻臉上已經完全看不到任何興奮的模樣。

「聽過，沒見過。」

當然對於這樣的結果，玟珊也料想到了，因為現在阿皓極有可能就是阿畢，如果鄧秉天真的見過並且認得出來阿畢的話，打從一開始就應該會知道。

之所以這樣問，當然還是為了確定阿皓到底是不是阿畢，如果鄧秉天見過阿畢，那麼阿皓就可能不是阿畢，而是其他人。

所以聽到秉天這樣回答，對玟珊來說真的可以算是一則以喜、一則以憂。

喜的是阿皓真的就是阿畢，應該沒有問題，自己的方向也算正確。憂則是看樣子鄧秉天也很難給自己更多資訊。

一個連見都沒有見過的人，所知道的東西跟玟珊自己的一模一樣，都是聽來的，要說有

什麼深入的了解，看起來也似乎不太可能。

「好吧，」玟珊起身轉向門口：「那沒事了。」

玟珊正準備出門，鄧秉天看著玟珊的背影，臉上是一臉狐疑。

「等等，」鄧秉天叫住了玟珊：「為什麼妳會突然問起關於三哥的事情？」

玟珊緊閉雙眼，轉過身面對著鄧秉天，她感覺到很悶，為什麼不管她提出什麼問題跟要求，大家都要反問她。

阿皓如此，鄧秉天也是如此，大家都不能只回答問題就好嗎？一定要那麼好奇嗎？

對於鄧秉天的這個問題，玟珊完全不想回答，因為這講起來會是千言萬語，解釋起來耗時費神，而且一個問題之後，很可能有更多的疑問，於是玟珊只是攤攤手，表示不想回答。

看到玟珊這模樣，鄧秉天皺了皺眉頭，臉上的狐疑更顯深刻，然後在眉頭解開的同時，也浮現出豁然開朗的表情。

「妳該不會是懷疑……」鄧秉天用手比了比外面，也就是阿皓房間的方向。

雖然說不管是運氣，還是實際上的猜測來說，鄧秉天幾乎都是錯誤居多，不過這一次，他卻很準確地猜到了。

當然，玟珊之所以不想說，是因為說了很麻煩，不過既然鄧秉天自己猜到了，玟珊也不否認，乾脆地點了點頭。

「不可能！」鄧秉天用力揮著手：「那阿呆絕對不可能是三哥！」

眼看鄧秉天大聲起來，玟珊擔心阿皓聽到，趕忙將辦公室的門給關上，並且立刻轉身噓了鄧秉天一聲，示意要他小聲一點。

但是對鄧秉天來說，把那個皓呆比喻成本門派令人敬重的三哥，根本就是對三哥最大的侮辱。

「我告訴妳啦，」鄧秉天仍然顯得有點激動：「妳不懂鍾馗派的人才會說出這麼愚蠢的話，要知道，三哥是高師祖最疼愛的弟子，更是高師祖一手帶大的孩子，他們師徒倆的關係，說不定比我們父女之間的關係還要好，而且三哥的個性，就跟他師父一樣。比較不擅言詞，但是真誠真實，擇善固執，絕對不可能會是一個殺人兇手！」

「以一個完全沒見過阿畢的人來說，你知道的還挺多的嘛。」玟珊冷冷地說。

「當然，好歹……」鄧秉天在這邊有點弱了下來：「好歹我也曾經是鍾馗派的弟子。」

「不過你這些都是聽來的，不是嗎？」玟珊反駁：「你連人都沒見過，怎麼能夠那麼篤定？」

「我告訴妳啦，」鄧秉天不以為然：「雖然沒見過，不過我掛人頭跟妳保證，阿皓絕對不是三哥。如果阿皓是三哥，就絕對不會是殺害自己師父的殺人兇手，因此阿皓絕對不可能是三哥。妳知道這叫做什麼嗎？」

「瞎扯。」

「什麼瞎扯？這叫邏輯！好嗎？」

本來玟珊還想要繼續跟鄧秉天鬥嘴下去，不過突然響起的手機來電，打斷兩人的爭執。

才聽一開始的節奏，玟珊就知道是自己的手機響了，雖然玟珊常常換手機來電鈴聲，因此乍聽到來電響起，總是會搞不清楚是不是自己的，不過跟鄧秉天在一起時，絕對沒有這個困擾。因為鄧秉天的手機來電鈴聲一直都是〈倒退嚕〉這首歌。自從手機可以自訂來電鈴聲之後，鄧秉天就把這首長年以來都被他稱為自己的主題曲的歌曲，當作手機來電聲音，雖然玟珊跟他吵過好幾次，要他換首流行一點的，但是鄧秉天堅持不肯。

因此在這時候只要手機響起，不是那讓人熟悉到毛骨悚然的旋律，自然是自己的手機。

拿出手機，玟珊看了一下手機的來電顯示……來電的是小悅。

那天在跟小悅告別之前，玟珊跟小悅交換了自己的手機號碼，並且向小悅表示如果她有什麼需要，可以隨時打這通電話給自己。

當然還沒有接電話，玟珊大概就猜想到小悅打來的原因。

距離兩人見面已經過了一個禮拜，自己答應她會盡快給她一個答案，想不到這一拖就過了一個禮拜。

更糟糕的是，目前可能給小悅的會是一個讓她十分失望的答案。

深呼吸一口氣，並且示意要鄧秉天安靜，玟珊接起了電話。

電話那頭，傳來小悅的聲音。

「喂？玟珊姊姊嗎？我是小悅。」

聽到小悅的聲音，玟珊不自覺地痛苦閉上雙眼。

當然，玟珊到最後不敢告訴小悅結果，只能使用拖延戰術，告訴小悅自己晚點會跟她聯絡。

當然，聽到這樣結果，小悅的聲音顯得有點失望，不過還是告訴玟珊自己會繼續等待她的答覆。

掛上電話，玟珊的心感到一陣絞痛，尤其是在這個時候，自己注定帶給小悅一個失望的答案，讓她覺得就算要傳達這個壞消息，也要親自去一趟五夫人廟，不過她還不知道該怎麼跟小悅說。

坦白說阿皓不願意見嗎？

「聽著，如果小悅知道了我現在的狀況，不管說什麼，我都絕對不會原諒妳……」

阿皓最後的那句話，在玟珊的腦海之中響起，而這是玟珊最不想付出的代價。

因此，不管怎樣，都不能讓小悅知道，阿皓就是阿畢的事情。

4

當然，玟珊也很清楚，有些事情，是瞞不住的。

上一通電話，玟珊含糊帶過，跟小悅約好見面的時間之後，便草草掛上了電話。

第二天玟珊照著電話中跟小悅的約定，再度於深夜時分，造訪五夫人廟。

當然在前來的那一晚，玟珊早就已經考慮好了，該如何跟小悅說這件事情。

雖然說起來簡單，但是實際上卻是讓玟珊苦惱了足足一個晚上。

畢竟就阿皓的說法，只要小悅不知道他現在的狀況就可以了，其他的可沒說。

所以玟珊這邊只需要給小悅一個藉口，讓她不知道現在阿皓的狀況就可以了。

雖然說這樣玩文字遊戲絕對不是玟珊的本意，不過阿皓並沒有給玟珊太多選擇，因此現在的玟珊也只能這麼做了。

到了五夫人廟，玟珊將自己擬好的故事告訴了小悅。

玟珊告訴小悅，阿皓其實是一個車禍的傷患，因為車禍受傷的關係，失去了記憶，所以記不起來自己是誰，因此她才會想要查明阿皓的身分。從阿皓僅存的一些記憶中，玟珊推測出她跟鍾馗派有關係，所以才會這樣一路查到這邊來。而現在阿皓不能前來，就是因為這幾天在醫院接受檢查的關係，所以沒辦法出院前來。

當然她沒有提到阿皓需要靠月光才能恢復正常，其他時間都像個阿呆一樣晃來晃去的情況，這也不算是完全違背了阿皓的警告。

畢竟阿皓所說的是，不能讓小悅知道他的狀況，並沒有說不能欺騙小悅。

不過從某個角度來說，這也絕對不算是完全的謊言。

只是把從天空像流星一樣墜落改成了車禍，至少比較容易讓人了解。

這已經是玟珊想過唯一一個可以規避阿皓的說詞，又可以給小悅一個交代的辦法了。

小悅聽了之後，雖然擔心阿畢的狀況，不過聽玟珊說現在阿皓的身體狀況很好，只是例行性的檢查之後，也稍微放心了一點。

「那妳有跟頑固廟那邊的人聯絡嗎？」小悅問：「如果他真的是阿畢的話，頑固廟那邊的人應該會很緊張才對。」

當然這是小悅不知道頑固廟發生的事情，所做出來的結論。雖然這是玟珊想出來騙小悅的事情，但是玟珊本人恐怕完全不知道，這個謊言從某個角度完美地安撫了小悅這一陣子的不安。

這陣子小悅之所以感覺到不對勁，除了因為阿吉那邊完全沒有消息之外，就連頑固廟那邊也完全沒有辦法聯絡到人，不過如果玟珊所說的人真的是阿畢的話，似乎完美地解釋了眼前的情況。

身為南派舉足輕重的阿畢，因為車禍的關係，失去了記憶，對其他人來說，就等於行蹤不明。因此頑固廟上下都出去找阿畢，大家都疏於聯絡，或許還說得過去。

「我去過了，」玟珊回答：「不過目前頑固廟都沒有人。」

「嗯，」小悅點了點頭說：「他們很有可能都去找阿畢了。」

「所以，」玟珊接著說：「現在可能最重要的還是先知道阿皓到底是不是阿畢，只要確定的話，大家也不用一顆心懸在那邊。」

雖然玟珊說得很有道理，不過小悅所了解的部分，幾乎上一次都告訴玟珊了，因此除了見到本人或照片之外，恐怕也不能更加確定了。

「如果想要多了解阿畢的事情，」小悅這麼告訴玟珊：「除了頑固廟之外的人之外，可能只有一個人可以幫妳。」

「誰？」

「北部鍾馗派的大本營，」小悅一臉得意地說：「傳奇的一零八道長的嫡傳弟子，阿吉。」

「阿吉？」

「嗯，」小悅點著頭說：「阿吉是阿畢最要好的朋友，所以如果妳有任何關於阿畢的問題，問他準沒錯。」

「是喔……」玟珊若有所思地點了點頭。

看樣子，確實有必要去一趟北部的么洞八廟，玟珊心中這麼打定主意。

「玟珊姊姊。」小悅拉了拉玟珊的衣角。

「嗯？」

「妳是不是打算北上去么洞八廟一趟？」

「嗯。」玟珊點點頭說。

「那……可不可以幫我一個忙？」

「什麼忙？」

「如果妳真的見到了阿吉，」小悅說：「幫我傳幾句話給他。」

「嗯，當然可以。」玟珊說。

「幫我跟他說……」

小悅把希望代傳的話，告訴了玟珊。

5

就這樣，玟珊決定先去見見這位小悅口中所說的那個阿吉，問個清楚。

當然，決定北上的這件事情，玟珊也告訴了鄧秉天。

雖然鄧秉天希望玟珊不要鑽牛角尖，不過就目前的狀況來說，確實也希望玟珊可以出去走走。

畢竟這些日子，看到玟珊那痛苦的模樣，也真的讓鄧秉天很不捨。

所以雖然不贊成玟珊這樣一路追下去，不過還是讓玟珊準備好行李北上。

玟珊準備一下之後，就收拾好行李，離開了廟宇。

在玟珊離開了之後，廟裡面就只剩下鄧秉天一個人

在得知阿皓是殺人兇手之後，鄧秉天睡覺都會鎖門，甚至作夢都會夢到自己突然被阿皓殺死。

因此在玟珊離開的這天晚上，廟裡面只剩下鄧秉天跟阿皓兩個人，讓鄧秉天又作惡夢了。

被驚醒的鄧秉天，渾身冷汗地坐起身來，雖然不太記得夢裡面的內容，但是肯定跟阿皓有關。

畢竟跟一個親口承認自己是殺人犯的人，住在同一個屋簷下，這種精神壓力，自然會讓人惡夢連連。

畢竟對鄧秉天來說，或許阿皓平常那種皓呆的狀況之下，還沒有什麼威脅，不過最糟糕的地方就是，他會恢復正常，光是這一點就夠讓鄧秉天緊張了。

誰知道他清醒之後，哪一天會不會對自己不利。

尤其是自己曾經有一度想要把他趕走或殺死他的行為，更是讓鄧秉天如履薄冰，感覺自己隨時都會受到阿皓的威脅。

不過，一直到現在為止，所有的恐怖畫面，都源自於自己的想像。

事實上，在得知阿皓可能是殺人犯之後，一切的生活還是跟過去一樣。

這讓鄧秉天不免想起了，那天跟玟珊之間的對話。

雖然說很不願意承認，不過鄧秉天也知道，玟珊說的話也算不無道理。

的確，在施道長被殺的時候，阿皓已經在這裡了，而檢察官懷疑兩起案件的兇手是同一人所為。

換言之，這是一個悖論，不論如何，檢察官至少一定錯一個。

除此之外，鄧秉天還想到了那個天時地利人和的晚上。當時的自己，絕對可以做掉阿皓，而阿皓那視死如歸的感覺，真的讓鄧秉天印象深刻。

就是因為阿皓那樣的態度，加上玟珊先前的話，讓鄧秉天覺得，或許，就算真的是阿皓殺了頑固老高，也有可能是有他自己的苦衷也說不定。

當然如果可以，鄧秉天還是希望阿皓可以離開。

不過這件事情短時間之內，似乎是不太可能的事情，尤其是自己女兒，雖然似乎有點冷

靜下來，沒有被感情沖昏頭，不過現在看她專程北上的樣子，似乎就是因為還沒能接受阿皓就是殺人兇手的事實。

阿皓到底做了什麼？對於這件事情，好奇的絕對不是只有玟珊一個人而已。當然鄧秉天也考慮過，或許自己真的應該報警，然後跟阿皓一起手牽手進去關一關，還比這樣整天提心吊膽，然後怕東怕西的好。

可是這樣不明不白就得要被牽連去坐牢，鄧秉天說什麼都不甘心。至於另外的那一條路，這時候的鄧秉天也知道，自己可能怎麼樣都下不了手殺人。

於是，鄧秉天決定，趁這幾天玟珊不在，至少跟阿皓面對面談一次，看看他怎麼解釋。如果在過去，或許鄧秉天還可以慢慢來，因為一南一北的距離，可能光是來回就需要一兩天的時間。

不過現在有高鐵，如果趕一點的話，說不定當天就能來回。玟珊是下午離開的，如果順利一點的話，說不定明天就會回來，所以對鄧秉天來說，機會很可能就只有今天晚上。

因此，擇日不如撞日，鄧秉天決定今天晚上就跟阿皓來個正面對談。

於是鄧秉天索性乾脆不睡了，站起身來，到了隔壁的房間，把還在床上呼呼大睡的阿皓拉起來。

雖然不知道阿皓清醒的條件是什麼，不過有了上一次的經驗，加上玟珊前些日子的行為，鄧秉天也帶著阿皓，到那個他熟悉的廣場。

這次跟上一次不同的地方是，上一次鄧秉天並沒有準備讓阿皓醒過來，這一次則是需要等到阿皓醒來才行。

拉著阿皓來到這個他跟玟珊最熟悉的廣場之後，鄧秉天也不知道接下來該怎麼做。

會不會是唸咒文？

「醒醒啊，醒醒啊。」鄧秉天在阿皓的耳邊說。

不過阿皓完全沒有動靜。

還是說一定要讓他轉向什麼地方？

想到這裡鄧秉天抓著阿皓的肩膀，開始轉起阿皓，讓他面對著不同的方向。

阿皓依然是一臉癡呆，睡眼惺忪的模樣，完全沒有甦醒過來的樣子。

還是說……自己需要做什麼樣的動作讓這皓呆的看到？

鄧秉天想著想著，開始手舞足蹈了起來。

就在鄧秉天手舞足蹈，跳著奇怪的舞時，原本一直愣愣地看著前方的阿皓，有了一點改變，眼神一集中，臉色也跟著一沉，整個人甦醒了過來。

只不過甦醒過來的阿皓，眼前就看到一個十分詭異的男人，跳著不知所謂的舞，完全不知道發生什麼事情，不過大腦裡面瞬間補足了許多這段時間的訊息。

這時注意到阿皓有了改變的鄧秉天，停下了動作，只見阿皓冷冷地看著自己。

「你在幹什麼？」阿皓冷冷地問。

「讓你清醒啊，」鄧秉天喘著氣：「我有話要跟你談，不過先讓我喘一下。」

鄧秉天用手撐著腰，喘了一會，看樣子這個讓阿皓甦醒的儀式，遠比他想像中還要累人。

在稍微喘息了一會之後，鄧秉天打直身體，看著阿皓。

這時候的阿皓，臉上已經完全看不到任何癡呆的模樣，雖然就身高來說，阿皓只比鄧秉天高半顆頭，不過不管是身材還是年紀，很明顯阿皓都很有優勢。

到了這個時候，鄧秉天才了解到自己現在所做的事情，其實是一場很大的賭注。

如果阿皓真的要做什麼對他不利的事情，恐怕現在的自己真的也很難抵抗。

不過，既然事已至此，鄧秉天也決定不再拐彎抹角，直接單刀直入問。

「殺害高師祖的人……」鄧秉天吞了口口水：「是不是你？」

「啊？」阿皓皺起了眉頭：「高師祖是誰啊？」

聽到阿皓這麼說，鄧秉天還以為阿皓在裝傻。

「別裝蒜了，」鄧秉天說：「你是鍾馗派的人，會不知道我說的高師祖是誰？老實說，是不是你……殺了高師祖的。」

原本還以為，自己已經準備好了，但是鄧秉天發現自己在問這個問題的時候，心情還是忍不住激動了起來，就連身體也跟著情緒顫抖。

雖然完全不知道，鄧秉天所說的高師祖是誰，畢竟普天之下，光是台灣姓高的人不知道有多少人，不過如果說到鍾馗派，以及現在兩人所在的台南，倒是有一個人，很符合這樣的稱號。

「你說的高師祖，」阿皓一臉狐疑：「該不會是說頑固老高吧？」

「大膽！」聽到阿皓這麼稱呼高師祖，鄧秉天立刻勃然大怒斥道：「你是什麼東西，憑什麼這樣稱呼高師祖！」

「我從認識他就這麼叫他了。」阿皓淡淡地用手掏著耳朵說。

確實，阿皓認識他的時候，就是這麼稱呼頑固老高，那時候的他，年紀還很小，雖然一旁的師父呂偉道長一度制止，不過頑固老高本人，倒是不介意，因此阿皓後來也一直跟著道上的人一起叫他頑固老高。只是差別是，大部分的人只敢在他的背後叫，只有阿皓是在本人面前這麼稱呼他的。這點反而是等到阿皓長大之後，才改口的，更精準的時間，應該是在他的師父呂偉道長死了之後，阿皓才改口的。

聽到阿皓這麼說，鄧秉天瞪大了眼。

「你認識高師祖？」鄧秉天一臉訝異：「所以你果然……殺了……」

「不是，」阿皓沉重地閉上了眼睛：「雖然我覺得我應該負一部分的責任，不過頑固老高並不是我……」

「那你殺的人是誰？」鄧秉天問。

「我殺的人，」阿皓頓了一會說：「就是殺了頑固老高的兇手。」

「什麼？」鄧秉天瞪大雙眼：「兇手是誰？」

阿皓搖搖頭：「我不想說，畢竟他已經死了，說這些也沒意義了。」

阿皓之所以會這麼說，是因為他不想在阿畢死後，說他的不是。

想不到會得到這樣的答案，鄧秉天一時真的完全說不出話來，腦袋還在想辦法消化剛剛阿皓所說的話。

不過在這個時候，阿皓這邊也突然想到了一件事情，那就是玟珊跟他說過的話，由於這座廟是拜濟公的，所以阿皓並沒有把他們跟鍾馗派連上關係，雖然說有跳鍾馗，不過料想那是廣泛流傳的一種技藝，所以完全沒有朝鍾馗派這邊聯想。

不過當鄧秉天提起高師祖的時候，加上玟珊提過的施道長，倒是讓阿皓想到了過去的事情。

「我好像聽過你的事情……」阿皓想了一會之後，說出了這樣的話。

「啊？」鄧秉天愣了一下：「我的事情？」

「你跟鍾馗派有什麼關係？」阿皓突然問道。

「什、什麼關係，我跟鍾馗派沒有關係。」鄧秉天揮著手說。

當然，面對阿皓，鄧秉天一點也不想提起當年跟鍾馗派有關係的事情。

不過即便鄧秉天不願意講，阿皓卻已經想起了過去從梓蓉那邊聽到的一件事情。

原來在易經之禍之後，南派收人極為嚴格，頑固老高一定要觀察很久，才會收人為本門弟子，而且大部分的弟子，傳授口訣的速度也不會太快，且傳授口訣的部分，也是透過阿畢等弟子傳授。

而施道長的師父，是好不容易才通過長年的觀察，成為南派弟子的。

當年頑固老高之所以會前往施道長的廟宇，就是因為施道長的師父正式成為了頑固老高的弟子，才會向師父報告自己這些年在外面收的一些學生。

當然也是推薦施道長給頑固老高認識，希望有天施道長也可以成為鍾馗派的正式弟子。

想不到剛好遇到了鄧秉天被逐出師門的事情，於是鄧秉天自己也不知道，他竟然會成為頑固老高給施道長的試煉，要他好好照顧鄧秉天，在他需要的時候，可以伸出援手。

而這些事情，阿皓之所以會知道，就是高梓蓉曾經告訴過他。

高梓蓉不是很贊成自己的阿爸收弟子太龜毛，跟阿皓抱怨的時候，舉出來的例子就是施道長的例子。

說他被指派去無條件幫忙一個連口訣都背不起來的阿呆，一幫就是好幾年。而且那阿呆

好像還被村子裡面的人，當成了神仙一樣，百般崇拜，然後那個弟子卻只能默默地付出。

「所以，」阿皓把自己猜想到的事情，全部說了出來：「你就是那個進不了門的鄧姓弟子吧？」

如果不是阿皓有過人的記憶力，恐怕永遠也不會想起來，畢竟當時玟珊說施道長的事情時，阿皓就沒有想到，一直到現在鄧秉天提起頑固老高，一連之下才想起有過這麼一回事。

另外一邊的鄧秉天，用那種晴天霹靂的臉瞪著阿皓，原本還以為是自己的女兒玟珊將這些事情告訴阿皓的，不過轉念一想，阿皓剛剛所說的故事，有很多細節自己都沒跟玟珊說過，因此絕對不可能是玟珊說的。

「到底是誰跟你說這些事情的？」

「頑固老高的女兒，」阿皓淡淡地說：「梓蓉。」

想不到阿皓不只認識高師祖，就連高師祖最寶貝的女兒，阿皓都能叫得很親密。

「你到底是誰？」鄧秉天想起了玟珊的懷疑：「你該不會真的是……三哥阿畢吧？」

聽到三哥阿畢，阿皓的身體微微地顫了一下，過了一會之後，緩緩地搖了搖頭。

鄧秉天並不了解，阿皓的搖頭，代表的是「不是」還是「不想說」。

當然今晚阿皓說了很多超過鄧秉天所能想像的事情，雖然說其中的真實性，鄧秉天無從求證，更不知道到底是不是真的，不過鄧秉天一時之間，還真不知道該怎麼質疑起阿皓的話。

其中有太多細節，聽起來都很真實，就是這樣才讓鄧秉天根本無從懷疑起。

只是一時之間也真的有太多讓鄧秉天意料之外的答案，讓鄧秉天腦袋真的有點混亂，不知道該怎麼問下去。

「有一件事情，」阿皓這邊反而開口：「我想要拜託你。」

「啊？」

「我想要離開這裡，」阿皓說：「所以我想要拜託你幫我。」

聽到阿皓這麼說，鄧秉天有點傻了，自己還沒開始要求他離開，怎麼反而是阿皓自己提出這樣的想法。

「別吧，」鄧秉天搖搖頭：「你現在這樣離開，阿珊不會放過我的。」

「你放心，」阿皓說：「我會寫封信留給她，讓她知道我是自願離開的，不是被你趕走的。」

「這……」鄧秉天還是感覺不放心。

「我沒有時間了，」阿皓面有難色：「我沒辦法清醒太久，所以拜託你了。」

「你要我怎麼幫？」

「幫我準備，」阿皓說：「一些東西。」

在阿皓將自己需要的東西告訴鄧秉天之後，頭向下一點，跟他所說的一樣，又回到了癡呆的狀態，只留下鄧秉天一個人，愣在原地，腦海裡面卻全部都是阿皓剛剛所說的話，過了

良久才回過神來，帶著阿皓一起，回到了廟裡面。

6

雖然過去曾經上來過台北幾次，不過大部分都是跟親友來玩，所以對台北的街道認識有限，尤其是么洞八廟雖然是鍾馗派最知名的廟宇之一，不過那也是對鍾馗派的人來說，如果不是在這條道上的人，其實么洞八廟並不算是很知名的廟宇。

加上么洞八廟隱身於巷弄之中，所以玟珊沒有把握自己可以精準地在短時間之內找到，因此上來台北的第一天，天色也已經晚了，為了讓自己時間比較充裕，所以玟珊在車站附近找了間旅館，準備先過一晚之後，第二天再前往么洞八廟。

洗完了澡的玟珊，從旅館的窗戶向外看，可以看到夜晚依舊忙碌的台北街頭。

對於從小到大就住在鄉下的玟珊來說，確實感受到了都市跟鄉村之間的差距。

即使到了夜晚，台北卻沒有半點停歇，依舊是車水馬龍的景象。

以現在的時間來看，現在在家裡的鄧秉天跟村子裡面的人，恐怕都已經準備入睡了。自己的那個老爸，恐怕都已經睡到翻過去，整個不知道今夕是何夕了吧？

不過鄧秉天在玟珊的腦海之中也只是一掠而過，看著這樣的夜晚，玟珊第一個想到的還是阿皓。

不知道現在的他狀況如何？會不會像過去那樣，在中庭中醒過來呢？醒過來的他，又在想著什麼呢？如果他知道，自己北上就是為了打聽他的過去，搞清楚他到底是誰，他會不會更生氣呢？

許多疑惑浮現在玟珊的心頭，不過既然已經來了，玟珊也不打算空著手回去。

雖然非常擔心阿皓會因此反彈，不過玟珊自有想法，就算知道了阿皓的身分，也不一定要跟阿皓說，自己知道就算了。

畢竟她還是需要搞清楚，當年的阿皓到底為什麼會殺人。

因此玟珊也沒有想太多，很早就上床睡覺了。

可能是因為這些日子真的有點疲倦，加上這件事情並不算太著急，因此玟珊也沒有特別打算早起，所以第二天一直拖到了中午，才離開了旅館。

由於對於路況不是很熟悉，加上中間還有一度搭錯了車子，導致等到玟珊來到么洞八廟門口的時候，已經是黃昏的時分。

大門深鎖，旁邊的小門微微開啟，玟珊遲疑了一會之後，緩緩地將小門推開，走入廟中。

廟的佔地遼闊，前面還有一個前庭作為停車場之用，此刻前庭只停有兩台對比強烈的車

子，一台是輛紅色的跑車，另外一台則是小貨卡。

轉向廟的主建築物，雖然說確實比鄧家廟宇還要壯觀，不過對比起頑固廟，似乎又小了一點。

看了一下四周，明明還沒入夜，但是似乎已經過了廟宇的營業時間，讓玟珊不免還是自責沒有早點出門。

不過既然來了，或許還是可以找看看能不能找到人，多少也可以打聽到一點消息。

一樓正殿的大門緊閉，不過二樓的正面卻點著燈光，玟珊順著樓梯來到了二樓，來到了有著燈光的門外，在門的上方，橫著一個看板，上面寫著「呂偉道長生命紀念館」。

當然，玟珊完全不是鍾馗派的人，對這門派所知也是有限，更不知道這個呂偉道長是誰，不過還是走到紀念館裡面。

紀念館裡面的牆上，掛著許多照片，照片中央站著一個中年男子，從邏輯上來推測，這位中年男子，應該就是所謂的「呂偉道長」。

而在呂偉道長的身邊，跟呂偉道長合照的，都是些幾乎一眼就可以認出來的知名人士，像是歷屆總統之類的大人物。

從這些滿滿的照片可以看得出來，這位呂偉道長確實很有身分地位，是個即便已經往生多年，還會有後世的人準備了這麼一間紀念館，來紀念他的存在。

然而，這當然不是玟珊此行的目的，她根本完全不知道這位呂偉道長是誰，也不知道他到底有多偉大，現在的她，腦海裡面想的只有一個人，而她希望可以找到一些工作人員，詢問出關於這個人的任何一點情報。

因此玟珊看了幾眼之後，準備轉身繼續去看看能不能找到工作人員，眼光正從照片移開的時候，突然一個身影吸引住了玟珊的目光，讓玟珊又把視線移回照片之上。

因為就在剛剛準備移開之際，玟珊注意到了在照片略微失焦，呂偉道長的身後，可以清楚地看到一個人的身影。

雖然說從年紀上面來看，照片裡面的他，可能比現在還要年輕個十來歲，是個青少年，不過玟珊還是一眼就認出他來了。

那個青少年不就是阿皓嗎！

發現這個事實的玟珊，瞪大了雙眼，立刻開始看了看其他的照片。

仔細注意背景一下子就會發現，阿皓幾乎存在於每一張呂偉道長的相片之中。

這個發現讓玟珊大感震驚，這完全是出乎她意料之外的事情，原本還想要來這座廟宇看看能不能找到阿吉這個人，詢問任何關於阿皓的情報，想不到竟然直接在這裡看到了阿皓的照片。

只是玟珊不知道的是，在鍾馗派幾乎滅絕了之後，幾乎沒有多少人會前來這個生命紀念

館。而且一般來說，想要進來這個紀念館，都需要請館方人員代為開鎖，平常是不會這樣直接可以推門進來的，畢竟裡面收藏了很多關於呂偉道長的重要文物，雖然不見得很值錢，不過對這些館方人員來說，是比任何財寶都還要珍貴的寶物。

而今天玟珊之所以可以這樣長驅直入，是因為這座廟目前的負責人，正在生命紀念館後面翻找東西。

不過由於年紀有點差距，加上位於背景，所以有很多張照片其實並沒有那麼清楚，為了看清楚一點，玟珊瞇著眼睛，完全將注意力集中在照片上面的玟珊，並沒有注意到這時這座廟宇的負責人，已經找到了她所需要的東西，正從後室走了出來。

瞇著眼的玟珊，再三確認照片中的人，確實就是阿皓沒錯，讓她感覺到驚訝，當然眼眶也跟著紅了起來。

終於，這趟北部行有了一點回報，她找到了阿皓的真實身分了。

為了更加確定，玟珊正準備再確認下一張照片時，眼角的餘光看到了一個身影，玟珊轉過身，看到了一個比自己年紀大約小個幾歲的女子，就站在自己的身後，基於禮貌，玟珊微笑著向女子點了點頭。

女子也禮貌地點了點頭後，轉身朝向大門走。

本來玟珊此行，第一個目標是想要找到那個叫做阿吉的男子，然後向他詢問關於阿畢的事情，只是沒想到在還沒有遇到人之前，就已經看到了阿皓的照片，讓玟珊有點慌了。

眼看女子正準備離開，玟珊又看了一眼下一張照片，確定那個背景的男孩應該就是阿皓，於是開口留住女子。

「那個……」玟珊對女子說。

女子停下腳步，轉過身來。

「不好意思，」玟珊尷尬地笑了笑說：「我想要請問一下，這個男的是誰？」

「嗯？」

玟珊用手指著照片中的阿皓。

女子走過來看了一眼，淡淡地回答：「他叫做阿吉，是那位呂偉道長的弟子。」

這答案確實出乎玟珊的意料之外，點了點頭喃喃自語道：「原來他叫做阿吉啊。」

這下玟珊終於了解到，阿皓根本就不是什麼阿畢，而是叫做阿吉，也是她此行想要找到的人。

換言之，這裡根本就是阿皓的家啊！

如果是這樣的話……

玟珊看著女子，女子也是這廟裡的人，換言之，這女子應該多少跟阿皓有關係才對。

一想到這點，玟珊不知道為什麼，心裡感覺到刺痛。

因為眼前的女子，不但面貌姣好，身材玲瓏有致，看起來年紀跟阿皓也差不了太多，就算說是阿皓的老婆，玟珊也不會覺得意外。

因此，即便玟珊自己也知道，這樣問真的很突兀，也真的很沒有禮貌。

但是壓抑不住心中的欲望，玟珊猶豫了一會之後問女子：「那麼妳跟這位阿吉……」

面對這個無禮的問題，女子沉下了臉，不過還是淡淡地答道：「他是我的師父。」

「師父，」玟珊點著頭：「原來是師徒啊。」

當然，這回答讓玟珊感覺到鬆了相當大的一口氣。

「原來，」玟珊點著頭說：「是這樣嗎？」

雖然這個答案讓玟珊感覺到安心，不過突然想到了自己這些問題與模樣，很可能引來對方的追問，讓玟珊恨不得立刻逃離。

「不好意思，打擾妳了。那我這就先告辭了。」

玟珊向女子鞠了個躬之後，有點像是逃跑般地離開了生命紀念館。

下了樓梯，回到了一樓，玟珊頭也不回地朝著大門走去。

當然，玟珊也陷入了天人交戰，想著自己到底該不該把阿皓的事情，告訴他的家人與朋友們。

不過腦海裡浮現了阿皓那冷冽的眼神，如果自己真的開口問了，說不定真的會徹底失去阿皓。

而且就算阿皓不跟自己算這筆帳，如果被他們知道了阿皓的事情，自己多半也同樣會失去阿皓。他們會把阿皓帶走，回到這個屬於他的地方。

因此，到頭來玟珊什麼也沒說，低著頭就走出了大門。

走出大門，玟珊不但確定了阿皓的身分，同時也確定了，自己說什麼也不想失去阿皓的那份心情。

7

阿皓所需要的東西，其實很簡單，所以第二天晚上，鄧秉天早就準備好了，隨時可以交給阿皓。

不過，對鄧秉天來說，目前還是很猶豫，要不要真的讓阿皓這樣走。

畢竟阿皓真的這樣離開，他還是覺得自己的女兒玟珊不會放過自己。

然而即便如此，第二天還是帶著阿皓，來到了那個廣場。

今天玟珊還沒有回來，所以才讓鄧秉天有了機會，試著看看能不能讓阿皓再度甦醒。

這一次，鄧秉天沒有做什麼多餘的動作，只是靜靜地等待著，果然過了一會之後，阿皓頭一轉，回復了意識。

鄧秉天還沒有開口，阿皓就已經看到了鄧秉天拿出來放在一旁地上的鐵鍊。

阿皓走過去，將地上的鐵鍊拿起來，看了一下長度。

還不錯，幾乎跟自己的身高差不多長，雖然稍嫌短了一點，不過應該沒有問題。

檢查完鐵鍊之後，阿皓看了一下四周。

「那個，」阿皓對鄧秉天說：「可不可以麻煩你搬張桌子出來，還有紙跟筆，這樣我就可以寫留給玟珊的信。」

雖然有點想要勸阿皓不要離開，不過鄧秉天聽到阿皓這麼說，還是進去搬了張小桌子出來，連紙筆也一併準備給阿皓。

阿皓接過紙筆之後，立刻靠著桌子開始動手寫要留給玟珊的信。

雖然說，跟上次比起來，這次顯然比較安全，沒有上次J女中決戰之前那麼凶險，不過要寫給他人的最後一封告別的信，還是讓阿皓想起了過去自己曾經寫給曉潔的信。

如果不是擔心給鄧秉天帶來困擾，其實這一次，阿皓並沒有打算寫這封信。

因此比起上一封信來說，這一次的阿皓並沒有寫太多東西，與其說是留給玟珊的信，不如說是一張切結書，保證自己的離開完全是出自自己的意願，絕對不是受到鄧秉天的脅迫才做出的決定。

雖然說就阿皓對玟珊的了解，她不太可能真的因為這封信就放棄質疑鄧秉天，不過也基於對鄧秉天的了解，至少這封信可以給鄧秉天反駁的立場，讓他立於不敗之地。

就在阿皓寫著宛如遺書般，要留給玟珊的信時，在一旁的鄧秉天，看著自己準備好的鐵鍊，想著到底阿皓要怎麼樣利用這條鐵鍊，自行離開這裡。

雖然幫阿皓準備了鐵鍊，但是一直到現在為止，鄧秉天都不知道這東西到底跟阿皓的離開計畫，有什麼關係。

這個問題其實白天鄧秉天也想過，不過卻沒有想出任何結果，他實在不知道阿皓是要如何靠著這條鐵鍊離開這裡，這附近又沒有什麼需要攀爬的地方……

就在這個時候，鄧秉天突然想到，怎麼看這條鐵鍊都比較適合將人捆起來，不是幫人離開的東西，就是因為這樣的想法，才讓鄧秉天聯想到，這條鐵鍊的用途。

畢竟阿皓真正的問題，應該不是現在，一旦他清醒的時候，離開對正常的阿皓來說，根本就不是什麼問題，就算沒有交通工具，靠著兩隻腳也可以轉身就走。

因此對阿皓來說，真正的問題應該是陷入癡呆的那段時間，而這條鐵鍊看來就是為了應付那段時間用的東西，想到這裡鄧秉天才恍然大悟這條鐵鍊的用途。

看樣子這傢伙想要用這條鐵鍊，把自己拴住啊？如果這樣的話，或許就可以控制自己癡

呆時候的行動。

而就是在想到這一點的同時，鄧秉天才體會到阿皓準備離開的決心。

就在鄧秉天體會到的同時，阿皓也已經寫完了自己準備給玟珊的信。

「好了，你可以看一下。」

阿皓將紙交給了鄧秉天，鄧秉天看了一下。

「你的文筆……還真不錯。」

「謝謝。」

只是鄧秉天不知道的是，這位被他視為皓呆的男子，在變成這樣之前，可是知名女中的國文老師，這點文筆還算不了什麼。

阿皓在信裡面再三強調，自己的離去完全是因為自己不喜歡帶給別人困擾，而且自己也有自己該去的地方，因此選擇離去，完全是個人的想法，也很感謝兩人在這段時間的體諒與照顧。

看到這樣的離別信，加上自己為他準備的鎖鍊，這下鄧秉天終於很清楚地了解到，阿皓想要離開的決心。

這時的阿皓，已經將鐵鍊拿起來，並且試著將鐵鍊圍住自己的腰部，印證了鄧秉天的猜想，看樣子這傢伙真的打算把自己鎖起來。

「這就是你打算離開的辦法？」

「嗯，」阿皓一邊比著長度，一邊回答：「白天我沒辦法控制自己，所以用這東西，找個固定的東西一綁，或許可以把自己綁住。」

這確實就是阿皓的計畫，阿皓打算在半夜的時候趕路，盡可能走空曠與沒什麼人的地方，然後朝著一個目標前進，只要每次感覺到不對勁，自己似乎快要陷入癡呆，就用鐵鍊找個不顯眼的地方，把自己固定，等待下次清醒。

「那如果被人看到呢？」鄧秉天問。

「我當然希望不會被看到，」阿皓側著頭，苦笑著說：「不過就算被看到，也是送警局或醫院吧？總之應該不會再送回來這邊了。」

「這……」鄧秉天皺著眉頭：「那你總該有個目標吧？不會就只是想要離開這裡吧？」

目標？確實這一點，阿皓沒有細想過，一開始想要離開，也是不希望情況這樣下去，離開確實只是他的想法，不過現在被鄧秉天這麼一問，阿皓的腦海之中，也的確浮現出一個目標。

「有。」阿皓淡淡地說。

「哪裡？」

「……頑固廟。」

這正是阿皓腦海中浮現出來的目標，因為自己跟頑固廟有很深的淵源，所以如果讓他自

己選擇一個最後的歸所，他會選擇頑固廟。

除此之外，頑固廟也是鍾馗派在台灣的起點，從某種角度來說，或許自己回到那邊去，也算是一種有始有終。

另外就是這段時間，那團霧氣讓阿皓非常在意，想要去看看到底是不是頑固廟發生了什麼事情。

基於這些原因，才會讓阿皓的腦海裡，浮現出頑固廟這個答案。

雖然說沒有什麼證據，證明阿皓說的話是對的，不過在經過前一天的交談之後，不知道為什麼，鄧秉天也已經相信阿皓所說的話，認為他確實不是殺害高師祖的兇手。

原本堅持要阿皓離開的心情，其實也因為這個緣故，變得比較薄弱了，現在聽到阿皓要用這麼瘋狂的方式離開，終究還是讓鄧秉天有點不忍心。

「算了啦，」鄧秉天對阿皓說：「留下來吧。」

聽到鄧秉天這麼說，阿皓確實有點訝異，一臉驚訝地看著鄧秉天，愣了一會之後，才微笑著搖搖頭。

「不，」阿皓說：「我很感激你的挽留，不過我是真的考慮過，就像我說的，我要離開真的不是因為被你逼的。」

聽到阿皓這麼回答，鄧秉天也有點急了。

「這樣啦！」鄧秉天咬牙切齒地說：「我也不會阻撓你們兩個的……那個啦，如果你們真的要在一起，我也不反對！她是我最寶貝的女兒！這樣你還不改變心意？」

鄧秉天這話一出，阿皓也笑了出來，這還真的是為難鄧秉天了。

「我知道她是你的寶貝女兒，」阿皓苦笑地搖搖頭說：「不過，我是真心要離開了，就算你不幫忙我，我也打算自己走。」

「你怎麼那麼難講話啊？」鄧秉天一臉不悅：「真的那麼不好商量？那麼硬？」

「不是不好商量，」阿皓沉吟了一會之後說：「而是這樣活著，真的很狼狽。」

「所以你是打算去頑固廟死一死就是了？」鄧秉天也有點火了。

「倒也不是，」阿皓淡淡地說：「只是就算要這樣活下去，我也不想被任何人看到。」

這確實是阿皓心中的想法。

玟珊已經一步步接近自己的過去，在這樣的追查之下，阿皓可以料想得到，總有一天，那些「過去」會順著玟珊的追查，找到現在的自己。

這是阿皓最不想看到的情況。

當然，在阿皓的堅持之下，鄧秉天也只能妥協。

因為一個真心想要走的人，除非鄧秉天真的用鐵鍊把阿皓鎖起來，不然阿皓終究還是會走，差別就是怎麼走。

是自己真的用鐵鍊，一步步把自己綁著，慢慢遠離這邊，還是鄧秉天送佛送到西，直接帶阿皓到頑固廟去。

在經過考量之後，鄧秉天選擇了後者，自己開車載阿皓直接前往頑固廟。

一路上，鄧秉天還是多少挽留了一下阿皓，但是最後阿皓還是在頑固廟下了車。

而阿皓在鄧家廟宇的生活，也在今天晚上，畫下了句點。

8

阿皓的真名叫做阿吉，不是阿畢。

他不是頑固廟的弟子，而是北部么洞八廟的弟子，除此之外，他還有一個非常漂亮的女弟子。

雖然說這次北部行，得到的情報並不多，但是光是這幾點，就已經遠遠超過玟珊所能想像的重要了。

當然，玟珊不是鍾馗派的人，所以她還不清楚，自己的這個情報，到底有多重要，更不知道阿吉這個人，其實幾乎在鍾馗派是無人不知、無人不曉。

因此在返回台南的路上，玟珊還在想著，到底該如何靠著這個名字，弄到更多的情報，完全不知道，在自己家的廟宇裡面，有一個會讓她更震驚的情報，靜靜地在家裡等待著她的歸來。

鄧家廟宇的辦公室裡面，知道玟珊即將回來的鄧秉天，坐立難安地來回在辦公桌前踱步。這時突然聽到了大門聲響，雖然早就已經有心理準備的鄧秉天，還是嚇到跳了起來。

走到辦公室門口，果然看到了玟珊已經回來，並且將大門關起來的模樣。

看著玟珊的背影，鄧秉天吞了口口水，深呼吸一口氣之後，走出辦公室。

玟珊轉過身，就看到了鄧秉天，不過現在的她因為長途奔波的關係，所以顯得有點疲憊，只想先回房間換好衣服之後，好好休息一下。

因此玟珊沒有多說什麼，有氣無力地說了聲：「我回來了。」轉身就朝著自己的房間走去。

聽到玟珊這麼說，本來鄧秉天還鬆了一口氣地「喔」了一聲，不過轉念一想，這種事情根本不可能瞞得住，再拖也頂多不過一個小時後，玟珊絕對會發現的。

秉持著長痛不如短痛的好，鄧秉天雖然心中還是萬分忐忑，不過還是出聲叫住了玟珊。

「那個……」鄧秉天說：「等一下。」

「嗯？」玟珊停住腳步，懶懶地撇過頭看著鄧秉天。

鄧秉天卻完全不敢直視玟珊，低著頭看著地板，略顯得結巴地說：「這、這裡有封給妳的信。」

鄧秉天將手伸向玟珊，手上確實有封信。

雖然說這裡就是玟珊的家，有封信給自己本來就沒有什麼好大驚小怪的，不過讓玟珊覺得奇怪的就是，如果不是什麼重要的信，鄧秉天也不會這樣特別叫住自己，還一定要把信拿給她。

因此玟珊先是一臉不解地看著鄧秉天，然後看到鄧秉天那樣子，瞬間彷彿會意過來，看了阿皓的房間一眼之後，立刻一個箭步衝向前，將鄧秉天手上的信一把搶了過來。

玟珊手忙腳亂地將信打開，瞪大雙眼看著信的內容。

一旁的鄧秉天，完全不敢出聲，彷彿即將被老師責備的孩子般，低著頭靜靜等著玟珊讀完信。

信不算長，一分鐘左右就可以讀完，不過這恐怕是鄧秉天一生所經歷過感覺最漫長的一分鐘了。

玟珊讀完信，手才剛放下，鄧秉天立刻開始自我辯護。

「這、這、這是阿皓他自己的主意喔，」鄧秉天結巴地說：「真的，我、我、我沒有多說什麼。」

「什麼？」玟珊瞪著鄧秉天：「你沒有阻止他？」

「不！」鄧秉天慌張地叫道：「我有！我有跟他說，不要這樣！妳一定會怪我！」

「那你還讓他走掉？」

「小姐啊，」鄧秉天哭喪著臉說：「妳不要說得好像阿皓真的是我養的好不好，我連妳都說不過了，阿皓那小子很固執，說什麼都不願意留下來，真的不是我的錯啊。」

當然鄧秉天說的玟珊都知道，不過除了找上自己的父親抱怨之外，玟珊還真不知道要把這心頭的苦，訴給誰聽。

「他那種狀況是要怎麼走啦？」玟珊跺腳道。

聽到玟珊這麼說，鄧秉天立刻低下頭。當然鄧秉天可不敢說，是自己用車子載他離開的，只能裝傻。

「他是什麼時候離開的？」玟珊問。

「今天早上。」

「早上？」玟珊一臉狐疑：「他早上清醒的？」

「不、不是，」鄧秉天慌張地說：「是我早上才發現他不見了，應該是昨天半夜吧？」

「那你還待在家裡幹什麼？」玟珊叫道：「我真的會被你氣死。」

玟珊說完之後，二話不說立刻衝出去。

鄧秉天等到玟珊出去之後，原本坐立難安的情緒，瞬間轉變成不滿。

奇怪，明明要走的就是那個皓呆自己，為什麼被罵的人要是自己咧。

不過當然玟珊的反應跟感受，這些鄧秉天都可以理解，因此也不想多說什麼。

雖然覺得自己很委屈，不過最終還是得要面對。

鄧秉天深深嘆了一口氣之後，走回自己的辦公室裡面。

因為他知道，不管自己說什麼，玟珊都絕對不會聽，雖然心疼自己的女兒，得要為了找尋那個阿呆而四處奔走，但是這也是沒辦法的事情。

就算鄧秉天不讓她找，玟珊也不會聽的。

因此現在，鄧秉天也只能放手讓玟珊去找。

不過，阿皓會不會真的被她找到呢？

畢竟現在的玟珊已經知道了，阿皓很有可能就是鍾馗派的人。

所以說不定總有一天會前往頑固廟，到時候就會發現其實阿皓就在頑固廟裡面。

不過，如果真的是這樣的話，那就是他們兩個人的緣分了。

鄧秉天也不打算再阻撓什麼，一切就順其自然吧。

至少，現在的鄧秉天確實是這麼想的。

第8章・死亡降臨

1

阿皓曾經聽人說過，對一個軍人來說，最理想的死亡場所就是戰場。

對此，原本阿皓沒什麼看法與感覺，因為自己既不是軍人，也還不曾真正認真考慮過死亡這件事情。

然而現在的他，卻非常能夠體會這樣的話。

對阿皓來說，如果人生在此時此刻終結，蓋棺論定的話，他肯定不會是個完美的高中老師。畢竟這個對阿皓來說，是最大夢想的職業，他只經歷了幾年的時間。

然而道士這一行，雖然打小就是偉大傳奇道士呂偉道長的弟子，不過由於阿皓志不在此，因此嚴格說起來，也不能算是一個道士。

回首看這些過往，還真的是很不堪啊。

阿皓甚至不知道自己人生的定位，到底該算什麼職業的人。

一個被學校開除的高中國文老師？還是一個從來不曾成為道士的學徒？

換言之，如果套用那句對軍人而言最好的死亡場所就是戰場來說，阿皓甚至連自己該死在哪裡都不知道。

不過如果讓阿皓自己來說的話，或許，有一個「身分」，自己倒是問心無愧，好吧，或許也有點愧疚，不過相較於其他兩個身分來說，至少這個身分，他當得最久，也算是最得心應手。

那就是鍾馗派的弟子，呂偉道長的弟子，北派的正統傳人。

這，是阿皓最擅長的身分，或許也是他唯一可以名符其實的身分。

如果這是阿皓在這個人世間，唯一一個名符其實的身分，那麼或許，這座頑固廟，就是他的戰場，如果一個人可以選擇自己死亡的地點，那麼這裡或許對阿皓來說，是最好的地方。

因此阿皓才會請求鄧廟公把他帶來這裡，他打算在這裡試著一個人生活看看，如果行不通，那麼自己就死在這裡也可以。

眾所周知，這座頑固廟，就是鍾馗派南部的大本營。然而這座頑固廟，卻遠遠不只有如此而已。

這座頑固廟，不單是南派的大本營，更是台灣所有鍾馗派弟子的起點，而且對北派來說，有著非常重要的淵源，這正是阿皓選擇這裡的另外一個很重要的原因。

雖然頑固廟有今天的一切，像是本殿大樓等等建築物，都是後來的弟子，其中也包含劉易經在內，努力創建而成的，甚至連它現在的稱呼，還是頑固老高爭取來的。

但是這塊地的本身，卻跟北派有著相當大的淵源。

民國前期，因為戰亂的關係，導致大量的鍾馗派人士，渡海來台。

那時候的鍾馗派道士，居無定所，只能四處流浪，過著宛如難民般的生活。

不過對北派的鍾馗派來說，卻不是如此，他們在台灣有祖先留下來的一塊地，可以稍微落腳，不至於淪落街頭。

而留下這塊地的人，正是北派最後一位鍾馗本家的傳人——鍾九首。

當年他跟他的好兄弟鄭成功一起來到台灣，打拚了多年，幫助鄭成功平定了台灣之後，鄭成功準備答謝這位兄弟，不過因為鍾九首當時還在躲避鬼王派的耳目，不能聲張，於是要了這塊地，當作唯一的獎賞。

當初鍾九首會看上這塊地，當然主要也是因為風水的關係，這塊地對當時的朝代來說，是塊很重要的龍脈寶地。考量到未來如果鄭成功真的想要在這裡創立屬於自己的朝代的話，這塊地至關重要的關係，所以才會選擇這塊地當作賞賜。

只是人算不如天算，後來鍾九首被鬼王派的人找到了，遭到刺殺身亡之後不久，鄭成功也跟著去世，這塊寶地一直沒有被重用，就這樣荒廢下去。

二戰之後，這塊地由鍾馗派北派當時的掌門接手，重新回到北派的手中，原本還以為這

將會是一塊天高皇帝遠的邊疆之地，卻想不到最後眾人竟然會來到台灣，這塊地也意外成為了北派之所以可以安身立命的場所，這恐怕不管是鍾九首還是當時的所有鍾馗派人士所始料未及的。

而眼看當時其他鍾馗派的道士都居無定所，過著困苦的生活，北派的掌門於是敞開大門，接納所有鍾馗派的道士，因此說這座頑固廟，就是鍾馗派台灣最初的大本營，其實一點也不為過。

在其他各派紛紛前往台灣各地定居之前，這塊土地確實聚集了所有台灣的鍾馗派道士。因此，阿皓選擇了這裡，當作自己孤老終生的地方，似乎也非常合情合理，不管怎麼說，也算是有個有始有終的概念。

在懇求鄧廟公將自己帶來這裡的時候，阿皓確實有這樣的想法。

畢竟現在的他，只希望安安靜靜過日子，未來什麼的，對他來說已經不重要了。

當然除了這個原因之外，還有一個非常重要的原因，就是那股盤據在空中的那團妖氣，也是阿皓想要來這裡一探究竟的原因。

不過不管怎樣，都算是可以讓鄧廟公一家不用再為了自己起爭執，更不用照顧自己的解套辦法。

這就是阿皓會選擇來到頑固廟的最主要原因。

來到頑固廟的第一天夜晚，阿皓趁著自己還保持著清醒的時候，來到了頑固老高的辦公室。

雖然當年頑固老高跟梓蓉的大體已經不在了，但是房間裡面還保留著怵目驚心的樣貌，不曾整理過。

地板上還是可以看得到當時的慘狀與血跡，這是阿皓曾經非常熟悉，也像家人一樣的高梓蓉與頑固老高，最後喪命的場所。而殺害他們兩人的，就是頑固老高最心愛的弟子，也是阿皓最要好的友人，阿畢。

一直到現在，阿皓還是很難以相信阿畢下得了手，可以親手殺害長年以來他最尊敬的師父頑固老高，還有……那個他心中愛慕的對象高梓蓉。

阿畢愛慕高梓蓉的事情，打從很小的時候，阿皓就知道了。

「喜歡就去追啊。」阿皓曾經這麼告訴阿畢。

不過生性比較害羞內向的阿畢，一直不敢有任何行動。

在來北派求學的時候，阿畢的個性有所轉變，阿皓也覺得是阿畢受到自己的影響，因此多少還是有點自責，甚至連高梓蓉都曾經怪罪過阿皓，說阿皓帶壞了阿畢。

然而，真的是這樣嗎？

如果阿畢真的跟自己一樣，被自己「帶壞」的話，為什麼會做出自己絕對不可能做出的

事情呢？

一直到現在，阿皓還是不知道，到底當時的阿畢是為了什麼才會做出這樣的事情。

為了口訣？

雖然說，阿畢跟其他鍾馗派是這麼說，但是阿皓卻不這麼認為。

對，或許那些跟著阿畢與光道長起舞的道士們，確實是為了那些口訣，這點阿皓一點也不懷疑，但是阿畢呢？

即便沒有那些口訣，當時的阿畢已經跟劉易經一樣，選擇墮入魔道這條路，那麼那些口訣，對他來說，意義已經不大了。

這就是阿皓一直無法了解的地方。

而且更重要的是，雖然不知道確切的原因，但是阿皓卻可以感覺得到，真實的原因似乎跟自己有關。

就算真的無關，自己眼睜睜看著摯友，踏上了這條不歸路，卻後知後覺，也難辭其咎。

深感痛心的阿皓跪在地板上，雙眼也默默地流下了兩行眼淚。

「對不起，」阿皓哽咽地看著地板上那灘血漬：「真的對不起。」

想起高梓蓉還曾經特別北上跟自己說口訣的事情，告知自己事情的嚴重性，自己還渾然不覺，更是讓阿皓感到後悔萬分。

雖然說現在自己也算是幫兩人報了仇了，但這絕對不是阿皓的本意，不過還是希望兩人在天之靈，也可以得到一點慰藉。

如果真的還不夠的話，自己這條命也賠進去，對阿皓來說亦是無妨。

阿皓彷彿在對頑固老高與高梓蓉道歉般，向兩人最後往生的地方鞠躬之後，站起身來，走到了頑固老高的辦公桌後面。

阿皓拿出了自己準備好的粗繩，將粗繩綁在自己的腰上，然後另外一頭則是綁在辦公桌後那個釘在牆上的櫃子上。

靠這櫃子本身的重量，加上釘在牆上的關係，所以應該可以承受得住自己的重量與力量。

這是為了防止自己在失去月光無意識的情況之下亂跑，所做的特別處理。

這裡就是阿皓最後選擇的地點，如果自己真的在這裡餓死，那麼也算是還兩人一命。

至少，也算是多了一個人可以陪。

就這樣阿皓將自己的身體，綁在櫃子上，靜靜地等待著自己意識遠離，果然過了一會之後，阿皓頭一點，又回到了那個一片昏暗的空間之中。

再次回過神時，阿皓發現自己正在一間臥房。

看到這間臥房，阿皓不禁笑了。

當初來到頑固廟，阿皓本來就有種自暴自棄的心情，想說就餓死在這裡，也算是死得其所。

他來到了頑固老高的辦公室，裡面還是血跡斑斑的模樣，他向當時兩人所在的地方道歉，然後把自己綁在櫃子，不讓自己亂跑。

結果這次醒來，發現自己不但鬆綁了，還到了這間房間，讓自己感覺到不可思議。

這間臥房，正是每次拜訪頑固廟的時候，頑固老高等人為阿吉準備的房間。

想不到自己在無意識的情況之下，還能順著過去的習慣，來這間房間。

更讓阿皓不可思議的是，桌上還放著一些吃過的罐頭。

當然阿皓清醒之後也知道，這些罐頭是自己去倉庫與廚房拿出來吃的。

對頑固廟的熟悉，讓阿皓即便在這裡，也能自由生活下來。

廚房跟倉庫，雖然有些東西已經過期，不過像這些罐頭與乾糧，倒是還在保存期限內。

這些都完全出乎阿皓的意料之外。

不過那些存糧，相信撐不了多久的。

阿皓自己也不想反抗，就讓一切這樣吧，畢竟活不活著，對現在的自己，似乎已經不重要了。

看著天空的月亮，阿皓這麼想著。

2

在阿皓發現自己即便失去了意識，還能靠著本能，悠哉在頑固廟裡面生活的同時，玟珊這邊可就沒有那麼好過了。

打從發現阿浩失蹤之後，玟珊幾乎陷入崩潰的瘋狂。

原本因為阿皓的狀況，讓玟珊非常肯定，阿皓就算走失，也不可能走太遠。

畢竟先不要說阿皓的狀況，在沒有車子代步的情況之下，光是想要從村子「走」到別的地方，可能就得花上一天以上的時間。這還是以一個對這附近比較熟悉的正常人來做計算所得到的結果，更遑論像阿皓那樣一來對村子不熟悉，二來還有半天以上的時間沒有辦法妥善利用的人來說，根本不可能走遠才對。

因此剛開始展開搜索之際，玟珊根本不擔心找不到阿皓，只擔心在找到他之前，他會不會發生什麼意外。

擔心阿皓有危險的玟珊，心急如焚地立刻展開了搜索，但是卻完全找不到阿皓的影蹤。

隨著日子一天一天過去，玟珊擔心到了極點，因為她不知道阿皓那樣的狀況，到底能不能自己生存下來，說不定等到她找到他的時候，已經是一具冰冷的屍體了。

心急的玟珊每天一大早就出門，往往到了三更半夜才回家。

玟珊還弄了張地圖，以廟宇為圓心，開始一個人的地毯式搜索，但是卻仍然一無所獲。

這一天，玟珊一樣一大早在鄧秉天還沒醒來之際，就已經離開家了。

擔心玟珊身體狀況的鄧秉天，早在前一晚，就已經幫玟珊準備好了早餐，並且在桌上留著紙條，寫著「就算要找人，也需要體力」。

但是等到秉天醒來之後，到廚房一看，那份早餐連動都沒有動。

當然，秉天對於玟珊能不能找得到阿皓，其實早就一點都不在意了。就算她真的找到了，並且把阿皓帶回來，此刻的秉天一點意見也沒有，只要玟珊最後不要怪罪他就好了。

不過現在看起來，比起阿皓能不能找回來，更讓秉天擔心的是玟珊的精神與身體狀況。

這幾天玟珊的狀況，鄧秉天都看在眼裡，不要說每天早出晚歸，回來的樣子還都很狼狽，看就曉得不知道跑到哪裡的森林還是泥路找人，整個模樣真的是骯髒又狼狽。

不只如此，他也很懷疑這段時間裡面，玟珊到底有沒有進食，外出的時間或許鄧秉天並不清楚，不過至少這幾天為了讓玟珊吃好一點，鄧秉天特別準備的餐點，玟珊是連動都沒有動過。

情況再這樣下去，不要說找不找得到人，光是玟珊的身體，肯定會承受不住，因此鄧秉天決定，無論如何都不能再這樣下去了。

玟珊這幾天的表現，也算是驗證了一開始鄧秉天的擔憂，果然這樣硬來還是不行的。所以不想要再這樣下去，鄧秉天這天晚上，準備好了一席豐盛的晚餐，靜靜地等待著玟珊的歸來。

一如這幾天的狀況，一直到了接近凌晨時分，玟珊才拖著疲憊的身體，以及一臉絕望的表情，回到了廟裡。

才剛走進大門，就看到阿爸把平常用來大拜拜用的供桌，搬到了中庭。

平時由於廟裡面人丁稀少，只有玟珊跟鄧秉天兩人，因此平時兩人用餐，不是在後院的小餐廳，就是直接在廚房，除非是拜拜或者有比較多的客人來訪，才會把這樣的桌子搬出來。

然而今天雖然搬出了桌子，桌子上面也擺滿了許多菜餚，但是坐在桌子旁邊的人，卻只有鄧秉天一個人而已。

這就是鄧秉天今天特別幫玟珊所準備的超豐盛晚餐，上面擺的菜餚全部都是玟珊最喜歡的菜，今晚不論怎樣，鄧秉天都要親眼看著玟珊進食，不再讓她這樣傷害自己。

豈料玟珊進來之後，看了桌子一眼，然後又看了鄧秉天一眼之後，沒有半點反應，轉向

自己的房間，逕自朝裡面走去。

想不到玟珊看到了這一桌豐盛的菜餚，連話都不說半句轉身就走，讓鄧秉天立刻開口叫住了玟珊。

「給我等等。」

玟珊停住了腳步，懶懶地轉向鄧秉天。

「妳多久沒吃飯了？」

「我沒胃口。」玟珊冷冷地說，轉身又想走。

「等等，」鄧秉天無奈到了極點：「妳一定要這樣嗎？」

「怎樣？」玟珊不耐煩地問：「你連一個人都可以搞丟，還管我那麼多幹嘛？」

當然，對於阿皓的失蹤，玟珊多少還是有點怪罪於鄧秉天，只是礙於沒有證據證明阿皓的失蹤跟鄧秉天有關，所以這個情緒一直悶在自己的心中，現在好不容易有了點機會，當然玟珊就不小心說出了自己心底的話。

「妳現在就是怪我就是了？」鄧秉天當然不甘示弱：「妳都沒有想過，是阿皓自己想要離開的？他會離開是因為你們之間……」

聽到鄧秉天這麼說，玟珊雙眼一凝，惡狠狠地瞪著秉天。

這一下凶狠至極，讓鄧秉天不自覺地吞了口口水，心裡想著如果自己不是這傢伙的老爸，說不定她已經一腳飛踢過來了。

當然玟珊會有這樣的反應，最主要的原因也就是因為鄧秉天所說的話，有一部分確實說中了玟珊心中的痛。

玟珊也知道，這一次阿皓的離去，很有可能就是因為自己的關係。

但是在這種時候被說出來，確實讓玟珊感覺到很不堪，這些日子在找阿皓的時候，這種自責已經不時讓玟珊感覺到難過與內疚，根本不需要鄧秉天的提醒。

玟珊瞪得鄧秉天完全不敢說話，過了一會頭一轉轉身就要回房。

「好、好啦，」鄧秉天放低姿態：「妳不要這樣啦，等等啦，拜託啦。」

聽到鄧秉天這麼說，玟珊緩緩地停下了腳步。

「來啦，」鄧秉天哀求：「我們商量一下。」

玟珊冷冷地看著鄧秉天，鄧秉天揮了揮手。

「不會騙妳啦，」鄧秉天比了比桌子旁的椅子：「來坐一下啦，我們商量一下，一定好的，聽阿爸說一下啦。」

禁不起鄧秉天的再三懇求，玟珊心不甘情不願地走到了桌子旁，坐了下來，歪著頭看著鄧秉天。

「這樣好不好，」鄧秉天頓了一下，深呼吸一口氣之後緩緩地說：「妳好好吃飯，我就保證妳找得到那個皓呆。」

當然鄧秉天很清楚此話一出，可能會很不得了，不過事已至此，似乎也沒辦法了。

果然鄧秉天這話一出，玟珊瞪大了雙眼，一臉難以置信地站了起來。

「別那麼激動，」鄧秉天揮揮手說：「我說話算話，只要妳好好吃，我就告訴妳。」

「你知道阿皓在哪裡？」

「這不是我們說好的，」鄧秉天搖搖頭說：「妳吃了我再跟妳說，妳不乖乖吃，就不要問我，我什麼都不知道。」

「你……」

玟珊一臉惱怒，但是也非常清楚鄧秉天不是開玩笑的，如果不吃鄧秉天也絕對不會多說半句話，因此雖然非常不甘心，不過玟珊還是坐了下來，拿起了筷子，開始吃起飯來。

一邊吃，那雙眼也依舊瞪著鄧秉天。

「不用青我啦，」鄧秉天略顯委屈地說：「雖然跟我無關，但是我知道……一些事情，放心，我說話算話，只要妳乖乖吃完，我就把我知道的事情說出來。」

即便鄧秉天這麼說，但是玟珊還是覺得很不甘心。

玟珊恨恨地吃著飯，用力咬了一口雞腿，就好像那雞腿跟她有仇一樣，不過那雙眼依舊狠狠地瞪著鄧秉天。

看到玟珊那樣子，鄧秉天確實也有點心虛，低下頭，不敢跟玟珊四目相對。

或許是因為這幾天真的相當疲累，心情也很低落，所以才會完全沒有胃口，不過既然現在知道了很有可能找到阿皓的下落，讓玟珊心情為之一振之外，這幾天累積的飢餓感，也一口氣獲得釋放，加上這桌菜餚都是玟珊最喜歡的菜色，三兩下就吃光了幾盤菜。

等到吃到一個段落，玟珊放下了筷子，然後挑了挑眉：「這樣可以了吧？」

當然玟珊肯進食，對鄧秉天來說，就已經足夠了，因此他點了點頭。

「那就說吧。」

「在跟妳說之前，」鄧秉天話先說在前面：「我必須要說，這件事情跟我無關，妳必須先搞清楚這件事情，我才能說下去。」

「說。」玟珊冷冷地回應。

之所以需要這樣先說清楚，就是因為鄧秉天知道，如果話不說清楚，玟珊要是一誤會起來，認為是自己把阿皓趕出去的，說不定真的會離家出走，不認他這個老爸，因此不管玟珊如何著急與嚴厲，他都堅持一定要先把話說清楚。

「事情是這樣的，」鄧秉天說：「就在妳不在家的這段時間裡面，阿皓有清醒過來，我們兩個聊了很久，就好像老朋友那樣。」

聽到鄧秉天這麼說，玟珊沉下了臉。

「我完全沒有趕他的意思，」鄧秉天說：「或許以前有，不過那時候我已經不想要趕走他了。所以我們兩個確實聊了很久，就像那封信裡面說的一樣，阿皓不贊成妳學那些東西，而且認為只要他繼續在這邊打擾我們，妳就不會放棄，所以他想要離開。妳聽清楚喔，是他自己想要離開。」

雖然說早就猜到了，但是親耳聽到鄧秉天轉述，還是讓玟珊感覺到萬分心痛。

「我有挽留，」鄧秉天說：「我有說我們家不差他一個人，而且他也沒有給我們帶來太多的麻煩，要他不要自責，安心在這裡養他的神經病。但是那個皓呆，比妳我都還要頑固，甚至準備好了鐵鍊，想要趁機溜走。我怕他發生意外，所以才好心問他，有沒有哪個比較安全的地方，我可以送他去的。」

聽到鄧秉天這麼說，玟珊難以置信地搖搖頭，想不到自己每天幾乎都快要瘋了，不停在村子周圍的樹林跟橋下地毯式搜索著阿皓的蹤跡，原來阿爸一直都知道？這當然讓玟珊一肚子火，不過苦於現在鄧秉天還沒說出最關鍵的情報，所以玟珊也只能強壓自己的怒火。

「妳現在了解了齁？」鄧秉天問：「絕對不是我把阿皓趕走的，而是他自己想要走的，我會送他離開，也是擔心他的安危——」

「在、哪？」玟珊強壓著怒火，冷冷地問。

「妳那個眼神真的讓人很不安，」鄧秉天哭喪著臉：「妳可以先答應我，等我說出來，不會怪我嗎？」

玟珊沒有回答，但是身體卻因為憤怒而顫抖。

「好啦，我說啦。」鄧秉天知道，自己真的不能不說了：「阿皓要我送他去……高師祖的廟，也就是很有名的那間頑固廟。」

3

阿皓眨了眨眼，回過神來，發現自己就站在頑固廟三樓的窗台邊。

天空掛著一抹皎潔的明月，不過經過這幾天下來的經驗，阿皓很懷疑自己之所以清醒，是跟月亮有絕對的關係，畢竟其中醒來的幾個晚上，阿皓根本連月亮都沒有看見。

那幾天雖然說天氣還算晴朗，但是就是看不清月亮。

只是雖然說不是絕對有關係，但是多少應該還是有些關聯，至少自己至今來說，還不曾在白天醒來過。

自己在這裡已經待了多少天了？

阿皓沒有概念，不過轉身去看四散在房間四處的罐頭與其他東西，大概也可以猜想得到，至少應該也有一個禮拜了吧？

想不到，自己竟然能夠在這樣的狀態之下，維持一個禮拜，連阿皓自己都覺得不可思議。

雖然說不知道這樣的狀況可以持續多久，但是現在的阿皓倒也有點算是隨遇而安，是怎樣就怎樣唄的感覺。

回到窗台邊，抬起頭來仰望天空，光是就感覺來說，那股妖氣沖天的感覺，還是縈繞在阿皓的心頭，不過這時仰望天空，卻看不出那種感覺。

或許這就是，不識廬山真面目，只緣身在此山中的感覺吧？

只是不管怎樣，當初會選擇來到頑固廟，其實有一部分的原因，就是對那股妖氣沖天的霧氣感到好奇，所以才會選擇這裡。

既然現在有時間，就四處看看吧，說不定可以找到一些蛛絲馬跡也說不定。

有了這樣的想法，阿皓打算下樓四處看看，看能不能找到什麼不尋常之處。

下樓的途中，阿皓也仔細想了一下。

當然從某個角度來說，阿皓會有這樣的感覺，或許是非常正常的一件事情。

與其說是妖氣沖天，不如說是有股不尋常的氣息，然而對之前在這邊發生過的事情有所了解的人來說，或許這反而是一種正常的情況也說不定。

畢竟之前在這裡不只有高梓蓉和頑固老高慘死，就連那些對頑固老高死忠的弟子，也慘遭毒手全部被殺害，並且堆在地下室之中。

這些慘死的人，都是被自己的師兄或者是徒弟背叛，他們死前的怨恨，很有可能殘留下來，形成這樣的怨氣，似乎也是理所當然的事情。

不過單純就感覺來說，阿皓還是覺得事有蹊蹺。

走到一樓離開頑固廟的主建築物，空無一人的頑固廟，確實讓人感覺到一股毛骨悚然的氣息。

走在頑固廟之中，那種詭異的感覺更加強烈，阿皓停下腳步，蹲了下來。

仔細看著頑固廟的地板，確實可以看得出異常的狀況。

光是站著看地板，可能還看不出來，不過阿皓一蹲下來，拉近與地板之間的距離，就可以依稀看得出來，從地板上冒出來的紫氣。

雖然非常不明顯，不過只要近一點，還是可以稍微看得到。

如果是地板的話，那麼應該不會是，頑固廟這些犧牲者的怨氣吧？

畢竟如果說是怨氣的匯集，大部分都是集中在某個地方，像這樣整片地板都冒著紫氣，確實非常不尋常，不像是一般可能產生出怨靈的怨氣。

而且為什麼是紫色的？

綜合這兩點看起來，似乎跟阿皓一開始所想的，可能是因為過去那件慘案造成這樣的結果，不是很符合。

這感覺就像是，這塊地本身出了問題，該不會……

阿皓的心中突然浮現出一個可能性，不過還沒能轉變成想法之前，一個聲音打斷了阿皓的想法。

「阿皓！」一個熟悉的聲音大聲從身後傳來，聲音之大讓毫無半點準備的阿皓，嚇到縮起了肩膀。

他緩緩地轉過身，立刻就看到了那個熟悉的身影。

玟珊終究還是找上門來了。

「你怎麼可以那麼自私！」玟珊大聲叫道：「話都不說一聲就走，你這樣真的不會太自私了嗎？」

面對玟珊如此爆怒的情緒，阿皓只是低著頭。

「對不起，」阿皓淡淡地說：「我就是不擅長道別，所以才會……」

「說來就來，」玟珊憤恨不平地說：「說走就走，你真的把我們家當旅館嗎？你不想教，就不要教啊！有什麼了不起的？誰准你走了？」

玟珊罵著罵著，眼淚也不爭氣地流了下來。

這些日子，為了找阿皓，她的足跡幾乎遍佈了整個村落外圍，原本還打算如果再找不到，她都要準備登山裝備上山去找了。

結果這傢伙竟然悠哉地在這裡生活，自己的老爸明明知道他在這裡，也不發一語，讓自己像個白癡一樣，每天累得跟狗一樣。

這些種種的委屈，與失去阿皓的恐懼，這時都化成了淚水，從眼眶中流了出來。

看到玟珊這個樣子，雖然阿皓也有點驚訝與不捨，不過這絕對不是阿皓一時興起才搞出來的事情，他是真心覺得自己不想要再給兩父女帶來任何麻煩，更不希望自己的過去找上自己，才會做出這樣的決定。

因此，即便心中有點不忍，但是阿皓還是板著臉孔，淡淡地說：「妳回去吧，這裡才是我該來的地方。」

阿皓轉過身去，不打算跟玟珊繼續在這點爭論下去。

玟珊看著這樣的阿皓，當然也覺得很不滿，不過還是讓自己的心情慢慢平復一下。

其實，不需要阿皓或鄧秉天提醒，玟珊的內心，也感覺到了阿皓想要離開的心情，只是玟珊覺得，沒有什麼是真的不能談的。

既然阿皓已經鐵了心要離開，至少，自己也需要搞清楚，到底為什麼。

在逐漸平復好了心情之後，玟珊深呼吸一口氣。

已經沒有比這個更糟糕的情況了，玟珊這麼告訴自己。

「所以，」玟珊鼓起勇氣開口：「高梓蓉跟她爸的死，真的是你……下手的？」

聽到玟珊的問題，阿皓仰起頭沉重地嘆了一口氣。

為什麼好像全天下的人，都懷疑是自己殺了他們父女倆呢？

「不是，」阿皓搖搖頭說：「不過我難辭其咎。另外，我不想再說關於他們的事情。」

阿皓不想說，因為就算要說，也絕非三言兩語能夠說得完講得盡的。

畢竟頑固老高是阿皓在拜入呂偉道長門下之後就很熟悉的長者，而高梓蓉更是從小到大就跟自己一起長大的友人，關於他們之間的事情，真的不是三天兩夜就可以講得完的。

「啊？」玟珊一臉不悅：「你就是這樣，這也不說，那也不說，我可以不強迫你，但是你也不應該怪我啊。就是因為你什麼都不說，我什麼都不知道，你說你殺過人，我怎麼可能不在意？但是這些日子以來，我至少也相信自己看到的人。所以我知道你不管做過什麼，一定有你的苦衷。你不講，我也只能想辦法自己找，什麼都只能自己找，為什麼你們什麼都不肯跟我說？阿爸也是，你也是。」

說到這裡，玟珊原本已經平靜下來的心情，又跟著激動了起來。

「這一個禮拜，」玟珊哽咽地說：「阿爸就這樣看我，像個瘋婆子一樣，拚命找你，每經過一條溝渠，每路過一個路口，我都很害怕，怕你在那些地方發生意外。阿爸明明知道你在這裡，就是不跟我說，讓我跟白癡一樣，一直找、一直找。我真的很不明白為什麼你們要這樣對我。」

這可能是玟珊有生以來第一次，感受到自己如此脆弱，當然這也讓玟珊了解到自己是真的……愛上了阿皓，不然不可能感覺到如此委屈。

就是因為在意，才會如此難過。

面對這樣真情流露的玟珊，阿皓知道自己真的不能心軟，因為這樣只會對雙方造成更大的傷害。

……義無反顧。

認為對的事情，就應該貫徹到底。

想不到，這句教誨竟然在這個地方也適用。

眼看阿皓完全無動於衷，玟珊也知道阿皓的決心。

她非常清楚自己沒有辦法說服阿皓回廟裡，就跟阿皓沒有辦法說服自己放棄一樣。

「你不回去是不是？」玟珊哭著說：「好，我不逼你，那我就在這邊住下來，我們就一起住在這裡。」

這話一出，阿皓完全沒有半點回應，玟珊抬起頭來看著阿皓，只見阿皓雙眼無神、一臉癡呆地看著前方。

看樣子，阿皓又回到了癡呆的狀態。

「臭阿皓，」玟珊罵道：「你還是這樣比較可愛。」

當然，或許稍微讓兩人冷靜一點，也不是件壞事吧。

不過玟珊不是開玩笑的，她已經打定主意，也要在這邊待著，直到她可以勸服阿皓願意跟她回家為止。

兩人就這樣，開始在這個鍾馗派的起始之地過起日子。

只是不管是阿皓還是玟珊都沒有預料到，這將會是兩人最後平靜與堪稱幸福的日子。

4

兩人就這樣真的在頑固廟生活下來。

玟珊的脾氣也很固執，這點雖然說阿皓早就感覺到了，不過就連阿皓都沒有想到，她竟然會真的固執到這種地步。

畢竟在發生了那起滅門慘案之後，頑固廟可以說是在斷水斷電的狀況之下，在這種情況之下在這邊生活，真的很不方便。

阿皓也就算了，一天之中幾乎只有短短幾十分鐘的清醒時間，玟珊可就不一樣了。

在這個沒水沒電的空廟裡面生活，確實有許多不方便的地方。

不過為了讓阿皓改變心意，玟珊也算是鐵了心了，阿皓不答應回去，她也不打算放棄。

兩人就這樣在頑固廟又度過了一段時間，在這段時間裡面玟珊每天都出門去採買。

除此之外，玟珊也注意到阿皓似乎有點成長，常常會在晚上的時候，自己走出房門照月光。

只是阿皓一清醒，就立刻找尋關於紫霧的線索，與玟珊的互動相當冷漠。

玟珊只要抗議，阿皓總會要她回去，然後要她對鄧秉天好一點，不要老是讓他擔心。

玟珊不滿，不過似乎也不能怎樣。

就這樣又過了一個多禮拜，這天晚上，阿皓又醒了過來。

看到阿皓醒來，玟珊當然很開心，立刻上前想要找阿皓講話，不過阿皓的態度仍然是愛理不理的樣子，這當然讓玟珊非常不滿。

當然阿皓並不是想跟玟珊冷戰，只是希望玟珊可以放棄，加上自己真的很想搞清楚，頑固廟這個變化的原因，而自己清醒的時間很有限，才會這樣一清醒之後，就專注在調查之上，幾乎沒有多理會玟珊。

畢竟這座頑固廟對阿皓來說，多少也算頗有淵源，現在在這裡竟然有這樣的詭異現象，當然讓阿皓頗為在意，偏偏阿皓的時間不多，所以才會這樣冷落玟珊。

因此，一清醒之後，玟珊立刻上前，但是阿皓卻冷冷地朝頑固廟後庭走去。

「真的有必要這樣嗎？」玟珊一邊抗議，一邊追了上去。

阿皓沒有回應，腦海裡盡可能地回想上一次追查到的地方。

由於現在阿皓的狀況特殊，每次清醒的時間有限，因此就算要調查頑固廟，也需要分成好幾次來調查。

記得上一次清醒的時候，阿皓在四處有佈置一些測驗的東西，現在清醒之後，剛好可以去好好看看測驗之後的結果。

對阿皓來說，或許最好的地方就在於這裡是頑固廟，因此法器什麼東西的，完全不虞匱乏，畢竟這裡本身就是鍾馗派的廟宇。

所以先前阿皓在繞過頑固廟上下之後，找到了幾個關鍵的地方，著手進行測驗，希望可以找到造成現在這種狀況的元兇。

光是這些簡單的步驟，如果是以前的阿皓，說不定只要一兩天的時間就可以完成，但是現在的情況卻是需要耗費很長的時間。

光是巡視頑固廟上下，就已經花了阿皓三到四天的時間，準備法器額外花了一天之後，佈置這些法器又花了一天，一直到現在要去看結果，已經是一個禮拜之後的事情了。

阿皓走在前面，朝自己佈置有測驗法器的地方而去，玟珊嘟著嘴，不滿地跟在後面。

一連檢視了幾個地方，得到的答案大致都一樣。

測驗的結果給了阿皓一個初步的答案，那就是頑固廟上下什麼靈體都沒有。什麼都沒有。

無靈之所，卻是不祥之地。

這是怎麼一回事？

測驗的結果確實出乎阿皓的意料之外，料想光是高氏父女以及那些徒弟們的死亡，就應該有機會讓怨氣匯集，很有機會至少出現一個怨靈才對。

不過測驗的結果卻是如此。

這讓阿皓實在是搞不懂，頑固廟現在的狀況到底是怎麼一回事，這些紫霧到底是怎麼了。

廟通常來說，因為本身有許多修行人士在裡面，所以本身就有一定的靈力。

在這種情況之下，常常會自然形成鎮壓的效果，所以當一塊地被斷定為不祥之地，最好的方法往往都是直接蓋一座廟在上面，讓廟宇本身可以慢慢化解那塊地的不祥之氣。

雖然說，阿皓並不了解當初頑固廟這塊地的歷史，只有曾經聽師父呂偉道長提過，頑固廟這塊地似乎是那位傳奇道長鍾九首留給鍾馗派最後的禮物。

至於這塊地到底是怎麼回事，其實阿皓所知並不多。

不過現在看起來，這塊地似乎非常不祥，一點都不像是所謂的「禮物」。

就算這塊地原本就不祥，這點阿皓可以接受，不過頑固廟在這裡已經超過一甲子的時間了，就算再怎麼不祥，也不可能經過了這些年，都還沒有半點調和之用吧？這怎麼想都不是很合理的事情。

不過這可能不是阿皓在這邊測驗就可以找到原因與結果的事情，而且這個現象，也絕對不是一件好事，這點他當然非常清楚。

以目前這樣的狀況來說，雖然還沒有測到任何靈體，不過如此妖氣沖天的現象，恐怕會成為一個恐怖的溫床，直接影響到方圓不知道多少里的靈體。

更重要的是，這樣的氣息絕對不適合久居，自己或許有點修行，還不至於立刻受到影響，但是玟珊可不一樣，如果兩人繼續住在這裡，恐怕會對玟珊有非常不好的影響。

考量到這一點，阿皓自然也知道，這樣下去絕對不是辦法，他沒有辦法讓玟珊知難而退，但是待在這裡會發生什麼事情，連阿皓自己都無法預料。

……或許，自己終究還是得要先跟玟珊回去鄧家廟，等大家都溝通好了之後，再離開也不遲。

至少，這樣鄧秉天也會好過一點。

考慮清楚之後的阿皓，轉過頭去，看著玟珊。

玟珊一直靜靜地跟在阿皓身後，這時突然看到阿皓轉過頭來，有點嚇了一跳。

「唉，」阿皓嘆了口氣搖搖頭說：「算了，妳贏了，我們回去吧。」

「啊？」

突然聽到阿皓這麼說，玟珊先是愣了一下，然後才跳了起來。

看到玟珊這麼開心，倒也算是出乎阿皓的意料之外，看樣子玟珊是真心希望自己可以回去，自己這段時間也算是讓玟珊難過了。

只是，這本來就不是阿皓的本意。

然而，此時此刻的兩人，完全不知道的是，一場難以置信的風暴，正逐漸揭開序幕，並且朝著兩人直撲而來。

5

就在阿皓答應玟珊回來的那天晚上，鄧秉天的廟裡。

人家說嫁出去的女兒就像潑出去的水，這句話對鄧秉天來說，根本就是句笑話。

因為他的女兒現在還是黃花大閨女，還沒嫁出去，就已經像是潑出去的水了。

自從告訴了玟珊，阿皓人在頑固廟之後，玟珊就像斷了線的風箏一樣，一去一個多禮拜。

雖然說玟珊有打電話回來報平安，但是這傢伙似乎打算如果阿皓不回來，說不定她也不會回來了。

就好像幾年前轟動的電影《海角七號》中，男主角對女主角說的那句話一樣：「留下來，或者我跟妳走。」

只是男女的角色剛好對調而已。

一想到這裡，就讓鄧秉天覺得悶，辛辛苦苦將一個女兒養大，然後就只能眼睜睜看著一個一半皓呆一半精明的男人把她帶走。

越想就越不甘心。

過了一個多禮拜，還是不見玟珊回來，不免讓鄧秉天開始擔心，那個死囡仔該不會真的跟那傻小子私奔了吧？

雖然有想過要打電話催玟珊回來，不過鄧秉天已經不想多費唇舌了，一切就讓他們年輕人去搞。

今天晚上，看樣子玟珊還是沒打算要回來，從辦公室走出來的鄧秉天，打算去洗個澡，然後早早上床睡覺。

才剛轉身到後室，就聽到身後的大門傳來開門的聲音。

聽到這聲音，鄧秉天雖然心中竊喜，不過還是板著臉孔轉過身來，正準備開口唸個玟珊幾句，結果話還沒說出口，鄧秉天就愣住了。

因為從大門口走進來的身影，並不是他日夜期盼的寶貝女兒，而是個陌生的身影……

雖然說不是信不過阿皓，不過由於前面有過阿皓答應自己要教自己東西，最後卻反悔的案例，因此玟珊擔心夜長夢多，在阿皓答應回鄧家廟的這天晚上，玟珊便興沖沖地帶著阿皓，踏上回家的路。

兩人搭乘車子，回到了村子，由於村子通往廟宇的山坡不是很適合車子行駛，所以兩人在村子口下了車，徒步穿過村子，朝著鄧家廟而去。

事隔了一個多禮拜之後，終於又再度回到這個熟悉的村子。

玟珊牽著阿皓，走上了那條熟悉的山坡路道，走了一會之後，終於看到了鄧家廟宇，看到了自家廟宇，玟珊的心情可以說是雀躍到了極點。

辛苦了這一個月，終於有了一個還算不錯的結局。

雖然說阿皓可能還是有想要離開的心情，不過至少這一次，他已經妥協了。

在回家的路上，玟珊甚至有種不想再管阿皓過去的想法。

不管阿皓以前是不是殺人兇手，也不管他到底是阿畢還是阿吉，既然現在變成了這樣，或許是個很好的契機重新出發。

從今以後，洗心革面，重新做人。

重點絕對不是過去阿皓做了什麼，應該是從今以後兩人可以一起做些什麼。

如果阿皓以前有了不可原諒的過錯，玟珊也決定跟他一起贖罪，至少，這是玟珊在這段日子以來，跟阿皓一起待在頑固廟想清楚的事情。

就是因為自己一直苦苦想要知道阿皓的過去，才是今天阿皓想離開的真正主因。

因此這一次回來之後，玟珊決定要讓阿皓知道，自己不會再追問他的過去，也不會在乎他做過什麼，她都會支持阿皓，重新出發。

這樣的想法，讓玟珊覺得未來充滿了希望，心情也一掃這一段時間的陰霾，來到家門口之際，玟珊的心情真的很開心，拉著阿皓的手，推開了大門。

「我回來了！」原本，玟珊想要大聲這樣宣布，將自己達成任務的喜悅，分享給自己的父親鄧秉天知道。

但是一進門，嘴巴才剛打開，話還沒說出來，就愣在原地。

玟珊瞪大雙眼，愣愣地看著前庭。

由於那場面太過於血腥，而且非常不真實，讓玟珊一時之間，還真不知道自己看到了什麼。

前庭那個金屬製的大香爐，竟然裂成了兩半，地上一道怵目驚心的血痕，沿著地板一路延伸到前庭另外一側的牆壁。

在血痕的盡頭，一個熟悉的身影就靠著牆，坐倒在地上。

那熟悉的身影胸口好像被炸彈炸開般，整個向外翻，臟器也全部流出來。

這畫面太過於血腥殘忍，讓玟珊一時之間，不敢相信眼前的一切是真實的。

畢竟，那熟悉的身影，可是自己的父親鄧秉天啊。

過度驚訝的玟珊，放開了緊握著阿皓的手，緩緩地向前走了一兩步。

終於，大腦逐漸甦醒的同時，玟珊的口中，爆出一陣淒厲的尖叫聲，驚醒了這寧靜的村莊與夜晚。

第9章・踏上復仇之路

1

想不到鄧秉天竟然會這樣慘死。

玟珊立刻通知村長與警方，村長趕來廟裡也被眼前這恐怖的景象嚇傻了。

當然，在這種情況之下，玟珊沒有辦法再照顧阿皓，因此把阿皓託給了村長，村長將阿皓帶回自己家之後，麻煩鄉親照顧阿皓，又立刻趕回廟裡。

鄧廟公慘死的事情，讓整個村子裡面的人都嚇傻了，根本沒人可以想像得到，這樣一個好心的廟公，竟然會落得如此的下場。

警方趕到之後，迅速開始調查。

這一晚整個村落就好像白天一樣，沒人睡得著，一直到了白天。

發生在台南的這起廟公謀殺案，確實很快就引起了警方的重視。

當然其中真正的原因，卻是眾人所不清楚的。

因為鄧廟公死亡時候的情況，跟台灣近期之內所發生的一連串命案有著極為雷同之處，因此很快就引起了警方的重視。

加上這一連串的案件，如果要按照時間排列的話，最初的案件，就是發生在台南，因此這一次又在台南發生命案，自然讓專案小組非常重視。

專案小組的成員，很快就趕到了現場，並且立刻開始指揮辦案。

尤其是這一次的命案發生的場所，是在單純的村莊之中，更加讓專案小組信心滿滿，相信一定可以找到可靠的線索。

當然在這座純樸的村莊之中，大家彼此之間都很熟識，對於鄧廟公的死，村民們無不感覺到哀痛，更加覺得憤恨不平。

而小村莊之中，也隨處都可以看到警員忙進忙出，力求可以追查到任何細微的線索。

對警方與專案小組來說，這起案件比起先前的任何一起案件，都還要更加有機會破案。

主要當然就是因為村子比較小，出入份子單純，加上地處偏僻，進出的路線比較少，這讓警方很有信心，絕對可以找到兇嫌的蛛絲馬跡。

因此所有警員都繃緊神經，穿梭在村子裡面的巷道之中，希望可以找到任何可能對破案有幫助的線索。

丁村長雖然說很想要幫忙警方，不過能做的實在有限。

身為鄧廟公的女兒，玟珊必須協助警方，也正因為這樣的關係，玟珊沒辦法照顧阿皓，

因此阿皓也被留在了丁村長的家中。

玟珊把自己所知道的事情，全部告訴警方，不過比起警方，玟珊更不清楚自己的父親到底是為什麼會慘遭這樣的毒手，所以可以給予警方的情報也是十分有限。

而在玟珊接受檢察官的詢問時，一個警員出現在丁村長的家門口。

「不好意思，」警員對丁村長說：「我要找一個叫阿皓的人，聽廟公的女兒說，他應該在這裡。」

「是的，」丁村長回答：「他待在我這裡，怎麼了嗎？」

「喔，」警員說：「隊長要我來問他一些事情，就是錄他的口供啦。」

聽到警員這麼說，丁村長一臉尷尬。

「怎麼了嗎？」注意到丁村長臉色的警員問。

「那個……你知道阿皓他的狀況嗎？」

「喔，」警員點了點頭說：「鄧小姐是有說啦，不過隊長還是要我來問問看，說不定可以問出一點東西也說不定。」

聽到警員這麼說，丁村長也不方便說什麼，用手比了比屋內，示意員警近來。

阿皓就坐在丁村長的客廳，雙眼無神愣愣地看著前方。

丁村長跟著警員來到了阿皓身邊，丁村長用手比著阿皓說：「這個就是阿皓了。」

警員走到阿皓的正面，試圖跟阿皓搭話。

「阿皓嗎？」警員不知道為什麼用跟小朋友講話一樣的口吻，對著阿皓說：「你好，我是警察，現在想要跟你問點事情……」

阿皓沒有半點反應，依然愣愣地望著前方。

警員一臉為難地看了看丁村長，丁村長搖搖頭說：「他的狀況從以前就是這樣了，不會講話啦。」

當然，阿皓不回答，這口供也沒辦法問下去，警員只能無奈轉向丁村長詢問一些關於阿皓的問題。

雖然阿皓應該也聽不懂，不過兩人還是有點不習慣，在本人的旁邊討論本人的狀況，因此兩人退出門外，在外面討論起阿皓的狀況。

客廳中，阿皓愣愣地看著前方，雖然丁村長家的電視機開著，畫面上也播放著新聞，不過當然阿皓完全沒有在看，也多虧了新聞的聲音，讓阿皓完全聽不到外面的員警跟丁村長之間的對話內容。

畢竟丁村長此刻正在說的就是阿皓的狀況有多麼糟糕，鄧廟公是如何好心收留他的經過，相信如果聽到了，說不定會讓清醒之後的阿皓，更加無地自容吧。

兩人聊了一陣子之後，一個人從大門進來，加入了兩人的行列。

進來的人是個女子，也是這起案件現場的指揮人員，她是陳憶玨檢察官，負責這起發生在台灣各地的連續殺人案。

陳憶玨檢察官一進門，員警立刻向她匯報阿皓的狀況。

原來陳憶玨剛剛結束玟珊的偵訊，知道平常鄧家還有一個人，因此特別前來想要問問阿皓，誰知道才剛進門，就從員警那邊聽到了阿皓的狀況。

「這樣啊……」陳憶玨沉吟了一會：「沒關係，至少看一眼他的狀況。」

陳憶玨說完之後，推開了通往客廳的門，前腳才剛踏進客廳，連阿皓的人都沒看清楚，一個員警從大門跑了進來。

「陳檢察官。」員警叫住了陳憶玨。

陳憶玨停下腳步，轉過頭來，那員警湊上前來，在陳憶玨的耳邊說了幾句話。

陳憶玨檢察官聽了之後，臉色驟變，立刻轉身離開。

結果，到頭來陳憶玨沒有見到阿皓的面，就這樣匆匆離開了村長的家。

當然，這是因為陳憶玨檢察官收到了一個非常重要的消息，因此才會匆匆忙忙地離開了村長的家，並且趕赴當地。

而那個消息到了晚間，也傳到了村子裡面。

聽說在台南市區，又發生了另外一起相關的案件，因此陳憶玨檢察官才會立刻趕赴當地。

短短兩天之內，竟然連續發生了兩起案件。

有別於其他案件，由於發生在市區的那起案件，在陳憶玨檢察官等人趕到現場之前，就已經走漏了消息，因此媒體也大幅報導這起殘忍的兇殺命案。

在丁村長的家中，阿皓仍然愣愣地坐在客廳的椅子上，丁村長家裡的電視停在新聞台。原本還期待可以看到新聞台上面，播報出鄧廟公的新聞，不過村子裡裡外外都沒有看到記者的身影。

畢竟這起案件太過於敏感，所以警方確實刻意封鎖了消息，因此不會有任何一台新聞台播報出這起發生在村子裡面的殘忍兇殺案。

只是另外一起案件，也就是陳憶玨檢察官剛剛接到的那通電話，警方就來不及封鎖了，畢竟命案發生的地點，完全不像是這邊的小村莊，而是市區中人來人往的地方。

因此晚間的電視新聞台播報出這起新聞。

『在今天凌晨，台南有名的五夫人廟中，發生了一起殘忍的兇殺命案。警方接獲報案，有人躺臥在五夫人廟區之中。據了解，死者是一名十多歲的少女，是個居住在五夫人廟裡面的工作人員。死者的身上有多處骨折，至於確切的死亡原因是什麼，還有待法醫解剖報告出爐之後，才能有個確切的答案。警方也立刻調閱附近的監視器，將釐清所有進出的可疑人士，期盼早日將兇手緝捕歸案……』

這一天的台南很不平靜，除了鄧秉天之外，還有一個少女在五夫人廟中死去。

當然，這個死去的少女，就是阿皓所熟悉的小悅。

雖然愣愣地坐在那裡的阿皓，對於播報的這則新聞沒有半點反應，但是新聞主播所說的每一個字，都深深烙印在阿皓的腦海裡，等待著主人的清醒，將這個震撼的消息，引爆開來。

2

這兩天，為了配合警方的調查，所以玟珊都把阿皓寄居在丁村長的家中。

丁村長為阿皓準備的房間在丁村長家的客房，由於房間沒有對外窗，所以基本上不要說照到月光了，就連天空都看不到。

上一次甦醒的時候，阿皓還在頑固廟調查著妖氣沖天的原因，最後考量到妖氣對玟珊可能造成不良的影響，答應她一起回來這個村莊，然後在玟珊正開心之際，阿皓回到了癡呆的狀態。

想不到這一呆就呆了這麼多天，腦袋中儲存了打從阿皓變成這種狀態之後，最足以讓阿皓感覺到震驚的消息。

首先，在當天晚上，玟珊牽著阿皓再度回到這個村莊之後，再度進入鄧家廟時所看到的景象。鄧秉天的死，以及讓人不寒而慄的恐怖傷口，都在阿皓腦海裡面烙印下深刻的記憶。

光是先前鄧秉天的事情，就足以讓阿皓感覺到震驚與難過了，不過另外一個同樣震撼的消息，是在第二天之後，阿皓坐在丁村長家的客廳時，聽到的那則新聞，一個居住在五夫人廟裡面的女孩慘死的消息。

不管哪個消息，都絕對可以讓清醒的阿皓感覺到震驚與難過，不過此刻，卻都靜靜地沉澱在阿皓的腦海之中，等待著他的主人清醒之後進行解讀，就好像兩顆埋在腦中的不定時炸彈。

在鄧秉天死後的第三天晚上，警方的調查告一段落，雖然說曾經一度懷疑過玟珊的說詞，而且覺得玟珊在父親鄧秉天死前這一段時間的舉動，不是很能接受，但是確實也找不到任何有關玟珊涉案的可能性。

因為證據會說話，從所有可以蒐集到的證據看起來，不管是頑固廟附近的監視器，還是村子的監視器，乃至於兩邊居民的證詞，都可以釐清玟珊這部分的說詞。

今晚警方撤除了封鎖線，並且收隊離開了村莊。

強忍著痛苦與哀傷的情緒，玟珊堅強地跟幾位前來幫忙的村民，清理了一下環境。

說是堅強，不如說是很清楚一旦情緒潰堤，很可能一發不可收拾，所以想要趁著目前還

暫時能夠控制的情況下，趕快把事情處理完。

——然後就可以好好地，痛哭一場，將心中這幾天緊緊捆住的情緒，一次爆發開來。

畢竟在發現鄧秉天的屍體之後，玟珊雖然一度崩潰，但是隨著警方來了之後，這些情緒彷彿就好像被塞入櫃子中一樣。

玟珊盡可能地配合警方，當然就是希望可以找到殺害自己父親的兇手。現在警方撤退了，玟珊真正的苦難才正要開始，她要籌備父親的喪禮，送父親最後一程。

不過今晚，她只想要好好痛哭一場，雖然說丁村長好意表明願意多收留阿皓一天，但是今天她需要有個人陪自己痛哭一場，所以即便已經萬分勞累，但是玟珊還是去村長家裡面將阿皓接回來。

原本還打算將阿皓帶回家之後，跟他到廣場那邊，等到把這幾天發生的事情跟阿皓講清楚之後，再好好痛哭一場。

誰知道還在廟前的那條斜坡上，情緒就已經潰堤，淚水跟情緒就好像完全不受控制般，一湧而出。

尤其是一想到了鄧秉天生前最後兩父女之間，還為了阿皓鬧不愉快的事情，就讓玟珊有種想要一死了之的心情。

她哭倒在地上，整個人因為激動的情緒而顫抖，連玟珊自己都不知道，原來情緒可以潰堤到這種程度。

不過這裡絕對不是原先玟珊預想的崩潰地點，因此哭了一會之後，玟珊強壓著情緒，還差一段路，至少等到先回到廟裡面再說。

玟珊站起身來，伸手正準備去牽阿皓，就在這個時候，阿皓頭一仰，一對眼睛瞪得老大，看起來就好像看到了什麼恐怖的東西一樣。

玟珊立刻會意過來，看樣子阿皓清醒了，而他的腦海裡面，恐怕也正浮現出那天恐怖的畫面吧？

因為那天看到了鄧秉天的情況之時，阿皓雖然不是處於清醒的狀態，不過那時候的阿皓就站在玟珊身邊，因此當時的場景應該也已經深深烙印在阿皓的腦海之中。

事情正跟玟珊所料想的一樣，阿皓一清醒過來，深埋在腦海中的炸彈一顆顆引爆在阿皓的腦袋之中。

首先，阿皓看到了鄧廟公的死，這已經夠讓阿皓感覺到震驚與難過了。

事實上雖然過去鄧秉天對待自己有點嚴苛，不過不管怎麼說都是收留自己的人，對於鄧秉天，阿皓的內心還是充滿感激，更遑論在之後知道了鄧秉天原來是跟鍾馗派無緣的弟子，更是覺得有點愧對鄧秉天。

現在看到他這樣慘死，內心當然與玟珊一樣感覺到悲痛。

不過更讓阿皓震驚的，恐怕不只是鄧秉天的死，而是他身上的傷口，這個傷口他很熟悉。先前他看到這樣傷口的時候，是在頑固老高與高梓蓉的身上。

而原本還以為，這就是最讓自己震驚與難過的事情時，這幾天的畫面快速流瀉在腦海之中，最後在丁村長家的客廳停了下來，耳中聽到了一段新聞報導……

原本靜靜地站在一旁，等待著阿皓解讀完腦中訊息的玟珊，看著阿皓那哀痛的表情，心中也跟著哀痛了起來，準備等到阿皓看向自己的時候，就用力地抓著他，好好地痛哭一場。

誰知道阿皓突然轉過身，反而一把抓住了自己，口中說出了連玟珊都沒有想到的話。

「小悅死了？」阿皓紅著雙眼，表情極為震驚，「小悅死了？」

「啊？」玟珊也嚇了一跳：「小悅？不是這樣，死的是我爸爸。」

「不，」阿皓用力地搖著頭說：「不只有妳爸，就連小悅也……」

「小悅的事情我不知道，」玟珊不解：「你是怎麼知道小悅的事情？」

「……新聞，」阿皓說：「我在村長家的時候，看到了新聞。」

阿皓放開了玟珊，雙手抱著頭，口中發出了連玟珊都難以想像的哀號。

3

這恐怕是玟珊有史以來，度過最哀傷痛苦的一個禮拜了。

在阿皓從電視上看到了關於小悅的死之後，為了確定消息的可靠性，玟珊也確實再度造訪五夫人廟，也透過警方那邊得到了消息，是的，小悅真的跟自己的父親鄧秉天一樣慘遭毒手，而且從陳檢察官那邊得知，小悅的死狀跟自己的父親鄧秉天極為相似，因此研判很有可能是同一個兇手所為。

那天晚上，玟珊帶著阿皓來到廣場，準備將這個壞消息告訴阿皓。

看著愣愣地望著前方的阿皓，突然之間玟珊倒羨慕起了阿皓，如果可以的話她也希望現在可以變得跟阿皓一樣，失神皓呆，完全不用承受這種令人撕心裂肺的傷痛。

不過當然玟珊也知道，那些傷痛只是暫時延緩，等到清醒之後，一切都會回來。

果然過了一會之後，阿皓清醒過來，傷痛也跟著甦醒過來。

知道小悅真的死亡的消息，激動的情緒讓阿皓好一段時間沒有辦法說話，緊握著雙拳，看到這樣的阿皓，讓玟珊的心也跟著一起被打碎了。

兩人相擁痛哭，一直到阿皓再度失去意識為止。

就這樣，玟珊白天處理著父親的喪事，晚上帶著阿皓一起療傷，直到父親出殯那天為止。

鄧秉天的喪禮也算是風光，整個村子裡面的人都前來弔念這位堪稱偉大的廟公，所有人都是出自真誠前來哀悼，看到這哀悽的場面，不免讓玟珊想著，或許阿爸在天之靈，看到這情況應該會感覺到欣慰吧。

在處理喪事的這段時間，玟珊的傷痛也逐漸恢復，不過取而代之的，卻是一種天下之大，自己卻舉目無親的那種空洞與孤獨感。

這更讓玟珊想念起自己的老爸，因為當年的鄧秉天也同樣承受過這種傷痛，相比之下，自己卻老是刁難他，讓玟珊更加感覺到後悔與懊惱。

喪禮過後的那天晚上，玟珊再度牽著阿皓來到了廣場。

比起過去來說，現在的玟珊可能更需要阿皓的陪伴。

阿皓清醒過來，經過了這些日子，雖然可以療傷的時間比起玟珊來說要短很多，不過他的心情也逐漸平靜下來。

然而，真正的問題現在才開始浮現出來。

有別於玟珊，將所有調查的事情都交給警方，阿皓卻很清楚，殺害鄧秉天跟小悅的兇手是什麼樣的人。

殺害他們的人，如果沒有錯的話應該是，跟當年的阿畢一樣，墮入魔道之人所為。

不過如果不是具有一定實力的道士，就算墮入魔道，恐怕也沒這等威力，畢竟墮入魔道之後的力量，就是以原本的實力當作基礎，強化自己的力量。

問題就在這裡了，以J女中當時的決戰看起來，應該大部分有這種力量的鍾馗派道士都已經在那場決戰中身亡了，實在很難想像還有誰存活下來，然後墮入魔道做出這樣的事。

阿皓身為北派傳奇道長呂偉道長的弟子，雖然說本身的地位不高，不過也算是對全國各地的鍾馗派十分了解，加上阿皓本身的記憶力驚人，幾乎對人過目不忘的情況之下，很難想像會有漏網之魚，自己不知道的。

因此綜合這樣的想法之後，阿皓只能得到一個看起來似乎不太可能的答案——鬼王派。

問題就在於這個原本應該早就已經滅亡的名詞，如果套用在這個事件身上的話，似乎變得非常合情合理。

不，要說合情合理似乎也不太對。

對阿皓來說，鬼王派確實合理解答了一些事情，不過還是有太多事情不明白。

首先當然就是鬼王派的存亡，就算鬼王派真的有人存活下來，這點似乎阿皓也不覺得太意外。

畢竟自從清朝大戰之後，鍾馗派與鬼王派之間有了逆轉，在那之後的鬼王派，就跟清朝之前的鍾馗派一樣，擔心被人追殺，因此過著隱姓埋名的生活。

所以就算真的有人存活下來，似乎也不需要覺得太驚訝。

然而真正讓阿皓感覺到疑惑的是，就算真的是這樣，又為什麼選擇在這個時候浮出水面，走到陽光底下犯下這些案件，來暴露自己的行蹤呢？

另外就是關於他們所挑選的目標，雖然說從某個角度來說小悅跟鄧廟公之間，確實有些交集，但是實際上從生活層面來說，兩人是完全沒有交集的。

阿皓很懷疑，這個世界上可以找到任何一個人，同時跟小悅還有鄧廟公有仇的人。如果從兩人所有的共通點來看，就是都跟鍾馗派有關，如果這就是鬼王派鎖定的目標，似乎可以理解，不過比起這兩個人，自己或曉潔，不是更應該成為目標嗎？

一想到這裡，突然讓阿皓開始擔心起在么洞八廟裡面生活的曉潔與何嬤等人的安全。

看到阿皓陷入沉思，讓玟珊不免又開始擔心了起來。

「你不會……」玟珊不自覺帶著哽咽：「還是想要離開吧？在發生了這種事情之後……」

被玟珊這麼一問，阿皓略微頓了一下。

在這種時候還執意要離開，似乎對玟珊來說，確實有點殘忍，不過這完全不是阿皓所考慮的事情。

「沒有，」阿皓搖搖頭說：「我不是在想那件事情，不過……」

當然只要稍微想一下，就知道阿皓腦袋中考量的事情，很可能也是意味著自己要離開，如果就結果來說，其實還是不變的。

「就算最後還是會離開，」阿皓沉著臉說：「也不會跟上次同樣的原因。」

「什麼意思？」

「或許現在還有很多事情，我還搞不清楚，」阿皓沉吟了一會之後說：「不過我向妳保證，我一定會揪出那個殺害了妳爸跟小悅的兇手……我不會放過他的。」

「如果是這樣的話，」玟珊沉下了臉：「也帶我一起去。」

雖然說，阿皓並不想要拖玟珊下水，不過就目前的狀況來說，先不要說自己沒有自理能力，如果真的要獨自搜查的話，可能有點困難。

光是對方在暗這點，就讓阿皓非常頭痛，完全不敢肯定，留在這個地方就是安全。

或許兩人一起行動，就安全層面的考量來說，確實比較實際，而且暫時離開這座廟，或許對自己或玟珊來說，也是比較保險的作法。

雖然說，現在兩人一點線索也沒有，而且就連該如何開始下手都還沒有理出一個頭緒。

不過阿皓已經下定決心，就算上窮碧落下黃泉，阿皓也絕對會把鬼王派給挖出來。

「那就一起去吧。」阿皓伸出了手。

看著阿皓的手，玟珊臉上終於浮現出久違的笑容，也伸出手緊緊握住了阿皓的手。

就這樣，在鄧秉天出殯的這天晚上，兩人決定聯手追查兇手。

而這天，也是曉潔大一下學期的開學之日。

只是不管玟珊還是阿皓，都絕對想不到的是，這個決定將會為鍾馗派帶來一個徹底毀滅的危機。

4

鄧廟公的喪禮過後半年——

這一天，是C大學剛開始放暑假的日子。

因此到了夜晚，整間學校幾乎看不到任何身影。

除了暑假的關係之外，還有一個不為外人所知的原因，導致這樣的結果。

那就是在今天晚上，有個學生要驅逐長期盤據在男子宿舍的惡靈。

就是因為這個原因，所以教官也特別配合該名學生，盡可能將校園淨空。

而就在這被淨空的校園之中，一對男女的身影，快步地穿梭在校園之中。

這一對男女不是別人，正是阿皓與玟珊。

兩人經過了半年的追查之後，好不容易鎖定了鬼王派的傳人，一路追到了這裡。

一到警衛室，雖然說經過了將近十年的時間，不過當年的教官還是記得阿皓的模樣。

得知阿皓前來，當然立刻讓他進入校園之中，希望可以幫得上那位女同學的忙。

兩人一路朝著男生宿舍跑去。

如果可以的話……阿皓不想要在這種情況之下，跟曉潔見面。

不過到了現在，阿皓當然也沒有多少選擇了。

阿皓快步地穿過了校園，趕到宿舍，臉上的表情洩露了自己的心情。

那是擔心，這段時間跟阿皓幾乎日以繼夜相處在一起的玟珊最清楚不過了。

當然，為了自己的弟子擔憂，這可能是所有做師父很理所當然的反應，這點玟珊自然也了解。

不過，問題可能在於，到底阿皓擔心的是什麼？

是那個叫曉潔的安危？還是……這段時間裡面，一直不願意承認的事情，可能會在今晚成真？

看著有點慌張的阿皓，緊跟在旁的玟珊，心裡這麼想著。

不過當然這些，玟珊不會提，只能靜靜地在旁邊看著。

看在眼裡，卻有點微疼在心裡。

因為此刻阿皓的慌張，不是為了自己，而是為了那個美麗的女徒弟。

默默地跟著阿皓，兩人穿過了一旁兩側的教學大樓，一路朝著C大深處而去。

雖然說經過了這些年，C大已經有了許多改變，不過大體來說，許多大樓的位置卻依然沒變，阿皓熟練地領著玟珊來到了男子宿舍。

當年還在這裡就讀的時候，阿皓就住在這棟大樓，當然對裡面也相當熟悉。

阿皓衝進宿舍之後，二話不說地直上五樓。

兩人趕到了宿舍五樓，但是為時已晚，現場滿目瘡痍的狀況，說明了一切。

那個曾經被封印在這裡的地逆妖，已經破封而出。

這點或許早就已經在阿皓的意料之中，不過真正的問題是，會有這樣的結果是個陷阱，還是……

阿皓仔細地看著四周，希望可以從這些留在現場的蛛絲馬跡，看得出一些端倪，就在阿皓這麼想的時候，他看到了設立在五樓中間靠近底部的那個陣。

「這是……」阿皓瞪大雙眼：「辨靈陣！」

阿皓之所以這麼驚訝，最主要的原因就是這個陣是呂偉道長，也就是阿皓的師父所發明的陣，所以全世界目前來說，除了阿皓之外，恐怕只有一個人會佈下這樣的陣。

只是他想不到的是，那個人竟然已經成長到真的可以佈下這樣的陣。

這個人當然就是阿皓唯一的弟子，葉曉潔。

不過也因為這個陣，讓阿皓也真的感覺到事情不太對勁了。

只要佈下這個陣，應該就會很清楚地知道，那個被封印在這裡的妖魔鬼怪，就是逆妖。

在這種情況之下，憑曉潔的功力，根本不可能應付得來，既然這樣的話，那麼為什麼曉潔還要解開這個陣呢？

這點是阿皓怎麼想都想不通的地方，說實在的，當年自己如果真的知道對方是地逆妖的話，說不定也不會這樣毅然決然跟對方交手。

雖然說這個地逆妖的力量，是阿皓所看過所有逆妖之中最弱的，不過終究還是逆妖，實在很難想像在知道這樣的情況之下，還會選擇動手的曉潔，腦袋到底在想什麼。

不過這已經是無法改變的事實了，不管曉潔為了什麼解開這個封印，甚至沒有嘗試直接重新封印對方，現在地逆妖已經出來了。

所以對阿皓來說想這些實在沒有意義了，尤其是自己的時間有限的情況之下，更不應該浪費時間思考這個問題。

最重要的還是，曉潔人呢？現在到底是什麼狀況？

為了了解這一點，阿皓立刻左右掃視了一下環境，然後靠近窗戶的時候，就立刻感覺到窗外有點不對勁，定睛一看，遠處的平原上，可以清楚地看到了那個熟悉的身影。

只是這個時候所謂熟悉的身影，卻不是葉曉潔，而是那個多年前跟阿皓在這裡交手過的地逆妖。

看到地逆妖飛舞在空中的景象，阿皓立刻知道情況不妙了。

如果地逆妖在那裡，那麼曉潔很可能也在那裡，而且應該還活著才對。

這麼想的阿皓，立刻轉身跑出宿舍，對準了剛剛看到地逆妖的地方，加速跑了過去。

阿皓就這樣帶著玟珊，兩人一路直衝出校舍的後門，而就在準備衝出後門之際，一個東西吸引住了阿皓的目光，讓阿皓頓時停下了腳步。

那個吸引住阿皓的東西，就是貼在後門兩側柱子牆上的符咒。

看到那兩張符咒，阿皓瞬間會意過來。

這兩張符咒，其實就是防止地逆妖可以進出這個校園的符咒，從符咒的本身看起來，並沒有受到衝擊或者是破壞，因此可以想見的是，如果地逆妖真的衝出了校園，肯定是在這符咒貼在這兩旁之前，如果真的是這樣的話，那麼這兩張符咒肯定是在地逆妖衝出校園之後貼的，目的也只有一個，就是防止那傢伙重返校園。

阿皓不比曉潔，自小就是鍾馗派弟子的阿皓，對這些符咒與鍾馗派口訣的熟悉度，自然已經成為了自己生活的一部分。因此光是瞄了一眼這兩張符咒，就可以知道很多事情，這當然是曉潔望塵莫及的部分。

雖然說這些阿皓都可以了解，不過問題就在於，曉潔是用什麼辦法將地逆妖引出校園的。

當然如果是阿皓的話，自然會有四到五種完全不同的辦法，引地逆妖離開校園，不過這地逆妖膽子極小，力量也不大，過去的阿皓光是想要把他引出來，就已經使出渾身解數，也沒有辦法做到。

因此對於曉潔所使用的辦法，阿皓也十分好奇。阿皓打量了一會四周，想要找出曉潔使用辦法的蛛絲馬跡。這時在走道旁的一堆黑色灰燼，吸引住了阿皓的注意，阿皓靠過去一看，臉色立刻變得鐵青。

因為這堆黑色灰燼，解釋了一切，不但說明了曉潔所用的辦法，更證實了這些日子下來，阿皓內心最大的不安成真了。

一直靜靜地待在一旁看著阿皓的玟珊，發現了阿皓臉上的變化，擔心地問了阿皓。

「怎麼了嗎？」玟珊問：「有發現什麼嗎？」

阿皓淡淡地搖搖頭說：「沒事，走吧。」

聽到阿皓這麼說，玟珊大概也了解到了阿皓不想多提，跟著他一起離開後門。

兩人走了一段距離之後，來到了那片曉潔與地逆妖決鬥的草原。

在阿皓與玟珊抵達的時候，剛好適逢曉潔為了拯救意外被吸入陣中的鍾家續，而自願走入滅陣之中的情況。

可惜的是，阿皓來晚了一步，到頭來只能眼睜睜看著曉潔入滅之中。

當然，看到曉潔入滅，阿皓第一個想法也曾經出現過想要入滅去拯救曉潔的想法，不過

現在的他，恐怕一入滅就會立刻被打回原形，只會徒增曉潔的困擾，因此也只能繼續在一旁看著。

後來，當然阿皓也看到了，曉潔帶著鍾家續，一起逃出了滅陣，也同時目睹了他們將地逆妖封入陣中的模樣。

雖然說阿皓沒有開口，但是臉上的表情已經說明了一切。

曉潔非但沒有安全上的疑慮，而且還很厲害的，完成了阿皓想都沒有想到的部分。

不過，阿皓的臉上卻沒有真正欣慰的表情，因為……最害怕的事情，終究還是發生了。

曉潔真的是跟鬼王派的人聯手，而不是敵對。

即便對於詳細的情況可能還不太能夠完全理解，不過光是從兩人之間的互動，玟珊也大概猜想到了情況。

想不到自己唯一，也是最心愛的徒兒，竟然會跟殺人兇手聯手，阿皓的痛心可想而知。

不過，該面對的終究還是要面對。

當然如果阿皓想要退下，另外找時間再面對這樣的窘境，玟珊也絕對可以理解。

畢竟類似的掙扎，自己當時在得知了阿皓是殺人兇手之後，也曾經有過。雖然情況確實有些不同，但是那內心的掙扎與痛苦，玟珊比任何人都還要了解。

所以如果阿皓在這一刻臨陣退縮，那麼玟珊絕對可以理解。

不過經過了這將近一年的追捕，終於在今晚，找到了很可能就是殺害自己父親的兇手，玟珊的心中自然也不樂見這樣的情況。

不過如果對阿皓來說，真的太過於勉強，玟珊百分之百可以理解。

因為她可以看得出來，阿皓肯定對眼前這個弟子愛護有加吧？

先不要說那亮麗的臉蛋，堪稱完美的身材，光是青春無敵這一點，就是自己不得不自嘆不如了。

而且，從曉潔那熟練的模樣，兩人相處的時間恐怕遠遠勝過自己跟阿皓吧？

光是這些就是玟珊絕對比不上的……

了解到了這點，也讓玟珊的心中浮現出悶痛的感覺。

不過，玟珊還是伸出了手，輕輕地拍了拍阿皓的肩膀。

「阿皓，」玟珊溫柔地在阿皓耳邊提醒著：「注意時間。」

「嗯，」阿皓點了點頭說：「走吧。」

提醒阿皓的同時，玟珊也感覺到自己的胸口，就好像被人挖空了一樣。

即便最後阿皓還是決定要面對，那空洞又悶痛的感覺依然沒有消失。

兩人一起走出了樹林，當然這也意味著阿皓的選擇，他要面對，不願意逃避。

一開始，曉潔還沉溺在戰勝地逆妖的喜悅之中，完全沒有注意到阿皓，然後在其他兩個

人陸續發現兩人之後，曉潔才轉過身來，看到了兩人。

終於……師徒重逢了。玟珊的心情真的是五味雜陳。

看到阿皓的曉潔，臉上浮現出難以置信的表情。

曉潔瞪大雙眼，喃喃地說道：「我不是在作夢吧……」

曉潔情緒激動，瞪著阿皓渾身顫抖著，用顫抖的聲音說：「你還活著？你真的還活著嗎？」

聽到曉潔的疑問，阿皓臉上掛著一抹玟珊非常熟悉的溫柔笑容，輕輕地點了點頭，在玟珊的眼裡，這是她看過最讓她傷心的阿皓。

因為那笑容很美，卻不是對著自己的。

然而一直到此刻為止，這場重逢似乎比玟珊想像中還要平靜一點。

一直到目前為止，曉潔的反應完全在玟珊的意料之中。

雖然說玟珊並不清楚當年的阿皓，到底是怎麼失蹤的，畢竟對於這點，阿皓一直絕口不提。

不過不管怎樣，阿皓的失蹤與生死未卜，肯定會讓這些在意他的人難過與傷心，甚至很可能已經把阿皓當作死了，天曉得說不定他們還幫阿皓辦過葬禮。

然後在毫無心理準備的情況之下，又突然看到了活生生的阿皓，出現在自己面前，喜極而泣是可以預想的。

……兩人的關係，只是師徒而已嗎？

然而，就在玟珊這麼想的時候，阿皓開口了。

「好久不見了，妳真的長大了。」阿皓說。

聽到這句話的曉潔就好像脫韁的野馬，撲向了阿皓，然後緊緊地將阿皓抱在懷中。

「啊——」曉潔大聲地哭叫道：「你還活著！阿吉！你真的還活著！」

想不到曉潔竟然會突然有如此大的動作，讓在場所有人都嚇了一跳。

當然看在玟珊的眼裡，更是心如刀割。她不是一個善妒的女人，但是從曉潔的眼中，她似乎看到了超越師生的感情。

不過，想想似乎也很合理，即便現在對玟珊而言，阿皓已經像師父一樣，教導著自己關於自己夢寐以求的那些東西，但是在玟珊的眼中，他還是……那個阿皓。

看著這原本應該讓人感動的重逢場面，玟珊知道自己輸了。

原本已經跟自己說好了，要為了阿皓的開心而開心，但是看著眼前此景的玟珊，才終於明白這個真的很難。

心中卻說什麼也開心不起來。

「阿吉……嗚嗚嗚……」

曉潔仍然緊緊地摟著阿皓，所有人都沒有開口，只是靜靜地看著這一幕。

看著沉溺在幸福中的曉潔，讓玟珊感覺到有點悲哀，因為……或許她是在場所有人之中，唯一一個完全沒有察覺到事情跟她所想的完全不一樣的人。

這不是一場注定的重逢，而是一場風暴的到來。

明月當空，幸福洋溢，但是玟珊知道這夜，現在才正要開始而已。

因為他們這半年一路追過來，就是為了復仇，這是一條復仇之路。

而今晚，就是這條路的最末，一場血戰——即將展開。

後記

大家好，我是龍雲，很高興在這裡跟大家見面。

驅魔系列，可能是我目前為止，最投入也最用心的一部作品。

不得不說的是，其實從一開始，根本沒有想到這個故事背後的背景竟然會那麼龐大。

就時間來說，這一集最後結束的地方，是在暑假剛開始的時候，而在我完稿寫下這篇後記的日期，剛好也正逢這個時期，祝大家暑假愉快。

在這炎熱的天氣，冷氣機卻不爭氣的出了問題。在我趕稿之際，還大漏水，把放在底下的書跟許多光碟都毀了。

一邊搶救災情的同時，還得耐著炎熱一邊寫稿，真是一場殘酷的考驗啊。

上一次在臉書粉絲團舉辦的回答問題贈書活動，圓滿告一段落，想不到大家參與得如此踴躍，真的讓我有點嚇一跳。

在這邊也特別感謝那些雖然參加，但是沒有能夠中獎的朋友，謝謝你們認真的回答問題，給了我很大的幫助，真的是萬分感謝。

如果有朋友還沒有加入臉書粉絲團的，可以趁這個機會加入粉絲團喔，那邊會有最完整

以及最新的書訊。

下一次如果還有類似的活動，也請大家多多指教。

好啦，最後同樣希望大家會喜歡這一集，同時也希望大家可以繼續支持第三部的驅魔系列。

第三部將會是這個系列的最後一部，也是整個故事最後的終點。

那麼，我們第三部見囉，謝謝大家。

龍雲

龍雲作品 19

少女天師外傳 ：流星軌跡

國家圖書館出版品預行編目資料

少女天師外傳：流星軌跡 ／ 龍雲 著. — 初版. —
臺北市：春天出版國際, 2017. 08
面； 公分. —（龍雲作品；19）
ISBN 978-986-95201-2-6（平裝）
857.7 106013611

ISBN 978-986-95201-2-6
Printed in Taiwan

作者 龍雲
封面繪圖 B.c.N.y.
總編輯 莊宜勳
主編 鍾靈
責任編輯 黃郁潔
美術設計 三石設計

出版者 春天出版國際文化有限公司
地址 台北市信義區信義路四段458號3樓
電話 02-7718-0898
傳真 02-7718-2388
E-mail story@bookspring.com.tw
網址 http://www.bookspring.com.tw
部落格 http://blog.pixnet.net/bookspring
郵政帳號 19705538
戶名 春天出版國際文化有限公司
法律顧問 蕭顯忠律師事務所
出版日期 二〇一七年八月初版
定價 299元

總經銷 楨德圖書事業有限公司
地址 新北市新店區寶興路45巷6弄6號5樓
電話 02-8919-3186
傳真 02-8914-5524